父・西條八十の横顔

西條八束著／西條八峯編

◉風媒社

父・西條八十の横顔

もくじ

I 父・西條八十のこと……17

Ⅱ

III

Ⅳ

Ⅴ

VI

思い出の人々……207

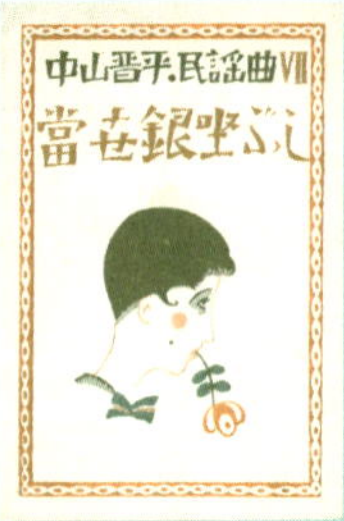

大仏殿裏　安藤更正・画

VII

朝のはんの木　西條八束　2006 年 8 月 12 日

はじめに
二〇〇七年夏の終わりに木崎湖にて

私は、雑誌「かまくら春秋」からの依頼で、一九九五年十月から二号にわたって「パパとお母さん」、「アルチュール・ランボーと東京音頭」と題して、父の思い出を書いたことがある。自然科学を専門にしてきた私としては、ずいぶん苦労した記憶がある。「父の肖像」というこの連載シリーズは作家の子弟の執筆によるものであった。

この文を、われわれ一家が久しく親しくしていただいていた出版社の社長でもあったT夫人が読まれ、私に「父西條八十」を書くことを勧めてくださった。私は自分の専門の仕事に追われていたので、時々断片的に、その一部をパソコンに打ち込んでいたが、思いがけないことに、T夫人は七年前に急逝されてしまった。それから長いこと父の思い出をいつか本にまとめたいと考えて、その資料になりそうなものを集めては、思いつくままにパソコンに打ち込んでいた。

今年（二〇〇七年）三月になって、国書刊行会から出ていた父の全集が、約十六年かかってやっと十七巻完結した（別巻＝著作目録・年譜を除く）。私自身も、父が他界した七十八歳を越えて八十二歳になってしまった。そして考えてみたら、私は父がアルチュール・ランボオについて書いたものを断片的には読んでいたが、まだ父の大作『アルチュール・ランボオ研究』を通読したことがない。父が生涯にわたって執筆を続け、七〇六ページの大著として刊行したものである。機会を探していたが、幸いに七月から八月に木崎（長野県大町市）に二回来た際、この大著を何とか読み終わることができた。

『アルチュール・ランボオ研究』に目を通すうちに、私がはじめて読んだランボオの詩は、一九三三（昭和八）年に刊行され、その後版を重ねていた父の著書『近代詩の鑑賞』に引用されているものだったことがわかった。高校生の頃に読んだ父のこの種の本は、これだけだったと思うが、その当時でも読了して、すぐれた本であると考えたことを覚えている。

父の全集の十三巻「詩論・詩話」（一九九九年）の中でも、編者の紅野敏郎先生が、巻末の解説のところで、『近代詩の鑑賞』は、〈熟読してみると、八十の「詩」に対する造詣《ぞうけい》、「詩」への愛着が十二分にうかがわれ、しかも具体的な例を提示し、平易に述べられているため、彼の全業績のなかでも屈指の名著のひとつといってよかろう〉と、高く評価してくださっている。とくに〈「ランボオの初期の詩篇の研究」「マラルメの象徴的手法」などは、西條八十のランボオ研究の起点となるもので、詩人であるとともにフランス文学の研究者の真面目を示す論がここにまことに静かなかたちで収められているのである〉と記されている。

そしてその中に、父がランボオの作品として、次の「母音」の詩を訳して引用していたことも覚えている。その主題に特徴があるから、私の頭のどこかに残っていたのであろう。

母音（Voyelles）

西條八十　訳

A《アー》は黒、E《ウー》は白、I《イー》は赤、U《ユー》は緑、O《オー》は青。母音たちよ、
わたしはいつかお前たちの隠れた起原《みなもと》を語ろう。
A《アー》はすさまじい悪臭のほとりに唸る
光った蠅《はえ》たちの毛むくじゃらな黒の胸当《むなあて》。

小暗《おぐら》い入江。E《ウー》は靄《もや》と天幕《テント》の純白、
傲《おご》れる氷河の槍、白衣の王侯たち、繖形花《さんけいか》のそよぎ。
I《イー》は緋色、吐かれた血、憤怒の中
または悔恨の陶酔の中の美しき唇の笑い。

U《ユー》は周期、緑の海の聖き顫動、
家畜が点在する牧野の平和、錬金術が
黽勉《びんべん》な広き額《ひたい》に刻む小皺《こじわ》の平和。

O《オー》は怪しき絶叫にみちた至上の喇叭《らっぱ》、
諸世界と天使らを貫く沈黙。
——おお、オメガ、「かの眼」の紫の光よ！

◆『アルチュール・ランボオ研究』／『全集』第十五巻、所収◆

父はその解説として、マラルメなどもふくめ、このような象徴的表現を組織化して一個の美学にまとめあげたのは、十九世紀後半のフランス詩人たちの功績であると述べている。

（未完）

編者そえがき

西條八峯《やお》

倒れる数日前まで、いつもと同じように会合に出席し、語学講座に通い、ワインを楽しみ、自分のスタイルで歩きとおした父西條八束でした。名古屋の家のパソコンには、おびただしい量の文章が遺されていました。十年以上にわたって何度も書き改められた『父西條八十』の草稿です。

「僕は科学者だから」

常に実証的でありたいと願った父らしく、集めた資料から、なんとか大きな流れを作り出そうとしたさまざまな試みの跡が偲ばれました。湖水のフィールドワークでデータを集め、論文を書くように。

かたわらの書棚には、これも大量の資料のファイルに無造作にならんでいる昔の写真、さわればやぶれてしまいそうに変色した新聞の切り抜き、オリジナルの楽譜や八十・嫩子の自筆原稿なども本になる日を待っているようでした。

父を送って十ヵ月、二〇〇八年八月の木崎湖の緑の風の中、今にもその声が聞こえ、息づかいが近づいてきそうな父の書斎には、『アルチュール・ランボオ研究』とともに、まえがきの未完の草稿が遺されていました。

以来、父の集めた資料を生かし、遺された文章から自然なつながりを見出し、八十の息子八束のまなざしによって、八十とその家族、その時代の横顔を眺めるように形づくりたいと考えてきました。未完成の作品の部分からあるべき姿を想像し、創造する仕事です。父八束の語り口を妨げず、変更せず、付け加えず、資料自身に語らせるように、西條八十と家族の暮らした世の中の変化、その中でひとりひとりがどのように歩んだかをありありと心に描いていただけるようにと願いながら作業をすすめました。

その中で、幼い頃から存じ上げていた、あるいは私が直にお会いすることのなかったかたがたに、お礼の申し上げようもないほどお世話になったということにもたびたび思い至りました。全体の原稿が完成していなかったということで、重要な方について言及しないなど、失礼も数々あるかと想像します。また、ここに記されたささやかな事柄の幾つかは、世に出ているたくさんの優れた八十関係の書物にすでに記されています。

……そう思いながら、父のこの本への想いの熱さを間近にいて共有していた母紀子の希望もあり、このような形を与え、世に出させていただくことにいたしました。母の記憶による註も本文中にいくつか入れました。八十やその時代を知らないかたがたにも読んでいただけますように……

I　父・西條八十のこと

（扉）「裏書：八十先生、八束ちゃま、嫩子さま、柏木のお家の前、聖書学院の庭で、昭和四年頃」

純粋詩、童謡から訳詩、語学教授、やがて新民謡、歌謡曲の創作へ。
一方で終生の「ランボオ研究」。転調を続けた八十の仕事であった。
その多角的な成功と、家族への熱い想いは、さまざまの光陰をもたらした。
家庭での無邪気なエピソードも多い。

パパとお母さん

父のことをすべて引き受けていた姉が、五年ちかく前（一九九〇年）突然他界した。父の子といえば、私しか残っていない。詩のわからない不肖の息子も、父の世界と無縁でいるわけにはいかなくなった。進行中の父の全集のことを藤田圭雄《たまお》先生に全面的にお願いしたのをはじめ、何人かの方々のご厚意に甘えて、何とかやっているというのが実情である。

私の家では父のことは「パパ」、母は「お母さん」と、生涯、いや二人とも亡き後も呼んでいる。これはわが家の雰囲気をよく示している。父は毎朝パンとコーヒーですまし、母や子どもはみそ汁とご飯に漬け物を食べていた。父のそのような生活は二年間のパリ留学で身についたものである。

一九六四年、私ははじめてパリを訪れる機会を得た。まず例の観光バスで市内を一周した。エトワール、モンパルナス、カルチエラタン、モンマルトルなど、知っている地名ばかりではないか。父が過ごした若き日をしのび、涙が出るのをとどめがたかった。

父の書いた「巴里の屋根の下」（この歌は原作の直訳ではない）を思い出し、その歌詞が、パリ留学当時のある女流画家との有名なロマンス（本書第Ⅴ章）の回想そのものであることに気づいた。さらに、当時日本で、父の留守中に生まれたばかりの私や幼い姉、さらに盲目の姑《しゅうとめ》をかかえ、精神的にも経済的にも苦労していた母を思い、その母が後にどんな気持で、この歌を聞いたであろうかと、はじめて察することができるように思えた。

幼い頃の父の思い出をふりかえってみる。中学くらいまで、私は朝早く学校へ出かけ、父は遅く起きて

八十、姉嫩子と八束
柏木の家にて

外出、私が就寝した後で家に帰る。したがって、父に会うことは日曜ぐらいであった。心に強く残っているのは、深夜、父がよく母に怒鳴っていたことである。父は外づらはよかったが、帰宅後、一日の精神的疲れを母にぶつけていたのであろう。

　それだけに、父がたまに私をどこかへ連れていってくれたことは、強く心に残っている。上野の科学博物館へ連れていってくれたことがある。巨大な鯨の骨の展示と博物館独特の匂いを覚えている。そのときも帰りはタクシーに乗せられて、柏木（大久保駅近く）の自宅へ私一人先に帰宅した。

　しかし、高校への受験準備中のことである。入試も迫った一九四二（昭和十七）年一月頃、父は私が英語に弱いのを心配し、何回か面倒をみてくれた。私は、当時父が文学部の教授をしていた早稲田大学の理工系の高等学院を受けて失敗したが、幸いに、松本高校（旧制）の一次試験に合格した。私が面接などの二次試験を受けに松本へ行くとき、父は珍しくも一緒についてきてくれた。一次試験に通ったうれしさもあったかもしれないが、後で考えると、松本の遠い親戚に挨拶に行き、はじめて家を離れる十七歳の私の面倒を依頼するための心づかいであったと思われる。

翌年、父母は茨城の下館に疎開し、私は時おり下館の家に帰った。当時父が書いた詩にこうある。

信濃の空ゆいとし子の
歸《かへ》りくるてふ便《びん》あれば
明日《あす》は汝《なんぢ》を啖《くら》ふべし、
夕日の庭の定九郎。

◆「定九郎」、『一握の玻璃』／『全集』第二巻、所収◆

定九郎《さだくろう》とは、父がその頃庭で飼っていたシャモにつけた愛称である。茨城県の下館に行ってから、父は仕事で時々上京したが、空襲の危険が迫るにつれ、家にいることが多くなった。

私は終戦の年の四月から東京大学に通うようになった。北京に赴任していた姉たちの牛込の家が四月十三日の空襲で焼け、研究室に泊まることもあったが、下館の家にいる時間も増えた。お手伝いもいなくなり、親子三人水入らずの生活になった。この頃は、母にとって、生涯で最も幸福な時期ではなかったかと思う。父のその頃の作品にもこうある。

下館のトマト畑　1944（昭和 19）年夏　西條八束

秋風

老妻《おいづま》が、
二十三年振《ぶ》りに弾《ひ》く、
三味《しやみ》の音《ね》澄みて、月赤《あか》む。

ものいはぬ人《ひと》なれば
そのこころ問《と》ふよしもなし、
高らかに弾きに弾く。

戦《たたかひ》　過ぎて秋風の
さやけき庭となりにけり、
蕾《つぼみ》となりしむらさきは
妻がうたへる「色《いろ》くさ」の
それならなくに、雛桔梗《ひなぎきやう》。

◆『一握の玻璃』／『全集』第二巻、所収◆

母が風邪をこじらせて寝込み、私が食事の支度《したく》をしていたときもある。下館では、父は好んで町の周辺の田園を散歩することが多く、一方で、暇があれば読書で時間を過ごした。ドストエフスキー全集や膨大な国訳漢文大成などを、片端から読んでいたようである。

終戦後の一九五一年六月、私は結婚した。私たちは結婚の一切の形式をやめ、ホテルで両親兄弟で食事をすることだけにした。父は私の結婚に好意的ではなく、前々日までその食事に出席することを渋っていた。義兄が自分に免じてと言って父を説得してくれた一幕もあったらしい。

しかし当日になると、父は何も言わずに出席し、食事がすんだ後、私の妻になった紀子に握手を求めた。以後この世を去るまで、父は家内に不愉快な思いをさせたことは一度もなかったと思う。

八束と妻紀子　摩周湖にて　1952 年夏

父八十と、八束の長女・八峯《やお》を抱く母晴子　1955年秋

結婚後しばらく、父の家から離れて暮らしていた私たちも、一九五七年に母の配慮で父母のすぐ近くに住むようになった。まだ幼い二人の子どもたちはよく父母の家に出入りしていた。しかし、わずか二年たらずで、私はそれまでの都立大学から名古屋大学に家族を伴って転勤した。まもなく、父から次のような葉書がとどいた。

父八十と、八束の長男・八兄《やつせ》　1960年頃

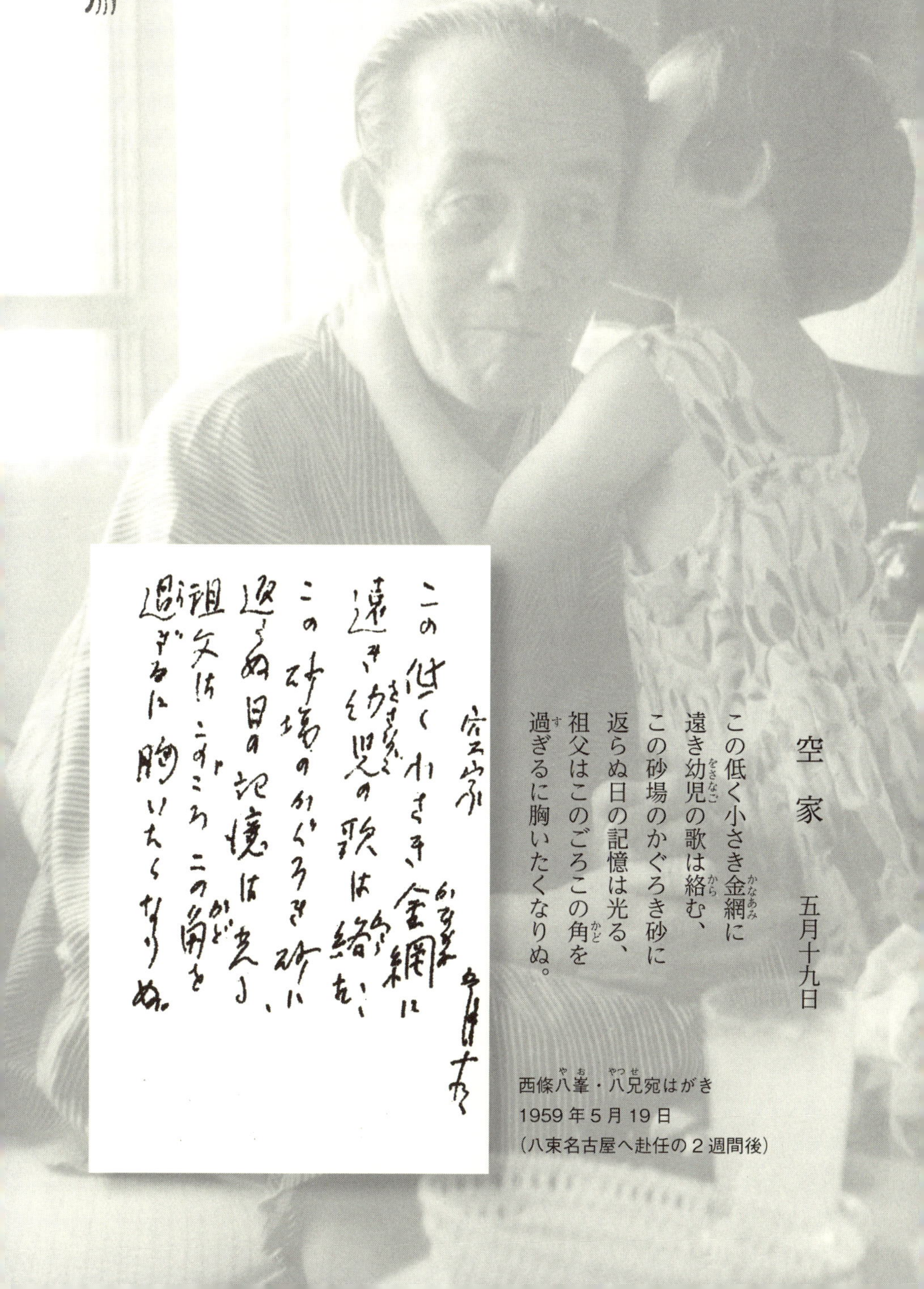
空家
この低く小さき金網《かなあみ》に
遠き幼児《をさなご》の歌は絡《から》む、
この砂場のかぐろき砂に
返らぬ日の記憶は光る、
祖父はこのごろこの角《かど》を
過《す》ぎるに胸いたくなりぬ。
八十

空家

五月十九日

この低く小さき金網《かなあみ》に
遠き幼児《をさなご》の歌は絡《から》む、
この砂場のかぐろき砂に
返らぬ日の記憶は光る、
祖父はこのごろこの角《かど》を
過《す》ぎるに胸いたくなりぬ。

西條八峯《やお》・八兄《やつせ》宛はがき
1959 年 5 月 19 日
（八束名古屋へ赴任の 2 週間後）

父・八十という人

この頃よく思うことだが、もし父が三十代で亡くなっていたら、文壇での評価は現在よりずっと高かったのではなかろうか。処女詩集『砂金』から、初期の童謡と純粋詩、あるいは訳詩だけでこの世を去り、「東京行進曲」あたりから書きはじめた流行歌、後の歌謡曲、あるいは軍歌など書いていなかったら、である。器用すぎたというか、多才だったというか、父は早稲田大学の仏文科で教鞭をとりながら、「東京行進曲」に始まり、「東京音頭」「サーカスの歌」から「トンコ節」にいたるまで、さらに各地の民謡、校歌、社歌の類、多くの少女小説まで書きまくった。

私自身も若い頃は、そのような父に批判的だった。しかし現在の私は、父のそのすべてを愛し、幅広い活動をした父を愉快とさえ思う。歌謡曲作家と大学教授のどちらでもあった父。後者の立場で生きてきた私は、自分自身への反省も含め、大学教授というものが、必ずしも歌謡曲作家より世間的に高く評価されるような存在とは限らない、と強く感じているためでもある。

しかし、父は、一般に作家というイメージで想像されるより、はるかに勤勉で、規則正しい生活をしていた。夏に軽井沢で一緒に生活している時など、私たちが起きたときには、「もう、一仕事終わったよ」と言いながら、依頼されていた歌謡曲を、早朝に四曲も仕上げている、ということが多かった。また、私が約束した原稿の締め切りに間に合わなかったりすると、「お前の年でそんなことではいけない」などと、きびしかった。

一方で、父のイマジネーションの豊かさについてのエピソードは無数にある。父が疎開先の下館から東

美空ひばりと八十　1952年頃　撮影所にて

京へ戻って、成城のはじめの家に居た頃のことである。当時、私たちは、表参道の青山アパートに住んでおり、月に二回くらい、まだ幼い娘を父母に見せに通っていた。暖かい日であった。その日、私は濃紺の地に、うすい青、白、赤の水玉模様の入った靴下をはいていた。例によって父母と昼食を共にした後、父はしばらく茶の間で孫、八峯と遊んでいたが、「おれは疲れたから一眠りしてくるよ」と二階へ上がっていった。しばらくして、午睡から覚めて降りてきた父が、「何だ、八束の靴下だったのか。ダイヤモンドのようにきらきら輝く星がいっぱい出てきた夢を見たので、何だろうと思っていたのだが」と言っていたのを思い出す。父が六十五歳頃のことである。

若い頃の父は、辞書のページをめくっ

ているとと次々に出てくる言葉からさまざまなイメージがわいてきて、苦しいほどだったと述懐していた。それだけに、講義を聞くのは苦手だったという。教師がはじめに何かを言うと、その言葉からいろいろなイメージが頭の中にわいてくるので、その後の話は耳に入らなかったからである。

煙草《たばこ》は晩年まで、なかなかやめられなかったが、酒はつきあいを除けば、眠りにつくために少量飲むだけであった。そして机や引き出しの中など、父の書斎はいつも整然としていた。書籍、文献、ワープロの紙などが雑然と積み重なっている中で、年中何かを探すことに時間をとられている私とは対照的であった。

外出の際、父はいつもおしゃれで、帽子、背広などは、季節ごとに手入れの必要なものをいろいろあつらえていた。靴の細さは異常なほどで、そのために足の小指が変形していた。

戦時中も国民服など着ることなく、瀟洒《しょうしゃ》な背広で通した。

思想的には、父はやはり明治に生まれ育ってきた日本の男、そのものであったと思う。教え子が戦場に行っているのを案ずる、その一方で、「若鷲の歌」に代表される軍歌を書き、戦争に協力したことに疑問はなかったようだ。それがやむを得なかったものとして、父はよく「馬のションベン、渡し船」という言葉を引用した。［紀子註：「江戸の昔、人馬相乗りの渡し舟では、川を渡る間は、馬の排尿のしぶきもじっと忍ぶしかなかった」ということによる］

一九六〇年三月二十六日、父が下田に「唐人お吉」歌碑の除幕式に行っている間に母が脳軟化症で倒れ、六月一日、奇《く》しくも四十四回目の結婚記念日に六十四歳で他界した。父は六十八歳であった。それまで仕事以外のことは、すべて母にまかせていた父は、しばらくぼうぜんとしていたようである。家にどれだけ

成城の家の書斎にて　1960 年頃

の預金があり、どれだけの借金があるかもわからないと大いに困惑していた。それまで原稿料のことまで、一切父が関与したことがなかったからである。
　母という存在が、家族、あるいは社会とのつきあいまで、すべてを大きく支えており、仕事に専念できた時代と異なり、母亡き後、一九七〇年八月に七十八歳で他界するまでの十年間は、父にとって苦難の日々であったと思う。父は「おれが、晴子にしてやれた最大のことは、おれが後に残ったことだろう」と言っていた。実際、母がもっと長く生きていたら、父ももっと長寿であったと思う。
　それでも、この間に、「王将」「絶唱」などのヒット曲を書いた。一方で、この世を去る三年前、一生取り組んできた『アルチュール・ランボオ研究』の大著を書

八十と晩年の妻晴子　成城の家にて

き上げ、中央公論社から刊行された。私に文学的評価はできないが、そのような作品に晩年まで取り組んだ父はさすがだったと思う。とくに、きちんとした生活を好んだ父が、漂白の詩人ランボオをテーマにしたのが面白い。

現在でも、「かなりや」「毬《まり》と殿様」「蘇州夜曲」「青い山脈」「王将」など、父の多くの作品が広く歌われている。しかし、歌っている方は誰の作品であるか、たいてい知らない。歌がひとり歩きしているのである。姉は父が世の中から忘れ去られることを心配していたが、父としては自分の歌が作者と関係なくても、人々に愛され、歌い続けられていけば満足であろう。一九五九年、四回続いたＮＨＫの特別番組「黄金《きん》の椅子」で、父が最後に朗読した「おわりの詩」に、そんなことにかかわる、晩年の父の気持がよく表れている。

犬が好きだった父・西條八十　1950年頃、成城の庭にて

おわりの詩

わたしの足の　可愛い小指も
その小指の先の
ゆがんだ小さな爪も
みんなわたしのもの
わたしのからだの一部
かりそめに書いた小唄にも
そのかけらにも
こもるわたしの生命
わたしは生きている

わたしの唄をうたう人の赤い唇に
唄を聴く人々の静かな耳朶《みみたぶ》に
また　その唄をはこぶ
街中の青い微風《そよかぜ》の中に
大ぜいの人の中に
温かくいだかれて
生きているわたしはしあわせだ
わたしは風
わたしは光　わたしはこだま
姿は消えても永遠に生きる
うたって下さる　聴いて下さる
みなさん　ありがとう

◆一九五九年　コロムビア
作曲　古関裕而◆

NHK 番組「黄金の椅子」 1959 年
左より　堀口大學、ノエル・ヌエット、サトウ・ハチロー（前列）、
佐伯孝夫、八十、門田穣、丘灯至夫、松島トモ子の諸氏

父とアルチュール・ランボオ研究

幼い頃から父が他界するまで、「アルチュール・ランボオ」という言葉を、家でどれほど聞いたかわからない。もちろん、私が高校に入る頃から、それは父が長いこと研究を続けているフランスの詩人であることは知っていた。とくに毎年、夏休みなどになると、父はランボオの研究のために、関係する本を携えて日光や箱根に行き、しばらく滞在していたものである。

私は父と異なり、旧制高校に進学した際に理科系を選んだ。しかし、ジッド、ロマン・ロラン、ゲーテなどの文学書を、いうまでもなく翻訳で、熱読《ママ》した。本の入手しにくい当時でも、幸いに父の書庫には、そのような本は豊富にあった。わからないなりにポール・ヴァレリー全集なども、一部読んでみたりしていた。しかし、ランボオに関係する翻訳書を見た記憶はなく、どんな詩人か知る機会はほとんどなかった。

父のランボオ研究は早稲田大学教授時代の一九三五（昭和十）年頃に着手され、はじめは学位論文のつもりで執筆していたが、一九四〇（昭和十五）年に恩師吉江《よしえ》喬松《たかまつ》教授が亡くなったため、学位論文とする意欲をなくした。しかし、戦争がひどくなって下館に疎開している間、父は時間にゆとりができたため、再びランボオの研究を続けたようである。

また、その頃、下館の近くの町結城から、後に詩人として大成する新川和江さんが詩が好きな女学生として、セーラー服姿で出入りしておられたが、父は新川さんにそれまでに書き上げていた「ランボオ研究」の原稿の書写（コピー）をお願いしたことは、新川さんも後に書いておられる。現在の若い人たちには想

ランボオ（八）

最上野草

ヴェルレエヌ

ランボオがヴェルレエヌに會ひにいよ〳〵出發することになると、母親は新しい服をつくつてくれ、デヴリエールが旅費をくれた。十七歳の詩人にとつていまや光榮の門は開かれんとしつゝある。出發の日、一日ぢうランボオは悲痛な氣持でゐた。たうとう死の決意をもつて、この嫌忌すべき故郷の町シャルルヴィルを出發した。しかも、その日、街路樹も、ミューズ河のながれさへも、やさしく强烈な秋の陽のもとに嬉々として赤く輝いてゐた。

車室の一隅にむつゝりと腰かけて、かれは日に照らされた田野の過ぎゆくのを眺めてゐた。と、かれのこゝろの中には、煤煙よりも時刻よりももつと早く飛んで行つて、まさに來たらんとするものにぶつかつて見たいやうな慾求が、徐々に、しかも苦しいほどに湧きたつのであつた。

やがて、ごちやごちやした庭園や、木造の建物がすでに首都に近づいたことを知らせた。と、ランボオはこの一世一代の大冒險におもむく心構へをした。列車が驛へ着くか着かないうちに、この若者は客車から飛びをりた。そして、たえず神經痛で痙攣る顔で、のろ〳〵と、しかもくそ眞面目《まじめ》に、驛の案内係につき添はれて、下車客の通りみちに蝟集する群集の顔をいち〳〵探し廻つた。

だが、ブルターニュの話に聞いたフェルト帽をかぶつた牧羊《フォーヌ》の假面《かめん》のやうな顔、――寫眞で見たことのある顔はどこにも見えなかつた。だが、たしかに手紙には書いてあつたのだ。「來れ、愛する偉《おほい》なる靈よ……」と。

ヴエルレエヌの住むニコレ街はすぐそこだつた。ランボオは、勇を鼓してヴェルレエヌの舅《しうと》夫婦の住むモオテ家の玄關さきへ訪《たづ》ねて行つた。名をいふと通された。やがて、シャルル・クロと遲れて驛へ行つたヴェルレエヌも歸つてきた。

田舍仕立ての新調の洋服を着込んでまるで棒のやうなランボオは、ヴェルレエヌが、まづひと驚きしたあとで、歡待してくれたので、意を强うした。

「え、君がランボオ君か？　いつたい齡《とし》はいくつだね。……とてもこれは想像つかないな、君があのすばらしい『醉れどれ船』の作者とは？……」

食事が出た。それはこの若い内氣な田舍者を惱ませた。ルイ・フィリップ風な桃花心木と皮の家具で飾られたしかつめらしい食堂、壁にはこはらしい陰氣な風景畫、キャベツをあしらつた鷓鴣《しやこ》の雛《ひな》、玉葱でかこまれた兎肉《うさぎにく》

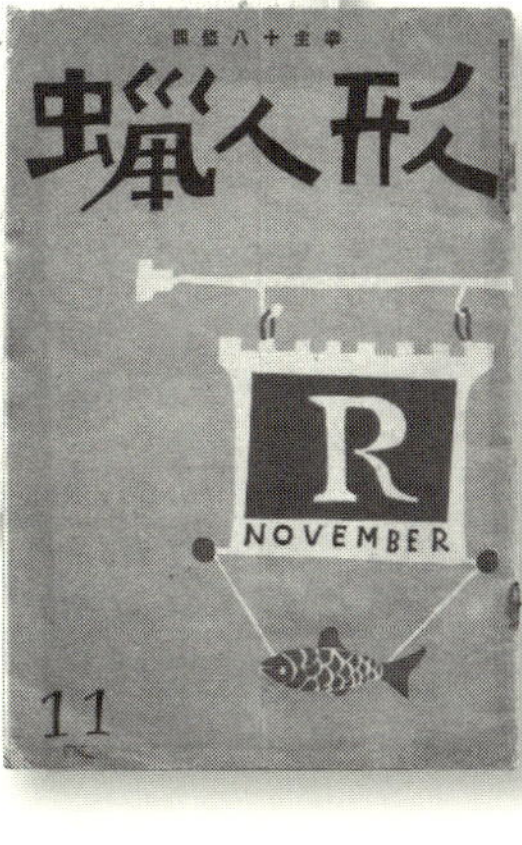

雑誌「蠟人形《ろうにんぎょう》」1948年11月号表紙、
「ランボオ　最上野草《さいじょうやそ》」のページ

像もつかないことだろうが、戦後しばらくして、おそらく一九六〇年代後半にゼロックスが普及するまでは、文献のコピーというのは大きな問題であった。私自身も、生涯の研究の重要な基礎となった外国の文献を借りることができた時、全文をタイプしたものである。

一九五二年十月に、父と姉の編集で創刊した詩誌「ポエトロア」には、「ランボオとイリュミナシオン」を連載していたし、その後も雑誌「風雪」などに、詩作を離れてアフリカに渡ってからのランボオのことを書いていたようだ。

一九六七年秋、父が七十五歳のときに『アルチュール・ランボオ研究』が刊行され、翌年五月三十日東京會舘で、早稲田仏文学会主催の出版記念会が開催された。私自身は残念ながら出席できなかった。

ランボオはごく若い頃、数年だけ詩を書いて詩壇に大きな影響を与え、後は全く芸術から離れてアフリカで武器の売買などをして放浪状態で過ごし、四十歳足らずで他界してしまった。父は詩人であったが、早稲田大学仏文科の教授であり、しかも多数の歌謡曲を書いて世間で広く知られている一方で、晩年には日本音楽著作権協会の会長として著作権の改定に大きな役割を果たした。酒も若い頃からあまり飲まなかった。まして詩を書くために酩酊するようなことはなかった。書斎も机の上に三台の電話が並び、引き出しの中まで整然としており、会社の社長などの事務的な机を思わせた。そのような父が波乱に満ちた生涯を過ごしたランボオの研究に一生をかけたということは興味深いと思う。

『アルチュール・ランボオ研究』のあとがきに、どうしてランボオを研究するようになったか、父は次のように書いている。

ランボオがわたしを惹付《ひきつ》けたのは、なによりもその生涯だった。幼児のような純一な理想を抱き続け、その夢と苛酷な現実との接触に粉砕した彼の悲惨な一生、——つまり彼の人間像だった。幼少年時代の人間は誰でも詩人である。「今日の後になぜ明日が来るのか、なぜわたしはわたしであり、あなたでは無いのか」と真剣に疑う幼児は悉《ことごと》く詩人である。その幼児が幼稚園に入り、学校生活に入り、自己と社会との連関を自覚するに到って、彼らは頓《とみ》に詩人では無くなる。しかし、ランボオの精神は永い間詩人のままでいた。

実際に、父はこの本にランボオの書いたものを数多く引用し、その訳を記しているが、ランボオの詩をまともに訳したものは十編もないだろう。父自身が書いているように、ランボオに抱いた関心の対象は、その作品でなく、その生き様であった。

「ランボオ研究」を書き終えて

はてしなき神秘

アルチュール・ランボオという詩人を研究しだした刹那《せつな》から、ぼくは蜘蛛《くも》の網にひっかかった昆虫のような気がしだした。このくらい謎《なぞ》にみちた詩人はなかろう。第一にこの男は自分で編んだ一冊の詩集も出していないのである。十七歳の折りのあの有名な「酔いどれ船」の長詩でさえ、彼が自筆で書いた原稿はない。詩人ベルレエヌの記憶に頼っているだけである。そのベルレエヌはアルコール中毒患者で、おまけに大うそつきといわれているのだから、うっかりするとこの少年詩人の作品の傑作の大部分はベルレエヌの作かも知れない。詩集の「レ・ジリュミナシオン」一巻の題目と内容も、彼自身が書きとめたものでなく、みんな他人の手に成っている。ベルレエヌは、この詩人に「霊の狩猟」という詩集があり、この中の詩編が彼の最大傑作だと言っているが、その詩集はついに未だに発見されていないのである。わずかに懺悔録《ざんげろく》的散文詩集の「地獄の一季節」一冊だけをこの詩人は自費出版しているが、それもわずか五人の友人に頒布《はんぷ》されただけで、残余の本は死後まで印刷屋の倉庫に埋もれっぱなしだった。そんなわけだから、ベルレエヌがこの詩人の存在を世間に発表し、またパテルン・ベリションの筆名を名のる好奇な一青年が、彼の研究に没頭し、伝記を書かなかったならば、このランボオなる田舎出の一少年は、ついに世の中に知られずに終ったかも知れないのである。（後略）

◆「朝日新聞」一九六八年一月十一日　夕刊◆

父の食事

父の食事について、まず思い出すのは、父がおいしそうに食事をすることはめったになく、たいていまずそうに食べていたことと、野菜が大嫌いで、母がいつも苦労していたことである。

成城の家　かなりやのさえずるサンルームにて

父は子どもの時から食事への執着はあまりなかったらしい。祖父の家は当時石鹸《せっけん》を製造販売していたから、家族も使用人たちと一緒に、いわゆる箱膳《はこぜん》を並べて食事をする習慣で、当然、父もその中に加わって食べていた。祖父という人は、大変つましい人だったから、粗食を重んじたらしい。そうした食事の場面で、番頭に「坊っちゃんはなぜそんなに、まずそうに食べるのですか」と言われていたと聞いている。父があまり食べないと、祖母がそっと焼海苔などを父にわたしてやっていたという話である。

前にも書いたように、私が小学生だった頃、強く印象に残っているのは、家族の朝食が普通の日本の家庭同様だったのに、父だけは毎日、コーヒーと黒パンを自分の書斎で食べていたことだ。バターだけでジャムなどは使わなかった。パン食が普及したのは戦後のことで、コーヒーの普及はさらに遅い。当時、パンとコーヒーの朝食を用意するのは、大変なことだったと思う。その時代にコーヒーを自分でいれていた父は、戦前にサイフォン式のものを使っていたこともあった。現在でこそ洋風の朝食が普及しているが、昭和初期には珍しかった。

父のコーヒー好きは戦争中も続いた。今でも輸入に頼るコーヒーのことだから、太平洋戦争が始まってからは、入手が非常に困難になった。いつのことだったか定かではないが、コーヒーが無くなってきた頃に父はどこからかコーヒー豆を大量に入手してきた。しかし、それを煎る器具もなく、苦労して琺瑯で炒っていた記憶がある。何で粉にしたかは覚えていないが、多分すり鉢でも使ったのであろう。

父のパンとコーヒーの朝食は晩年まで続いた。

戦後、成城での生活が軌道に乗った頃、私は結婚し、しばしば父母の家を訪れた。私の妻が、父について驚いたと言った、その内容も今思えばおかしみを感じる。食べることに執着がないとはいえ、さすがの父も昼頃になると空腹を感じるらしく、書斎のある二階の階段の上から、「はるー（母、晴子をこう呼んでいた）、腹へったぞー！　飯《めし》はまだか！」と怒鳴っていたという。その仕度《したく》に時間がかかっていると、「飯はまだか、俺を殺す気か」と叫ぶ。下では母がお手伝いさんたちと、ほら「殺す気か」が始まったと、急いで昼食の仕度をしたものらしい。あの瀟洒《しょうしゃ》な背広姿からは想像もつかない、江戸っ子まるだしの父だった。

食事だけでなく、母は父の機嫌の善し悪しを敏感に察知した。私の妻は、母がよく書庫の戸の裏にじっとかくれているのを見たという。母は父の機嫌が悪くなりそうだと姿をくらまし、良くなった頃に出てくるという特技を身につけていたようである。

父は徹底して野菜や果物が嫌いだった。「これまで元気できたのだから心配ないさ」と言っていた。にんじんが多いと「俺は馬じゃないぞ」とわめき、キュウリばかりだと「俺をキリギリスにする気か」と怒鳴った。それだけに母はいろいろ食べさせるのに苦労していた。毎日、さまざまな野菜やレモンなどの果物を混ぜてミキサーにかけ、ジュースを作って父のところに持っていかせた。父は仕方がないから飲んでいたようだが、すぐに飲まないから酸化してしまい、ますます飲みづらくなっていたことも多かったようだ。

この習慣は、母が亡くなってからもお手伝いさんに受け継がれ、続いていた。いつ頃からだったか覚えていないが、父はひんぱんに緑茶を飲むようになった。仕事のあいまに電気ポットで

チューリヒのCISAC国際会議にて　1960年9月　右より八十、嫩子

奈良公園にて、八束・八十・紀子

湯を沸かしては、玉露を自分でいれて飲んでいた。「だからおれは野菜や果物をあまり食べなくてもビタミンCが不足しないのだ」と言っていた。

母の亡くなった年の秋、父は日本音楽著作権協会の会長として、国際会議出席のためヨーロッパに出かけた。この時に同行した姉は母に倣《なら》い、旅行先でも父に果物を食べさせなければと苦労したらしい。しかし、万事が自分自身の尺度で動く姉のことで、次の目的地へ出発の直前になっても、果物を買いに行ってなかなか帰ってこず、父に気をもませることもあったようだ。

母の死後、父の晩年になってからは、父と私ども家族のものが、軽井沢とか、玉川の高島屋などで食事をすることが少なくなかった。そうした折も、食後にくつろいで、ゆっくり談笑することはほとんどなく、食事が済むとあっけないほどすぐ立ちあがって、成城の家に帰ったものだ。これが家族でなく、特定の相手だったらどうだったかわからないが。

後になって思えば、地方の有名な店などで父が食事をしていると、しばしば食後に色紙を持ってこられ、「先生、一筆を！」と言われることが少なくなかったようだ。差し出された何枚もの色紙の一枚だけは書いていたようだが、そのようなことは、せっかく美味しい食事をすませた父にとっては、わずらわしいことだったかもしれない。そんなことから、食事が済むとすぐ席を立つことが身についていたのだろうか。

酒と煙草《たばこ》のこと

前にも記したが、父は詩人によくあるように酒に酔わないと詩が浮かばないような性格ではなかった。家庭で食事のときに飲む習慣もなかった。晩年はいつも枕元にホワイトホースを一本置いていたが、就寝前に催眠剤といっしょに少量飲むだけだった。夜中に目がさめて飲むこともあったらしい。父は胃が強い人で、それで胃を痛めたというような話は聞いたことがなかった。当時はホワイトホースも貴重な洋酒で、時々横浜元町に出かけた際に中屋で買っていたのを覚えている。

一方、晩年の母は、よく夕食のときに熱燗《あつかん》を一本付けさせて一人で飲んでいた。ストレスの多い毎日の数少ない気晴らしだったと思う。私が中学生の頃から、母はよく私にも日本酒をすすめてくれた。旧制松本中学に在学中も、時々入手できたウイスキーを私にくれたものだ。

酒に関して、私は気の重い、恥ずかしいような思い出がある。私は酒に酔ったことはないが、好きである。

父のところに、毎年、最高級の加茂鶴が送られてきていた。ある日、成城の家を訪れた時に、例により加茂鶴がきているのを目にした。名古屋への帰りがけに父に、「あの加茂鶴一本もらっていっていい？」と聞くと、「ああいいよ」と答えてくれた。そのあと、三重県鳥羽市の先の磯部にある佐藤忠勇さんの牡蠣《かき》の養殖場へ行って、沿岸水の実験をやっていた。そこへ電話がかかってきて、父の訃報を知った。父との最後のやりとりが、酒をせびった会話になってしまったのである。（佐藤忠勇さんは、〝的矢牡蠣《まとやかき》〟と呼ばれる無菌牡蠣の考案者として著名な方である。その佐藤さんは、早稲田中学で父の先輩であり、父が生まれた牛込払方《うしごめはらいかた》町に近い二十騎町に住んでおられたのも、不思議な巡り合わせであった。父は亡くなる年の正月に、偶然、代官山の小川軒（母晴子の親戚、小川順氏創業）で佐藤さんと初めて出会った。佐藤さんは的矢牡蠣を、各地の大きなホテルばかりでなく小川軒にも入れておられたのである。）

私の記憶している限り、父は若い頃から煙草好きだったようである。戦前はアメリカのメーカーのチェスターフィールドを愛用していた。

母が亡くなった翌年、「西日本新聞」に連載した随筆（『我愛の記』）の一編「たばこ」には、太平洋戦争に突入する直前、チェスターフィールドを思いがけず入手したいきさつが書かれている。日米間が険悪になり、チェスターフィールドが輸入されなくなった頃、父は新橋のコロムビアレコード会社の建物の中の行きつけの床屋さんからこの煙草を何度かもらったという。その床屋さんの常連だった米国のグルー大使もチェスターフィールドの愛好家だった。父の嗜好を知っていた床屋さんが、チップの代わりにチェスターフィールドを一箱所望したところ、大使は快く一箱くれた。もちろん、父のためであり、これを床屋さんから父は手に入れたのである。こんなことが度重なり、大使がその理由を問うたのに対し、床屋さん

八十と八兄　軽井沢にて　1961 年頃

が父のことを話すと、次回から「その詩人にあげてくれ」と言って煙草を置いていくようになったという。父が大使と直接お会いすることは遂になかったようであるが、日本が真珠湾攻撃を仕掛け、太平洋戦争が開戦するとともに、そのルートも途絶えたのは言うまでもない。戦後は、父がピースの缶をよく持っていたのを記憶している。

終わりの日々

父は晩年になるまで病気らしい病気をしたことがない、健康に恵まれた人だったと思う。母が突然倒れ、二ヵ月余りで他界したことから、父も自分の健康状態を診てくれる、信頼できる医者の必要を感じるようになったらしい。父は六十八歳になっていた。

先に書いたように、母が亡くなった当時、父は日本音楽著作権協会の会長として、著作権法の改定に奔走していた。母の死去から二ヵ月後の八月半ば、来日した著作家作曲家協会国際連合（CISAC）の会長を箱根に招待し、共に一泊してきた。箱根が思いのほかに寒くて冷えきったのか、帰宅した父は「小便をしようとしてトイレに行っても少ししか出ないのに、またすぐに行きたくなる」と訴えた。私の家内の紀子が姉と相談して、東京大学医学部泌尿器科で受診させた。この時に同行した家内が廊下で待っていると、だいぶ時間を経てから出てきた父は、いきなり「おれは、紀子のおかげで衆人環視の中でとんだ大恥をかいたよ」と言ったという。聞けば、医師に小水を採るようにコップを渡された父は、そのような経験がなかったために、医師や看護師の見ている前で、堂々とコップを満たしたというのである。「コップを渡されて、どこに行けとも言われなかった」と父は言っていた。医師は「そのくらいの勢いで出るのだったら、ご心配はいりません」と〝診断〟されたそうだ。

私はこの話を聞いて、いかにも父らしい豪快なエピソードだと思った。江戸っ子気質というのか、牛込拂方町の商人の子として育った父の一面でもあろう。

後に病気をして、いくつものどぎつい色をしたカプセルや錠剤を飲むようになった父は、「こんなに違った色の薬をいろいろ飲んでいたら、おれの内臓はいったいどんな色になってしまうのだろうね、なんだか怖い気がするね」とつぶやいていた。

一九六四年十一月、痰に血が混じったので、父は虎ノ門病院に入院して検査を受けた。扁桃腺の上に小さながんが見つかり、築地のがんセンターへコバルト照射を受けに通った。私もついていった記憶がある。コバルト照射によって、皮膚が火傷をしたようになったのが痛々しかった。このがんは、早期発見であったことが幸いし、その後、転移することもなかった。

父は生まれて初めての入院生活に、懲《こ》り懲《ご》りしたらしい。まず父が驚いたのは、看護師さんたちがノックもせずに病室に入ってくることだった。プライバシーを損なうことだと、父は憤慨《ふんがい》した。さらに、その看護師さんたちが朝から大小便の様子などを尋ねることを「ぶしつけな質問をする」と言い、「道路に寝かされているみたいなものだ」とぼやいた。

この喉頭がんという病気以来、きっぱり煙草をやめたのも、二度と入院することなしに済ませたいという思いからだったのかもしれない。病気の一因といわれ、ましてや病後の体によくないとなれば、思い切りのよい人だった。

しかし、この時の病気が原因で、五年ほど後、七十七歳のときに、父は声帯麻痺《まひ》のために声が出せなくなってしまった。会話を好み、豊かな話題で人を楽しませ、自分でも楽しんでいた父にとって、これは精神的にも大きな打撃であった。私は、友人であるフランスの海洋学者に頼んで、アンプリフィカトゥールという会話補助具を取り寄せた。当時は個人輸入などということは異例といってよく、その頃東京で唯一の国際空港だった羽田空港まで私の家内が出向き、厄介《やっかい》な手続きをする必要があった。父は会話を取り戻すことを楽しみにしていたのだが、試してみたら、音声を増幅する機能はあっても、ほとんど声にならない声に、この器具は効果がなかった。そのときの父の落胆は、見るに忍びないものだった。

その翌年（一九七〇年）、亡くなる半年余り前に、父は「朝日新聞」（一九七〇年一月二十九日）の「近況」という欄に、次のように記している。

午前中だけ仕事。仕事は二通りある。ひとつはフランスの十六世紀から十九世紀へ掛けての代表的な詩の翻訳。たとえば、ドオヴィニェ、マレルブ、シェニエなど高名な詩人の訳はまだ一編もなされていないので、殊《こと》にしたいと少しずつやっている。もうひとつはファンタスティック長編小説。これはしあがればすぐ本にする。昨年六月以来声帯マヒ症で電話口へも会合へも出られぬので、仕事だけが楽しみだ。午後は午睡と散歩、夜はひとりでぼんやり。

七月末、姉と、私の息子八兄らを連れて数日を軽井沢で過ごし、その間に数十通の葉書を友人たちに書き送っている。八月十日、玉川高島屋へ私の姉や息子たちと散歩に出かけたのが最後の外出となった。八月十二日、午前四時三十分、急性心不全のため逝去。朝、静かに永遠の眠りについているのが発見された。

父が亡くなった翌日の午後、藤田圭雄先生は父からの手紙を受け取っておられるが、次のように書いてあったという。

晩年といふものはふしぎなものですね。老人になつて見て驚異しました。それに生きつづけることは骨が折れますね。いま夜中の四時です。こんなに早く目がさめるようになりました……

この手紙は、藤田先生が神奈川近代文学館に寄贈された資料の中に含まれていると、先生の生前にお聞きしている。

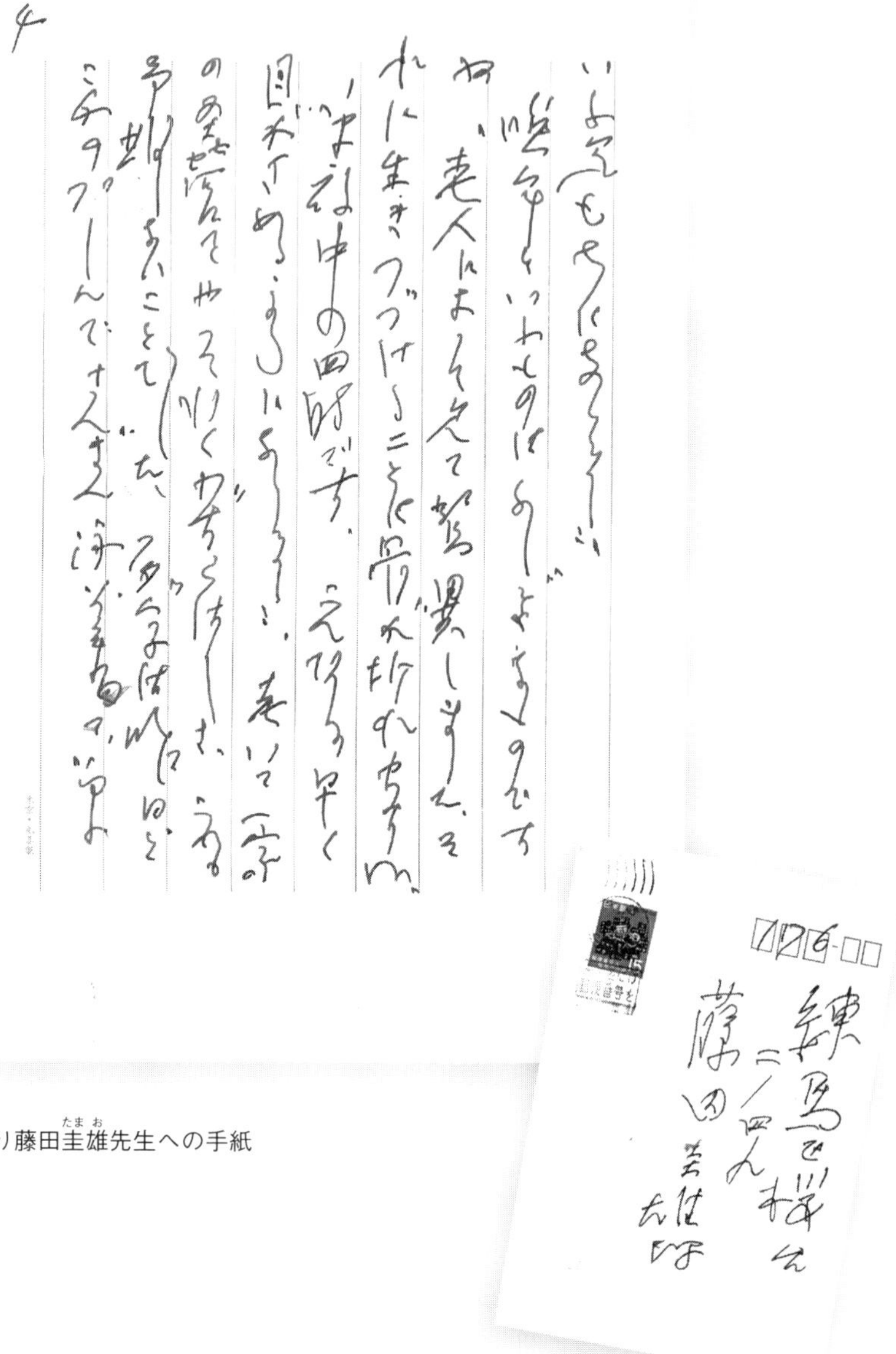

八十より藤田圭雄《たまお》先生への手紙

II　うしろすがたの父・八十

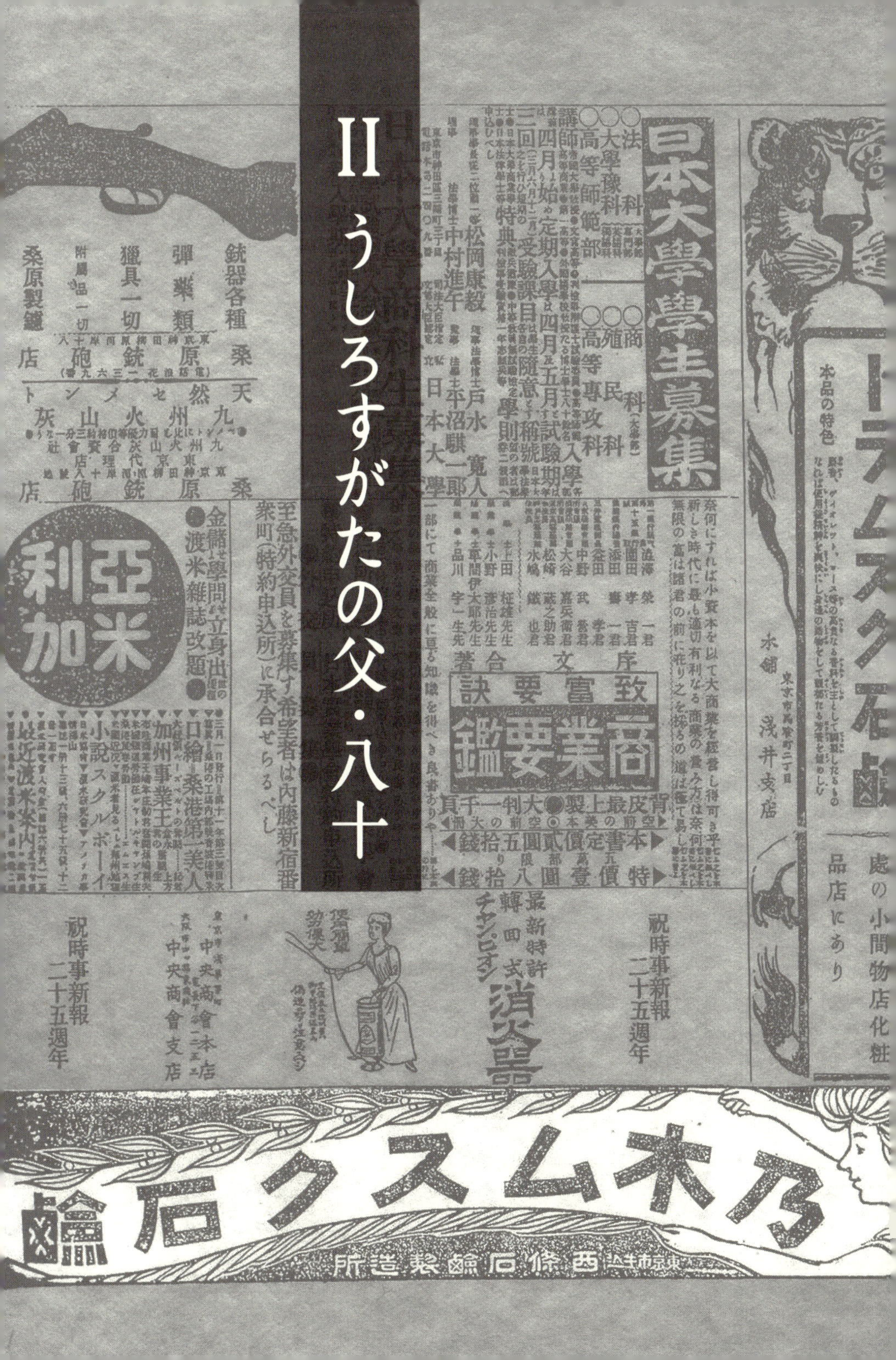

（扉）乃木ムスク石鹸広告　東京市牛込　西條石鹸製造所

屋敷町と下町の江戸っ子の気風が隣り合っていた東京・牛込の少年時代。けんかをしたり、ラブレターを書いたり、異国情緒にあこがれたり。父の急逝と、兄の放蕩で、青年八十は一転、沈み行く一家の舵取り役となる。株の売買、学習書の出版、家庭教師、天ぷら屋まで開業したこともあった。やがて「赤い鳥」と出会い、「唄を忘れたかなりや」に至る。持ち前の想像力が開花して、八十の世界はひろがりはじめた。

川向を訪ねる

それは一九七〇年四月二十日。渡米をひかえた私は成城の父の家を訪ねていた。突然、父が私に、「八束、今日、川向《かわむこう》へ行ってみようか」と言った。父の父、西條重兵衛は西條家を継いだが、もともと夫婦養子であった。西條の家は牛込にあり、菩提寺も赤坂の米国大使館のとなりにあった。祖父の生家は、成城の家からあまり遠くない、多摩川を越えた横浜市にあるらしいことは、何となく知っていた。

もっとも川向の語源は多摩川とは関係ないらしい。その場所は、現在の住所で言えば、横浜市港北区川向町（古くは神奈川県都築郡都田村川向）。父の祖父は志田勘蔵で、父の姉、サエは志田家に嫁いで、重兵衛の兄である志田浦之助の長男といとこ結婚をしている。その娘が大信田知恵、西條の家に寄寓していて私も可愛がってもらったおばさんであった。

目指す川向の家は、成城から多摩川を越えて一時間足らずで訪ねることができた。庭の広い農家だった。父の急な訪問にずいぶんびっくりしたらしいが、すぐに年配の男性が出てきた。父の従兄弟の米吉さんと思われる。父はその前年から声帯麻痺《まひ》のためにほとんど声が出なくなっており、あちらは耳がかなり遠い。とても会話にならなかったが、なつかしそうに手をにぎりあって旧交を温めているようであった。

その翌日、私は予定通り渡米し、各国の研究者と共同で海水中の光の測定法を検討するため、NASAの観測船でマイアミから一ヵ月あまりの航海に出た。

この年の八月十二日、父はこの世を去った。父はもう自分が長くないことを意識して、私と川向を訪ねたのだと思う。

少年時代

父は一八九二（明治二十五）年、東京牛込拂方町《はらいかた》（現・新宿区払方町）に生まれた。私の祖父重兵衛は初めこの質屋の番頭を務めていたが、西條家の嫡男丑之助が急死したため、その花嫁となるはずだった私の祖母と結婚して、家を継ぐこととなった。この時、重兵衛三十七歳、祖母トク十七歳。もとは江戸時代からの伊勢屋という質屋であったという西條家はその後、石鹸《せっけん》製造販売業を始め、使用人もたくさん使って、なかなか成功していたようだ。

父八十は戸籍上は九人兄弟の七番目、三男である。長男は養子でもともとは祖父重兵衛の実弟であり、父八十の上にいた長女と四女は幼くして亡くなっている。

父は子どもの頃、重兵衛の里である川向へ、しばしば遊びに行っていたと思われる。私は父が「かくれんぼ」のような童謡を書いているのは、川向へ行った思い出からではないかと想像している。それは、私自身が小学校の頃、夏休みに母方の叔母の嫁ぎ先である小岩の家へ行って、従兄弟《いとこ》から田舎らしい遊びを教えてもらったのと、同様な経験のように思われるのだ。

かくれんぼ

おもひだすのは
かくれんぼ
待てどくらせど
来《こ》ぬ鬼に
さびしい納屋《なや》の
櫺子《れんじ》から
そつと覗けば
裏庭の
柿の木にゐた
みそさざい。

◆『全集』第六巻、所収◆

早稲田中学校の頃

後に早稲田大学仏文科で同僚となった仏文学者、山内義雄先生とは家が近く、子ども時代からよく知る仲だったという。といってもお屋敷町の山内先生と、商家の父はしばしば喧嘩《けんか》をする間柄で、父は石鹸工場にある硫酸をびんに入れて持ち出して振り回し、「硫酸のヤー公」と呼ばれていたという。

父は台風が来る前に、しきりとテレビを見て興奮するようなところがあった。火事と喧嘩は江戸の華、といわれるが、父にはそんな江戸っ子気質があったのかもしれない。

父の実家は、当時は日本でも数少ない石鹸製造工場だったが、牛脂、ヤシ油を原料にした、かなり旧式の製造方法で石鹸を作っていたらしい。父が小学校の高学年になった頃、福永文夫という人が入ってきて、新たな技術や販売方針を導入したようだ。日露戦争の旅順陥落、日本海海戦での勝利をあげた頃には、乃木ムスク石鹸、東郷化粧水などを売り出して、さかんに新聞広告もしていた。

父の中学生時代の詩

あるとき父が書庫を片づけていたら、早稲田中学の学生だった頃、校友会雑誌に載せた、まだ稚《おさな》い五、六の詩が見つかった。ちょうど一九〇七（明治四十）年から翌年にかけて書いたものである。当時、父は雑誌「文庫」の愛読者で、とくに野口雨情、横瀬夜雨などという詩人の作品を溺愛《できあい》していたという。

〈忘れてゐた昔のかけら、―ぢつとそれらの詩編に見入つてゐると、どこか紛れない今日の己れのおもかげが宿つてゐる〉という書き出しで、詩誌「蠟人形」に掲載している。

つばくらめ

春の雨降れ、麦の穂に
野路に寂しき日がかげる、
いそげ常陸《ひたち》のふるさとへ
艶羽《つやば》うれしきつばくらめ。

泣いて別れたさみどりの
丘に茅花《つばな》は萌えたれど、
誰をたづねて山駕籠《かご》は
雨の降る間《ま》を寄りもせず。

山にたちばな、野に薊《あざみ》
花の白きは忘れたが、
雲の往来《ゆきき》を夕月《ゆふづき》の
絶えてこのごろ人恋し。

野路《のぢ》の春雨、霽《は》れぬ間《ま》に
いそげ艶羽《つやば》のつばくらめ
芽花《つばな》さく野の野鼠《のねずみ》は
夢が可愛いと告げ申《まを》せ。

◆「拾遺」明治四一年／『全集』第二巻、所収◆

前列左　八十。早稲田中学校を卒業

詩と私

西條八十

ぼくが中学を卒業したのは明治四十二年。そして詩壇に出ようとしたときには我国では川路柳虹や三木露風などの自由詩の運動が興り、言文一致で詩を作るべきだという主張が興り、定形詩はすでに無くなっていた。

ぼくが詩を志した動機は中学三年のころ土井晩翠の「天地有情」を読んでからだった。友達の家へ行くと、三輪田女学校の先生だった姉がいて、そのひとの机に小型な詩集がのっていた。それが「天地有情」でそもそもそれから詩というものを知ったのだった。

日本の詩の流れを見ると、始めはロマンチシズムの詩で、島崎藤村、土井晩翠などがこれに当る。次にフランスでパルナシアンの詩が興ったように、横瀬夜雨、伊良子清白などが出ている。その次は象徴派で、蒲原有明、三木露風、北原白秋の初期の作品などがこれに当る。

（中略）

ひろく詩の流れを見ると、フランスでは十七世紀は理性尊重の時代だった。ボアロー、ラフォンティーヌやコルネイユ、ラシーヌ。喜劇作家モリエールにもよい詩がある。感情を詠《うた》うのにも選んでユニバーサルな感情――王に対する忠誠や、親子の愛や、貪欲などをとりあげて詩にした。総てが理性中心であった。

十八世紀末から十九世紀にかけてのロマン派は、古典が圧迫していた感情を爆発させた。ユゴオ、ヴィニイ、ミュッセ、ラマルティーヌ等、感情をあらゆる美しい言葉で綴って詩にした。

次はサンボリズムで、これは神経、感覚の世界である。

ポール・ヴァレリーは言う。ボオドレエルが詩を書こうとしたとき、彼より先に死んだユゴオという怪物詩人がいて、百年経っても全集が出ない程沢山の仕事をして、世の中の現象のほとんど総てを書きつくしてしまった。だからボオドレエルは素材を、神経の世界に求めたのだと。

近代で、このボオドレエルくらい大きな影響を与えた詩人はいない。彼から脈をひく象徴主義の詩人としてはベルレエヌ、マラルメ、ランボオなどがいる。

次の新しい詩人群はシュールレアリズムである。これは潜在意識の世界、人間の意識しない、かくれた世界に作品の素材を求めた詩人群である。小説家マルセル・プルーストが「失われた時を求めて」を書いたのも同じ時代だ。超現実主義の詩人としてはエリュアール、アラゴン等がいる。アポリネールもこの先駆者である。

アポリネールは説く。今の詩は新聞のようなものでなければいけない。詩人が詩を書いている時、遠近から種々雑多な響、匂い、色彩などが詩人を襲ってくる。こういうものを全部描いたものが現代の詩でなくてはならないと。

日本では新体詩が生れてから僅か二十五年で自由詩が生まれた。外国では数世紀を経て定形詩が行きづまりに達したとき、必然的に自由詩が生まれたのである。日本の詩の自由詩化は単なる外国の模倣であったとしか思われない。

現在我国では詩と散文をどう区別しているか、佐藤春夫の「近代文学の展望」や日夏耿之介の「大正昭和の詩人」を読んでると、いずれも詩と散文の区別は、散文では書けない微妙なものを詩に書くといっている。これはイギリスのアーサー・シモンズが「散文で書けるだけのことはすべて散文で書く。その先に詩の世界がある。」と云ったのと殆ど変りはない。外国では頭韻や脚韻が今も残っているが、日本はズンベラボーである。私などがこういう時代に生れたのは残念である。若い日、武器を整えて、いざ出陣というときに敵がいなくなったような感じであったとは云え、白秋や露風が定形詩に未練を持ちながら書いた自由詩のなかには多くの傑作がある。例えば白秋の歌曲でない「城ケ島の雨」という作品など。

◆日本詩人クラブ主催、創立十五周年記念講演より／「詩界」八十五号、日本詩人クラブ、一九六六年七月◆

すみれ色の恋文・父の初恋のひと

父の中学時代は、初恋にも彩られていた。父が『我愛の記』などに書いているその初恋の人は、思いがけない形で、百年近い時を経て私の前に姿を現した。

二〇〇五年の一月半ば、父の本を出すという出版社の方が、掲載する写真を見に来るというので、父の写真を整理していた時のことである。一束の写真の中から、台紙の裏に「壱七才の若き日　鈴木薫子」と太い字で記した写真が出てきた。彼女の表情さえはっきり見分けられないほど色あせていたが、台紙にペンで書いたと思われる〈すべて皆逝《ゆ》けるなり、過去は楽しかりき〉と父の添え書きがあった。この思い出の写真を、父が生涯大切に保存していたことがわかる。

『亡妻の記』の中に「ぼくの初恋」として、父は鈴木薫さんに関わる思い出を書いている。また、『わが詩わが夢』（草原書房、一九四七年）にも「早すぎた失恋」として書いている。

龍に軍治に重《しげ》だるま、と呼ばれた三人の悪童が近くの町にいた。中学三年の夏、ぼくはかれらとものすごい喧嘩《けんか》をやったのち友だちになったのだが、その三人が、或る日ぼくに言うのだった。「おまえは文章がうまいそうだが、ひとつ試験してやる。おれたちの町に、鈴木という軍医の娘ですてきな美人がいる。それにラヴレターをかいて成功したら、みんなの兄貴分にしてやる」

ぼくはきれいな花の絵葉書きを買い、すみれ色のインキで、ラヴレターを書いて届けさせた。すると、その女の子が逢いに門前へ出てきた。ぼくは十四歳、当時の中学三年、むこうも同年の女学生だった。

初めていっしょに散歩したとき、ぼくは彼女にプレゼントするものがなくて、学校からもらった一年、二年の優等生の賞状を彼女にやってしまった。あれを彼女がもってどうしたか、いま想い出すとおかしくなる。

ぼくたちは三年間ほど交際した。指一本ふれたこともない清純な幼い初恋だった。四年目に彼女は、年長の従兄の軍人に嫁ぎ、ぼくは失恋の傷手《いたで》を負い、中学卒業後大学にはいらないで、関西への放浪

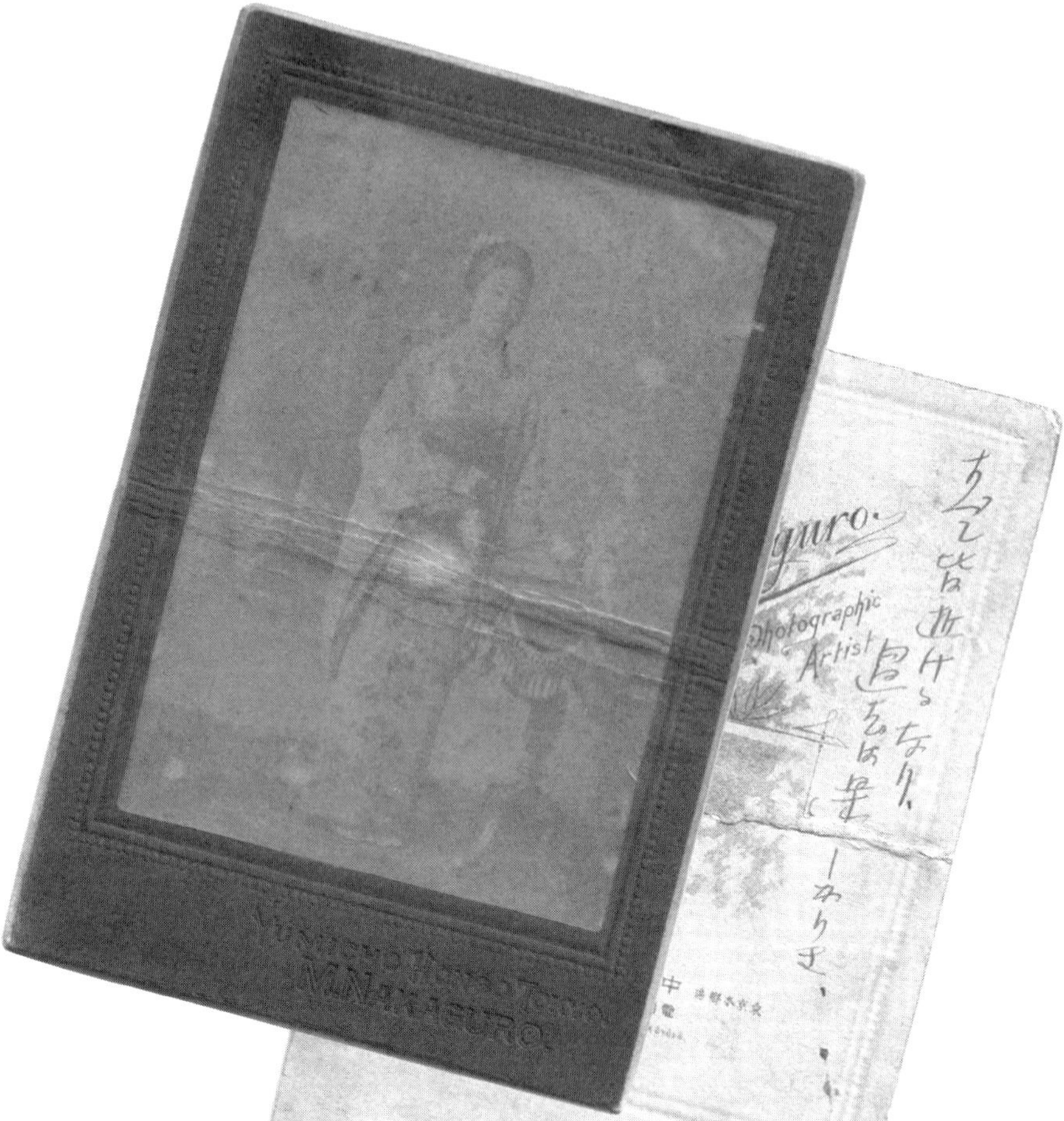
Photographic
Artist

の旅に出た。悲しいことだが若い日の初恋はたいてい破綻《はたん》に終わる。女は若くても嫁げるが、男にはまだ結婚する生活能力がないからだ。

それから数十年たった或る日、若い「あららぎ派」の歌人島田忠夫が来て、「先生は少年時代こういう軍医の娘を知っていたか」ときいた。「初恋の人だ」と答えると、その男がおもしろい話をした。ある夜知り合いの呉鎮守府《くれちんじゅふ》司令長官の家にとまっていると、夜中に老夫婦が口喧嘩《くちげんか》をしていた、その中で、老夫人が「だからわたしは八十《やそ》さんのところへ嫁《ゆ》けばよかった」と、二、三度叫んだ。ところで「八十《やそ》」なんて名前はめったにないから、もしかと思ってきいたのだとのことだった。

それを聞いて、ぼくはまぶたが熱くなった。あんな幼い、かりそめの恋を薫さんは今でも忘れずにいてくれたのかと感慨無量だった。そういうぼくも、彼女が嫁ぐ直前に形見としてくれた髪の毛の一束と、色のさめた写真をだいじに保存していたのだった。

今度の戦争後、彼女は海軍大将だった良人《おっと》とともに、中央線の阿佐ヶ谷に住んでいた。阿佐ヶ谷には友人の詩人、日夏耿之介《こうのすけ》が居る。ぼくは近くの日夏夫人から、彼女が無事であるとの消息を聞いて安心していた。

ところが、ある時、日夏夫人から突然彼女が病死したことを聞かされた。だが、夫人はぼくを慰めるように、「でも、あの人はとてもしあわせでしたよ。ご主人がやさしいひとで、からだが動けなくなってからは、ご自分でお風呂にまで入れてあげて看病していらしたそうです」と話してくれた。

ぼくはその夜、色あせた古い彼女の写真の前に、花をささげ、ぼくらのかなしくも清純な初恋の終わりをとむらったのだった。

◆「ぼくの初恋」／『亡妻の記』所収、家の光協会、一九六八年◆

かなりやまで

「飯坂小唄」と小説「みちのくの恋」

父が中山晋平氏とのコンビで作ったいわゆる「新民謡」の中で、現在まで歌い継がれているものの一つが「飯坂小唄」である。一九三一（昭和六）年五月、父は飯坂温泉の角屋《かどや》という旅館の主人に依頼されて、中山晋平氏ならびに舞踊の藤蔭静枝氏とその地を訪れて「飯坂小唄」を作った。

ハ　寄《よ》らんしよ　来《こ》らんしよ　廻《まは》らんしよ
ササカ　サカサカ　飯坂へ

◆部分、『全集』第八巻◆

この小唄と別に、この地は父にとって深刻な思い出のある土地でもあった。父がまだ学生時代のことである。父の兄が、祖父の残した膨大な資産、有価証券から土地家屋の権利証までのこらず持ち出して、愛人の芸者と姿をくらましてしまった。父が早稲田大学の二年生の時のことである。その頃、編集者、中村星湖氏の好意によって父の「石階《せきかい》」という詩がはじめて「早稲田文学」誌上に発表された。この詩がきっかけになり、父は新たに発行された「抒情詩」という詩誌に「ウォルト・ホイットマンの影響」というアメリカの若い詩人の論文の翻訳を載せ、また、父が以前からあこがれていた三木露風氏に会うことができた。このように、父が詩人としてようやく認められようとしている時に、嫂《あによめ》から兄の失踪の話を聞いたのである。

父の兄は、もともと道楽者で、旅役者などに加わって家を出ていることが多かったから、祖父は生前から父を法律的に相続人とする手続きをしていた。この時、父ははじめて兄が悪支配人と組んで、資産のほとんどを消費してしまったことを知った。しかし、父は法律上は西條家の戸主であり、扶養すべき老母と弟妹を抱えていた。父はそれから数ヵ月、必死になって日本中、兄の行方を探しまわった。そしてやっと、彼が若い芸妓と福島県飯坂温泉に隠れ住んでいたのをつきとめたのである。その時の思い出は、父が「みちのくの恋」というタイトルでフィクション化して、短い小説に書き留めている。

父が兄を探し出したのは、飯坂温泉の「花水館」で、兄はそこに三月以上も滞在していたらしい。後に、中山晋平氏と飯坂温泉を訪れた時も、若い頃の回想が苦しく切なくて、その花水館には一度も泊まったことはないと、小説の「あとがき」に記している。そして、こう締めくくっている。

> この小説の最後では端折《はしょ》ってあるが、事実として、わたしは藤田という小村落の宿で、とうとう兄と芸者の所在を押え、兄も観念して、わたしといっしょにその夜の夜行で幾月ぶりかの東京へ戻った

のだった。

数個月間、伊豆箱根から、東北の辺陬《へんすう》まで尋ね廻った兄に、やっとめぐり会ったとき、宿ののきさきには、夏の夕ぐれの半田の銀山がうすぐろくそびえ立って見えていた。庭さきには大きな螢《ほたる》が蒼白い燐光《りんこう》を放って飛んでいた。

いかに敵味方のようになっていても、兄弟は兄弟である。わたしは、そのとき、晩飯の箸を置いた兄が、ふとやさしく言った言葉を、今でもはっきりおぼえている。それは、

「八十《やそ》、螢でもとりに行こうか」

という言葉だった。そして、それを聞いたわたしの眼は、なんとも言えない感慨の涙で濡れたのだった。

その放蕩の兄は、いま齢《よわい》、七十を越え、好々爺《こうこうや》となって、鎌倉で健在である。
◆『全集』第十六巻、「解説・解題」◆

そんなことで、飯坂温泉は私が一度訪ねたいところであったが、訪問のきっかけは、思いがけないことから始まった。二〇〇二年の春、飯坂温泉観光協会から、「飯坂小唄」を今の若い人たちも喜んで歌うように変えたいのだが、という話がきたのである。

私は、父の著作権に関して責任を持っている立場から、父が好まなかった替え歌を作ることは、いっさ

い お断りしている。その方針からすると、簡単に「どうぞ」とは言えないわけだが、土地の皆さんの熱心な様子をうかがうにつれ、何とか方法はないかと考えあぐんだ。いろいろ電話などで意見を交換しているうちに、昔からの「飯坂小唄」は今後も歌い継いでいくことを確認する一方で、若者向けのものは、「歌の本文には手を付けず、囃《はや》しの部分だけは、その時の気分から出たものとして目をつむりましょう」ということにした。その言葉は、「ゴーゴー飯坂、ゴーゴーファイヤーファイヤー」という不思議なものだが、皆さんが気に入っているというので、コロムビアでCDも作ってくれた。

今年（二〇〇二年）のお祭りはファイアー祭と称して、新しい「飯坂小唄ファイヤーバージョン」もみんなで踊ろうということになり、九月一日の夜のお祭りに、私もどうぞお二人で、というご招待を受けた。飯坂温泉は福島市の郊外にある。折から家内の都合がつかなかったため、栃木に住んでいる私の娘が同行した。

娘が結婚してから二人だけで旅行する機会はなかっただけに、新鮮でもあった。ずっと私との連絡役を務めてくださっていた方が、忙しい中を福島駅まで迎えに来られ、ご自身の旅館までお連れくださった。ゆっくり休んだ後、夕方になると奥様がお祭りの会場まで同行された。地元出身の俳優、佐藤B作氏とお話したり、屋台に並んでいる御馳走をいただいてくつろぎながら、芸妓さんたちによる昔からの「飯坂小唄」を味わい、続いて新しく編曲したものをたくさんの人たちが踊り歌うのを見て、久しぶりに、このような場を楽しむことができた。私も舞台から一言、という依頼を断るわけにはいかなかった。

今度の飯坂訪問でもらった写真は、一九三一（昭和六）年五月二十日、父が中山晋平氏と飯坂温泉を訪れた際に「飯坂小唄」新作記念に枡屋大広間で写したものであった。

相馬俊子に英語を教える

父は当時日本で数少ない石鹸《せっけん》工場の息子として育ち、店で扱っていたいわゆる舶来のいろいろな化粧品のレッテルのエキゾチックな絵や文字に刺激されて、外国語へのあこがれが生まれたらしい。いろいろな人に英語を教えてもらっていたが、とくに英国帰りの有名なコック長の奥さんの若い英国人、林エミリー夫人について英語を習得した。それは中学一、二年の頃で、後に訳詩集『白孔雀《しろくじゃく》』を、エミリー夫人に捧げている。十五歳の頃にはロングフェローの「雨の日」という詩を訳して、片上伸《かたがみのぶる》に激賞されている。

父は中学の恩師吉江孤雁《よしえこがん》（喬松《たかまつ》）先生が早稲田大学英文科講師に栄転したので、中学卒業後、一度早大に進学したが、同級生たちの英語力があまりに低く、講義もつまらなかったので退学し、結局二十歳の時に再入学した。

父は大学生でありながら、自分の母、弟、妹を養わなければならなかった。どういう経緯かはわからないが、父は兜町の株式仲買をするところで働き、自分でも株の売買をしながら、なんとか一家の生計をたてていたようだ。大学の授業にはほとんど出席できなかったものの、卒論「シング論」が認められ、父は早稲田大学英文科を卒業した。

この頃の父が、新宿「中村屋」を始めた相馬愛蔵《そうまあいぞう》・黒光《こっこう》の長女、まだ十五歳くらいの少女だった俊子の

英語の家庭教師をしていたことを最近になって知り、当時の父の経済的苦労の一端を想像した。

新宿の中村屋は、私が生まれた柏木《かしわぎ》の家に近く、また中学も府立第六中学校（現・都立新宿高校）に行ったので、私にとって身近な存在であった。中村屋といえば黒パンのほか、戦後も売っていたのに最近はなぜか販売しなくなったロシヤチョコレートなどもなじみ深いものであった。

その後、私は旧制松本高校在学中に、物理の向井正幸教授の湖の濁りの研究のお手伝いとして、長野県大町市の北の木崎湖、青木湖に通ったのがきっかけになって、湖や海の研究を一生の仕事としてきた。一九七五年に、長い間の念願がかなって木崎湖に山小屋と実験室を持ち、頻繁に通うようになった。このため、北アルプスの山麓に広がる安曇野は親しい存在で、穂高の駅近くにある碌山《ろくざん》美術館も何回か訪れ、碌山の彫刻にも親しんでいた。そして、臼井吉見の大著『安曇野』五巻を読んで、彫刻「デスペア」で示された相馬黒光（俊子の母）と碌山の関係をはじめて知った。

父が教えていた当時の俊子は、女子学院で寮生活をしており、土日の二日だけ家に帰っていた。その一日は父が家庭教師として英語を教え、もう一日は画家、中村彝《つね》のモデルをさせられていたという。黒光が並はずれた教育ママで、娘は大変だっただろうと想像する。相馬家から得た月謝十円は、当時、養うべき家族を抱えて四谷信濃町で借家住まいをしていた父にとって、重要な収入だったに違いない。

俊子と中村彝との間には愛が芽生えてきたが、黒光が許さなかったという。俊子はその後、中村屋がかくまっていたインド独立運動の闘士、ビハリ・ボースと結婚したが、二人の子どもを残して、二十六歳で死んでしまった。父は俊子の死を悼《いた》み、次の詩を書いている。

新宿回顧

むかし、武蔵野の草から出た月が、
小さく、「三越」の屋根に懸《か》かっている
むかし、遠足の子が野菊を摘んだ街道で、
洋装の少女が華麗な花束を売っている。

私はいま「中村屋」で、匂たかい、
ライスカレーを食べて出てきた

わたしの教へ子だった少女、
若くて死んだ相馬俊子さん、
その良人《をっと》のインド人が追憶のこの店──。

セルの袴《はかま》をはいて、白面の青年だった私、
垂髪で、美しい大きな瞳をしていた彼女。

二人がリイダアを手に聴いた、昔の蟋蟀《こおろぎ》の音《ね》が、
どこからか聞えそうな、静かな秋の夜の舗道！

『西條八十全集』の編集会議を中村屋の五階で開いたことがある。その廊下には、中村彝の描いた相馬俊子の画がかかっていた。

一九一七（大正六）年から父は神田の書店、建文館の二階に住み、そこから「學生英語」という雑誌を出していた。それに連載した父の英文記事が早稲田大学英文学教授等の目にとまり、文学部英文科講師として招かれて、やっと職を得た。

父のあらゆる著作物を蒐集《しゅうしゅう》してくださっているK氏は、神田区表神保町三番地の建文館から、一九一八（大正七）年四月に創刊された「學生英語」第一巻第一号、四月号から七月号までと十月号を所持しておられ、四月号と七月号の表紙をコピーして送ってくださった。編集者は西條八十となっており、四月号の巻頭には発刊の辞として〈興味と実益とを兼ねた英語雑誌――平易で、読んで見て愉快で、しかも根柢が正確と云ふ大地に根ざした英学生の好伴侶、さう云ふものゝ建設を夢みて今迄何人の人が努力し来つた事であらう〉という言葉から始まっており、〈最も英語の正確なる教育を必要とする中学三四五年の為に献身的寄与を為さんとするにある〉と記されている。父自身が年少の時から英語を学ぶことに大変な努力をしてきただけに、その経験を生かした雑誌の刊行を思い立ったものと思われる。はじめの二ページは斎藤秀三郎氏が「英語研究の三要点」と題して書かれている。しかし、例えばその十六ページには〈Sometimes when I wake up in bed　をりをり臥床で眼を覚ますと（やさしい英詩）〉という章を、英文とその対訳で、父の署名入りで載せているほか、「皮肉な番頭」（外国書籍の定価の読み方）、「活動写真英語―チャプリンとブルドック」などの章も対訳で書いてあり、註訳や発音の注意まで入っている。署名はないが、すべて父が書いたものらしい。

父の英語の力はずばぬけていた。晩年になってからも、時々神田の古本屋を歩き、ひとかかえもあるほどの英文の小説を購入してきて、毎晩一冊ずつ読み終えていたようである。父が米国へ行った時のことである。駅で質問したら一向に通じない。そこで英文で書いて示したら、「何故そんなに立派な文章が書けるのに、話せないのか」

THE STUDENT

發刊の辭

興味と實益とを兼ねた英語雜誌——平易で、讀んで見て愉快で、しかも根柢が正確と云ふ大地に根ざした英學生の好伴侶、さう云ふものゝ建設を夢みて今迄何人の人が努力し來つた事であらう。しかも現時の英學界を見るに其處に百花爛亂の姿は在るも、蘤のあまりに美しきは其果實苦きに過ぎ、その果の豐かに漿液に富めるものは、花香巳に頽廢し去つて、人目を魅するに足りないの感がある。茲に於て吾人が翹望する『興味と實益とを兼ねた』眞の英語雜誌は未だ生誕しないのだと嘆息せざるを得ない。吾人が今新に『學生英語』を發刊するのは、從來の諸先輩雜誌と共に、陳くして新しき此理想の建設に力を致さんが爲である。然も最も英語の正確なる教育を必要とする中學三四五年の爲に獻身的寄與を爲さんとするにある。年丈けたる者には年丈けたるだけの經驗と巧妙があらう。併し世馴れぬ我等若者にはそれに代るだけの新しき勇氣と熱心とが有る筈である。實用を過重して商人式に走らず、興味を專念して淺薄に陷らず、徹頭徹尾飽迄も『學生英語』の本領を把持して向上の一路を行かんとする本誌の生立を永く友愛の眼を以て瞻つて頂きたいものである。

やさしい雑誌「學生英語」
創刊号 裏表紙

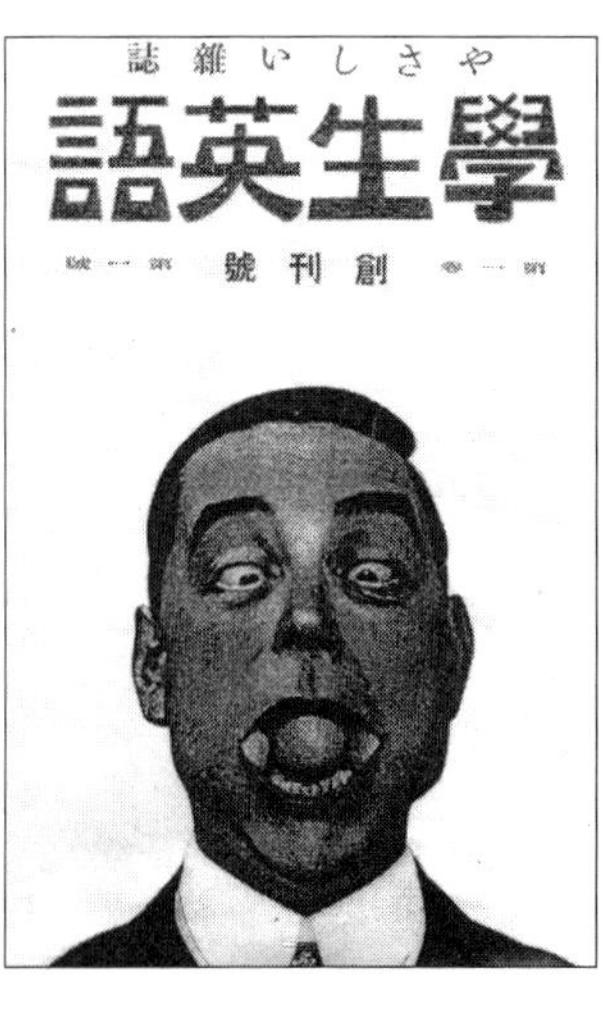

やさしい雑誌「學生英語」
創刊号　表紙

と駅員が驚いたという話が残っている。

一方、父はフランスの詩にも興味を持ち、暁星《ぎょうせい》中学の夜間に通ってフランス語を学びはじめ、ピエル・ロティなどの小説を訳したりした。そのうちにパリへ五年間留学中であった吉江孤雁先生が帰国すると、父に「仏文科を創立するから、そちらに移って協力するように」と言われ、断ることもできず早稲田大学のフランス語教師になった。英語では中学の頃から詩の翻訳もするほどだった父だが、フランス語は独学に近く、暁星出身の学生に発音の誤りを指摘されたり、誤訳を指摘されるなどして、大学からの帰途、戸山ヶ原を横切るとき、その辛さに木の柵《さく》に寄りかかって泣いたことさえあると述懐していた。その頃はあまりの辛さにすっかり痩《や》せてしまったという。一九二四年から二年間フランスに留学してからはその苦労は解消した。

鈴木三重吉との出会い

父は早稲田大学に入学した年の冬、日夏耿之介らと同人雑誌「聖杯」(やがて「假面」と改題)創刊に加わっている。その同人誌に、「鈴の音」を発表、題名はやがて「銀の鈴」に変わり、さらにこの詩に誰かの手で曲がつけられ、「王様の馬――悲しき童謡なれど」と改題され、広く歌われた。

私の手許にある楽譜は一九一四(大正三)年十一月発売のもので、楽しい表紙が付き、アカシヤ発行、定価五銭となっている(この歌は後に奥田良三も、森繁久彌も吹き込んでいる)。父は二十二歳、まだ早大の学生だった。

王様の馬　アカシヤ版による

雑誌「假面」のやはり同人だった版画家永瀬義郎君が「アカシヤ」という美術品の露店を銀座の舗道に出したとき、この詩を楽譜入りの美しい折本にして、たしか一部五銭で売ったこともあった。

◆『唄の自叙伝』／『全集』第十七巻、所収◆

王様の馬
（悲しき童謡なれど）

◆「王様の馬」アカシヤ、一九一四（大正三）年◆

王様《わうさま》の馬《うま》の
頸《くび》の鈴《すゞ》
ちんからかんと
鳴《な》りわたる
日《ひ》はあたたかに
風《かぜ》もなく
七《なな》つの峠《たうげ》が
晴れわたる

山《やま》のふもとの
七村《ななむら》に
青亞麻《あをぬめごま》の
花咲《はなさ》けど
ひとにわかれた
若者《わかもの》は
今日《けふ》も今日《けふ》とて
歔欷《すすりな》く

王様《わうさま》の馬《うま》は
黄金《きん》の馬《うま》
御供《おとも》の馬《うま》は
泥《どろ》の馬《うま》
ほがらほがらの
鈴《すゞ》の音《ね》の
雲《くも》にひびくを
なんと聴《き》く

山《やま》をめぐれど
戀人《こひびと》は
青亞麻《あをぬめごま》の
花《はな》がくれ
夢《ゆめ》と消《け》ぬべき
銀《ぎん》の鈴《すゞ》
おぼろおぼろに
ゆくときも

日《ひ》はあたたかき
七村《ななむら》に
わかれしひとを
忘《わす》れねば
晴《は》れて悲《かな》しき
胸《むね》の鈴《すゞ》
ちんからかんと
鳴《な》りわたる

「唄を忘れたかなりや」より

兜町通いをやめて、出版屋の二階で雑誌「英語之日本」の編輯《へんしゅう》をやりながら、また好きな詩をノートに書き込んでいるわたしのところへ、或る朝、意外な客が訪れた。

その朝はちょうど店の小僧が出かけたあとで、わたしが代りにワイシャツにズボンという姿で店頭で註文の書籍の荷造りをしていた。そこへ色の黒い眼のするどい、髭《ひげ》のある小男が和服姿ではいって来て、

「西條八十さんはおりますか」

といって、小さな名刺を出した。それには鈴木三重吉と書いてあったので、わたしはびっくりした。今では鈴木三重吉の名も小部分の人にしか記憶されていない。だが、当時漱石門下で、所謂《いわゆる》ネオロマンティシズムの構想と、独得の粘りのある文体とをもって一世を風靡《ふうび》した小説家三重吉の名を知らない者はほとんどなかった。その有名人が無名の一青年を訪ねてきたのである。

わたしは店頭の椅子に招じて、用向きを訊ねた。

「新しい童謡をあなたに書いて頂きたいのです」

こういって三重吉氏は、今度自分が新しい童話童謡の雑誌「赤い鳥」を創刊したことから、童謡についての概念など熱心に説明された。わたしが、

「とにかく書いてみましょう」

と、答えると、満足して帰っていかれた。

◆『唄の自叙伝』／『全集』第十七巻、所収◆

三重吉氏は父の「鈴の音」改め「王様の馬」を評価して訪ねてくださったという。これによって父は童謡を書くようになった。三重吉氏の訪問がよほどうれしかったらしく、その話は何回か父から聞いた記憶がある。

鈴木三重吉氏が「赤い鳥」を刊行するきっかけは、一九一六（大正五）年六月の待望の長女すずさん（本書第Ⅵ章）の誕生であった。三十五歳ではじめて子を持った三重吉氏は、娘が心豊かに育つことを願った。しかし、当時、何か歌をうたってやろうと思っても、三重吉氏が望むような歌はほとんどなく、本を読んでやろうとしても、書店に適当な本はなかった。

その頃、子ども向けの本と言えば、戦争の英雄を描いたようなものか、俗悪な内容や挿絵のものばかりであった。当時、大正時代は日清・日露戦争の影響を強く受けて、教育も「お国のためになる」ことに向けられていた。小学校で教わる唱歌も、教訓的なものや愛国的なものがほとんどであった。

子どもにふさわしいものを求める三重吉氏のまわりには、大正デモクラシーの影響の強い作家や画家たちが集まった。彼らの協力を得て、一九一八（大正七）年、第一次世界大戦が終わった年に、子どもたちのための童謡や童話の雑誌「赤い鳥」が創刊された。

雑誌「赤い鳥」のために、わたしはまず「薔薇《ばら》」という童謡を書き、次に、あのひろく唱われた「かなりや」を書いた。「かなりや」の歌詞のモーティフは、幼い日誰かに伴《つ》れられて行った、たしか麹町の或る教会だったとおもう。そこのクリスマスの夜の光景《けしき》の回想から生まれた、年に一度の聖祭の夜、その会堂内の電燈はのこらず華やかに灯されていたが、その中《うち》にただ一個、ちょうどわたしの頭の真うえに在るのだけが、どういう故障か、ぽつんと消えていた。それが幼いわたしに、百禽《ももどり》がそろって楽しげに囀《さえず》っている中に、ただ一羽だけ囀ることを忘れた小鳥——「唄を忘れたかなりや」のような印象を起させて哀《あわれ》に想えた。その遠い回想から偶然筆を起してこの童謡を書き進めるうちに、わたしはいつか自分自身がその「唄を忘れたかなりや」であるような感じがしみじみとしてきた。そうではないか？　詩人たらんと志して入学した大学の文学研究も、わたしは不幸な出来事から抛棄《ほうき》した。そうして、何よりもまず老母や弟妹の生活を確立するために、兜町通《かぶとちょうがよ》いをしたり、図書出版に従事したりしている。わたしはまさに歌を忘れたかなりやである。

かなりや

唄を忘れた金絲雀《かなりや》は
うしろの山に棄《す》てましよか。

いえ、いえ、それはなりませぬ。

唄を忘れた金絲雀は
背戸《せど》の小藪《こやぶ》に埋《う》めましよか。

いえ、いえ、それもなりませぬ。

唄を忘れた金絲雀は
柳の鞭《むち》でぶちましよか。

いえ、いえ、それはかはいさう。

唄を忘れた金絲雀は
象牙《ざうげ》の船に、銀の櫂《かい》、
月夜の海に浮べれば
忘れた歌を想ひだす。

『赤い鳥』
1918（大正 7）年 7 月創刊号（右）、
「かなりや」が掲載された
同年 11 月号（上）

◆『唄の自叙伝』／『全集』第十七巻、所収◆

「赤い鳥」は七月に創刊され、父は十一月号に「かなりや」を書いた。初め三重吉氏は童謡に曲をつけて歌うことまでは考えていなかったが、初めて曲がついたのが「かなりや」で、成田為三の作曲である。まだテレビもラジオもない時代であったが、これが当時としては画期的なことにはじめてレコード化され、蓄音機の普及によって全国で広く歌われるようになった。

一方、詩人北原白秋は当初曲を付けることは好まなかったが、後に山田耕筰と組んで「この道」「あわて床屋」「からたちの花」などの名作を生んでいる。

それから

麦稈《むぎわら》帽子の詩――軽井沢のこと

父の詩「帽子」は、森村誠一氏の代表作の一つである推理小説『人間の証明』で、親子の情愛を示す重要なモチーフとして使われたことから、広く知られるようになった。この作品によって父の詩を初めて読んでみたくなったという知人に、手許にあった詩集を差し上げたこともある。

ぼくの帽子

—母さん、僕のあの帽子どうしたでせうね？
ええ、夏、碓氷《うすひ》から霧積《きりづみ》へゆくみちで、
谿底《たにそこ》へ落したあの麦稈《むぎわら》帽子ですよ。

—母さん、あれは好きな帽子でしたよ、
僕はあの時、ずいぶんくやしかつた、
だけど、いきなり風が吹いてきたもんだから。—

—母さん、あのとき、向から若い薬売が来ましたつけね。
紺の脚絆《きやはん》に手甲《てつかふ》をした。—
そして拾はうとして、ずいぶん骨折つてくれましたつけね。
けれど、たうとう駄目だつた、
なにしろ深い谿で、それに草が
背たけぐらゐ伸びてゐたんですもの。

―母さん、ほんとにあの帽子、どうなつたでせう？
あのとき傍に咲いてゐた、車百合《くるまゆり》の花は
もうとうに、枯れちやつたでせうね。そして
秋には、灰色の霧があの丘をこめ、
あの帽子の下で、毎晩きりぎりすが啼いたかも知れませんよ。

―母さん、そして、きつと今頃は、―今夜あたりは、
あの谿間に、静かに雪が降りつもつてゐるでせう、
昔、つやつやひかつた、あの以太利麦《いたりあむぎ》の帽子と、
その裏に僕が書いた
Y・Sといふ頭文字を
埋めるやうに、静かに、寂しく。―

◆「ぼくの帽子」／『全集』第六巻、所収◆

姉が編集した『西條八十詩集』（角川文庫、一九七七年）に、森村氏は「麦稈《むぎわら》帽子と私」という一文を寄せてくださった。この中から一部を引用させて頂く。

「麦稈帽子と私」より

森村誠一

霧積に一泊した私は翌朝、群馬と長野県境を伝って浅間高原に抜けた。途中鼻曲《はなまがり》山という一六五四メートルの山があり、浅間方面の展望が良い。季節はずれの寒い日で、その日も私はずっと山道を独占した。鼻曲山の少し手前で宿が用意してくれた弁当を食べた。ノリで包んだ大きなにぎり飯が二個、それに昆布のつくだ煮と梅干が付いていた。なにげなく弁当を開いた私は、その包み紙に刷られていた「帽子」の詩を見つけた。

「母さん、僕のあの帽子、どうしたんでせうね?」という問いかけで始まるこの詩に私は激しく感動した。人影もない早春の山道を伝い来て雑木林の中のわずかな日だまりの中に身をすくめて食べた冷たい弁当。それをやさしく包んでいた「帽子」の詩は冷えきっていた身体を心の底から温めてくれるように感じた。

青春は人生のどの方角にも行ける無限の可能性を持っていると同時に、すべての方角から拒絶されているように未知の不安に包まれている。私の山歩きはそんな不安を紛《まぎ》らすためだったかもしれない。そんなときに「帽子」とのめぐり逢いは、不安にふるえる稚《おさな》い魂を母のふところのやさしいぬくもりをもってすっぽりと包んでくれるようであった。それは現実の母ではなく、幼い記憶の中に抽象化された母である。その詩から受けた感動は現実の母からももはや受けられない、それぞれの人がそれぞれの幼い日にすでに通過してしまった追憶の中の母のやさしさであった。(中略)

私はその詩を読んだ時激しく感動したが、まさか二十数年して私の代表作と自負する『人間の証明』を書くモチーフになろうとは思わなかった。

私自身、中学生の頃、軽井沢から碓氷峠を越え、はるばる細い山道をたどって霧積温泉を通って熊の平駅まで歩いたことがあり、昔のこととは言え、その情景は想像できる。父の詩にまつわる、そのような事実を知らなかったのを恥ずかしく思うとともに、ほとんど注目されることのない、一編の父の詩を、かくまで愛してくださった森村氏に深く感謝したい。

二〇〇五年秋、神奈川近代文学館の「日本の童謡　白秋、八十——そしてまど・みちおと金子みすゞ展」の展示で、森村誠一氏の『人間の証明』と父の「帽子」の詩をテーマとして一つのコーナーを作っていただいたのは、私にとって意外であり、学ぶことが多かった。

まず第一に、この「帽子の詩」の初出である。これは一九二二（大正十一）年に刊行された雑誌「コドモノクニ」二月号に二ページにわたり、

ぼくの帽子（詩）

西條八十作
伊藤孝畫

——母さん、僕のあの帽子どうしたでせうね？
ええ、夏、碓氷から霧積へゆくみちで、
谿底へ落したあの麥稈帽子ですよ。

——母さん、あれは好きな帽子でしたよ、
僕はあの時、ずゐぶんくやしかつた、
だけど、いきなり風が吹いてきたもんだから。

——母さん、あのとき、向から若い薬賣が來ましたつけね。
紺の脚絆に手甲をした。——
そして拾はうとして、ずゐぶん骨折つてくれましたつけね。
けれど、たうとう駄目だつた、
なにしろ深い谿で、それに草が
背たけぐらゐ伸びてゐたんですもの。

——母さん、ほんとにあの帽子、どうなつたでせう？
あのとき傍に咲いてゐた、車百合の花は
もうとうに、枯れちやつたでせうね。そして
秋には、灰色の霧があの丘をこめ、
あの帽子の下で、毎晩きりぎりすが啼いたかも知れませんよ。

——母さん、そして、きつと今頃は、——今夜あたりは、
あの谿間に、静かに雪が降りつもつてゐるでせう、
昔、つやつやひかつた、あの以太利麥の帽子と、
その裏に僕が書いた
Y・Sといふ頭文字を
埋めるやうに、静かに、寂しく。——

右のページは山道を母と子が歩いており、遠くに薬売りの姿が見える絵、左は当時としてモダンな応接間のようなところで母子が話し合っている絵があり、下段に「ぼくの帽子」という題でこの詩が掲載されている。「コドモノクニ」に出ていたということで、これは童謡として書かれたことがわかる。私も小学校へ行く前頃に、父のところへ毎月送られてくる「コドモノクニ」を愛読していたのを、よく憶えている。その童謡が、その後『少年詩集』に「帽子」と改題されて収録されたらしい。

私は父が何時、どのような機会にこの詩を書いたか、興味深く思った。私が物心ついてからを考えると、中学に入った頃から、私たち家族は夏になると軽井沢へ行くようになった。それは、私が病身であり、夏休みに片瀬や大磯のような海へ行くと、帰京した後に大病をすることが多かったためである。しばらくは毎年貸別荘を借りて行った。自分の別荘を持つようになったのは戦後のことである。父は軽井沢はあまり好きでなく、夏の間、時々来ては数日だけ滞在した。大部分は日光の金谷ホテルなどで、静かにアルチュール・ランボオ論の執筆などしていたらしい。

しかし、父が執筆した文章のファイルを見ているうちに、軽井沢日記抄（初出「新文学」一九二一年八月。後、『詩作の傍より』『海辺の墓』に再録されたらしい）という数ページの日記が出てきた。内容を見ると、貸別荘でお手伝いは連れていっていたが、母は行っていなかったらしい。多分盲目の祖母の関係で出られなかったのであろう。しかし、当時三歳くらいになった姉は連れていっており、靴を買ってやったりしている。Y氏という友人が滞在していたらしいが、多分柳沢健氏だったと想像される。当時も外人の避暑客が多かった、旧軽井沢付近の様子が興味深く書かれている。

しかし、その間に霧積温泉まで父が歩いていったとは、とても思えない。霧積付近の山道のことなど、誰かから聞いたのではなかろうか。祖父の死後、祖母がまだ盲目になる以前に、父は祖母と二人で伊豆の温泉に行ったことがある。その際、ずっと東京市内の牛込で暮らしている祖母の姿しか見てこなかった父は、祖母が自然の山野に出ると、すっかり生き生きとして、そこらの草や花の名前などを片っ端から父に教えてくれたことを、驚きと深い感激をもって書いている。おそらく父が祖母とそのような自然界へ出た経験はほとんどなかったと考えられるから、この詩も父が、その時のことを思い浮かべながら書いたものと想像される。前にも書いたことだが、父は驚くほどイマジネーションが豊かであったから、そのような経験をもとに詩を書くのは何でもなかったであろう。

父が詩を書き始めた頃から第四詩集『一握の玻璃』にいたるまで、現在の一般の人が楽しむには難解すぎるものが多い。しかしこの「帽子」の詩は、もとは童謡として書かれたものだけに、きわめてわかりやすい。

麦稈帽子というものは、最近の子どもとは縁がないように思われるが、私も子どもの頃は夏になるとよくかぶったもので、決して高価なものではなかった。しかし、父の子どもの頃の思い出を書いた文の中に「父が経済的に特に厳格な人だったため、夏になって麦稈帽子を買ってもらうことも、できなかった」とある。これが思い出として父の心の中にあって、無くした麦稈帽子を惜しむ気持という形で、このような詩になったと考えられる。

軽井沢日記抄

七月×日

　朝のうち、ひとりぼつち萬平ホテルの前の路をずんずん何処までも歩いて、碓氷の裾の方へのぼつて行つた。この辺は椈《ぶな》や欅《けやき》や小楢《こなら》などが多い。それらの青葉に埋もれるやうにして細い路がうねうねのぼつてゆく。頭のうへに青空がほの見え、折々老鶯の音が聞える。いやそれよりも面白いのは、右左の谿間に在る西洋人の別荘から洩れてくる子供たちの声だ。鞦韆《ぶらんこ》か毬《まり》投げでもしてゐるのであらう。キヤツキヤツと囃《はしや》ぎ騒ぐ男の子の声、女中を呼ぶ女の声などが手にとるやうに聞える。姿は見ずにこれらの声だけを聞いてゐると、私にはどうしてもかれらが人間であるやうな氣がしない。むしろ金絲《かなり》雀《や》か、鶲《ひたき》か、さうした鳴禽類の音を聞いてゐる感じが深い。殊に青葉がくれに聞く佛蘭西《ふらんす》語などは著しく小鳥の音に似通つたものがある。

　そんなことを考へながら上つてゆくうちに、すこしく平なところへ出た。そこで草を藉《し》いて、新軽井沢から絶景峯《プロスペクトポイント》の裾へとつゞく高原の姿を俯瞰《みおろ》してゐると、私はいつぞや讀んだことのあるAlgernon Blackwood《アルヂヤアノン　ブラツクウツド》 の〝Ancient Sorceries〟《エーンシエント　ソーサアリーズ》［八束註：昔の魔法物語］といふ小説を思ひだした。それには或る青年が北佛蘭西を一人で旅行してゐる途中、汽車が今までに見たことのないやうな、中世紀風な、夢幻的色彩に富んだ地方を通過するのを見た。その景色があまりに美しく魅惑的なのに惹かされて、青年はちやうど汽車がとある小駅に駐つたのを幸ひ、そこで下りて名も知らないそこの町の

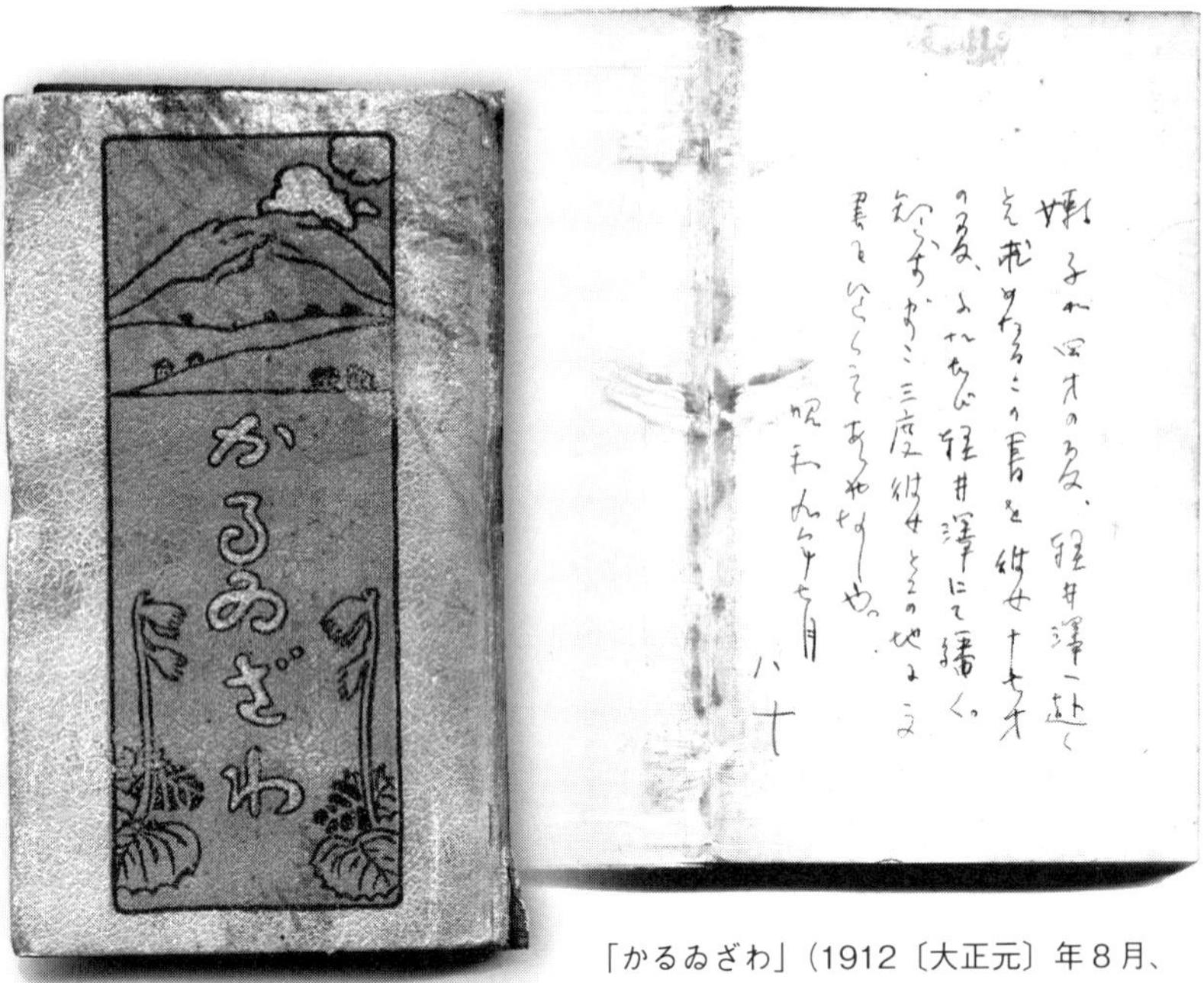

「かるゐざわ」(1912〔大正元〕年８月、教文館)表紙と八十の自筆添え書き

一夜の宿りをもとめる。やがて青年は一軒の古い大きな旅館に身を落ちつけ、そこの女主人や娘などゝ知り合ひになるにつれ、つい二日が三日と、一週間ほどそこに滞在してしまふ。ところが彼はこの町に次第に奇異な点を発見する。それはまづこの古い町に物音が聞えないことである。いかに激しく車馬が往来を通つても、その響がつひぞ彼の耳に入つたことが無い。町中はつねに口籠を箝《は》められたやうな静けさである。次には町の人々がたえず夢みがちで、いつも實生活の外の何物かに氣を奪《と》られてゐるやうな態度である。たとへば彼が一軒の店へ買物に入つても、そこの主人は彼に対し、「商売をしてゐるやうな振り」をするだけで、その眼と心とはぼんやり絶えず何処かを瞶めてゐるやうなところがある。殊に訝《いぶか》しいのは、異國人である彼を、町中で誰一人珍奇な眼を以て眺める者が無い。かう云ふ風に、この町の人々の表面の生活はどれも見せかけだけで、ほんたうの生活は何処か目に見えない処で行はれ

てゐるのだと云ふやうな意識が次第に強くなつてくる。

かうした奇怪感が益々募《つの》つた結果、青年はある月夜、深更に目覚めて露台に佇んでゐると、はからずもこの町の住民は昼間のうちこそ人間の姿をしてゐるが、實は悉《ことごと》く月夜の屋根を黒く匍ふ怪猫の群で、全都邑《ぜんといふ》は昔の邪教徒の一大廃墟であることを発見する。さうして命辛々《からがら》町を逃げ出し、以前の停車場へ辿りつき、折よく来合せた列車に飛び乗つて故郷へ帰るといふ話である。

私はこの話を思ひだして、今の軽井沢の西洋人等の別荘も或朝ふと氣がついて見るとみんな幻で、實は小さな金銀の針金で編んだ美しい鳥籠が幾つとなく、狭霧がこめて月見草が黄ろく咲いてゐる高原のあちこちに、点々と置かれてゐるだけなのぢやなからうかなどゝ、あらぬ空想に耽《ふけ》つた。若《も》しそんなことがあつたとすると、Y氏が騒いでゐる「アキュート」（これは愛宕山《あたごやま》の下にゐる若い米人の娘。いかにも慧敏さうな美しい面ざしをしてゐるのでY氏がこんな諢名《あだな》をつけた）などはさしづめ山雀《やまがら》か四十雀《しじふから》で、またよく郵便局で逢ふ大きな眼鏡をかけた老嬢《オールドミス》などは梟《ふくろふ》であらう、などと考へて、自分ながら滑稽《こつけい》な空想に微笑した。

そのうち一文字山の方から雲がだんだん出て来て、空模様が怪しくなつた。今朝からどうも冷《すゞ》し過ぎるやうだから雨になるのかも知れないと考へ、そろそろ歸路につく。

七月×日

朝、嫩子（長女）の靴を買ひに、新軽井沢のマーケットまで行く。今朝はよく晴れて浅間全山の姿がくつきり見える。途中の野原はいま月見草の全盛期だ、初めてこゝへ来たころは野薔薇が憎らしいほど跋扈《ばっこ》してゐたが、いまはその影も無い時日の推移と云ふことをしみじみ思はせられる。やがて月見草もひとつひとつすがれ、瞬く間に高原は秋草の盛りとなるのであらう。虫声が雨のやうに繁くなり、夜、蛇の眼のやうにそこゝの森かげ、草がくれに燦いてゐる別荘の燈火が、ひとつびとつ消されてゆくと、やがては、濃い冷たい絶対の闇黒がこの高原を蔽《おほ》つて、軽井沢一帯は冬季に入る準備をするのであらう。（後略）

七月×日

（前略）今夜は月がすてきにいゝ。私はひとりで、「キャンベル殺し」の森の傍から、雲場の池の方へと散歩した。草の匂ひとゝもに高原の夜の冷氣が身に沁みる。歩きながら私は心中で、昼間石見の山間にゐる妹から受取つた手紙のことを繰返し考へてゐた。おろかな一人の妹は、私がかうしてゐる間に、放縦なその良人《をつと》——妻と二人の子供を無情に棄て去つて家出した良人の後を慕つて、見知らぬ異郷に子供を抱へて彷徨《さまよ》つてゐるのである。「今夜の月をあれはどんな氣もちで眺めてゐるのであらう?」私はかう独り言ちて、自分で淋

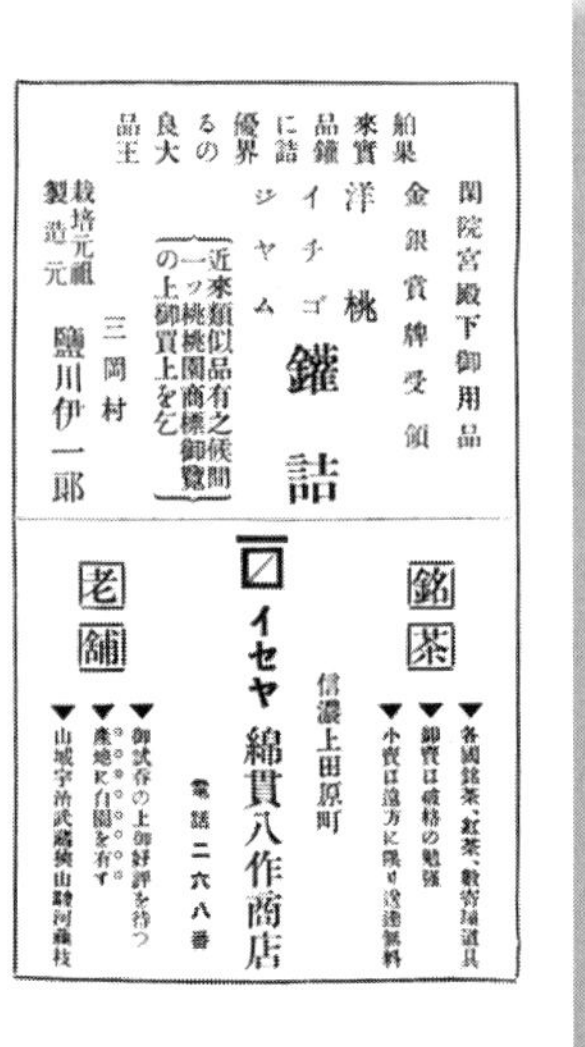

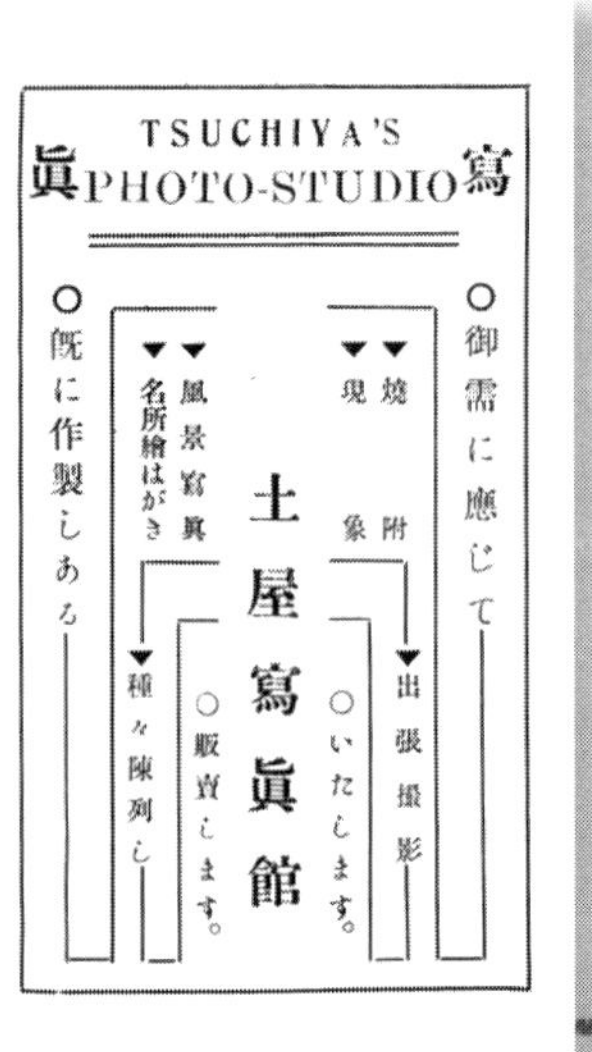

前出「かるゐざわ」より　広告ページ

輕井澤の町

シヨツピングに出かけた洋婦人

輕井澤の「大通り」

前出「かるゐざわ」より　当時の写真

しい遣瀬《やるせ》ない氣もちになつた。私は今日妹あての返事の中に、「いくら歸つて来いと云つても歸らないお前の行為を、私は兄として叱責することは出来ない。なぜと云ふのに、おまへの愛、――どんなに蹂躙《じうりん》されてもなほあのK――を思つてゐるおまへの愛が、細いながらも其儘《そのまゝ》燃えつゞけてゐる間は、それが一切のおまへの行為を正當化《ヂヤスティファイ》するからである。併《しか》しおまへが遂に全然あの男をあきらめた時、私はおまへに云ふべき沢山の言葉を持つてゐる。それを記憶してゐるがよい。さうしてその言葉はおまへが今の非を改めるのが遅ければ遅いほど多くなることを記憶してゐるがよい。」と書いた。私はそれを思ひ出し、幼ない日の妹の眼をおもひだした。やがて私は月見草のしげみの中につゝましく坐つて、おろかな妹の把持するひとすぢの愛の強く長かれと黙禱《もくたう》したのであつた。

月はだんだん私の頭上に高くのぼつてきた。

◆初出「新文学」一九二一（大正十）年八月／『詩作の傍より』、『全集』第十六巻、所収◆

Who has seen the wind ?

Christina Rossetti

Who has seen the wind ?
  Neither I nor you :
But when the leaves hang trembling
  The wind is passing thro'.

Who has seen the wind ?
  Neither you nor I :
But when the trees bow down their heads
  The wind is passing by.

風

クリスティナ・ジョージナ・ロセティ
西條八十　訳

誰《だあれ》が風を見たでせう？
僕もあなたも見やしない、
けれど木の葉を顫はせて
風は通りぬけてゆく。

誰が風を見たでせう？
あなたも僕も見やしない、
けれど樹立が頭をさげて
風は通りすぎてゆく。

◆『全集』第5巻・訳詞、所収◆

父からの手紙——私が松本高校生だった頃

二〇〇五年秋の「日本の童謡　白秋、八十——そしてまど・みちおと金子みすゞ展」の準備のために、神奈川近代文学館の学芸員の方が、家のボール箱に詰めてあった多くの資料から意義あるものを選び出してくださった。その中に、私が旧制松本高校に入学して間もない頃に父がくれた私あての三通の手紙が見出された。

一九四二（昭和十七）年四月二十九日　岡山県津山より絵葉書

一昨日零時半（昼）着　四回も講演し、昨日は三回やつた。岡山市から田舎をタキシで駈け廻り、忙しい旅です。昨夜この町へ着きました。古いお城がある町で、平沼騏一郎が生れ、池上さん（オイシャ）の生れたところ。いま朝の六時、ネドコのうへでこれをかく。これから汽車で約二時間、岡山へうつります。寝台車が満員でこまつています。勉強いのる。

西條八十

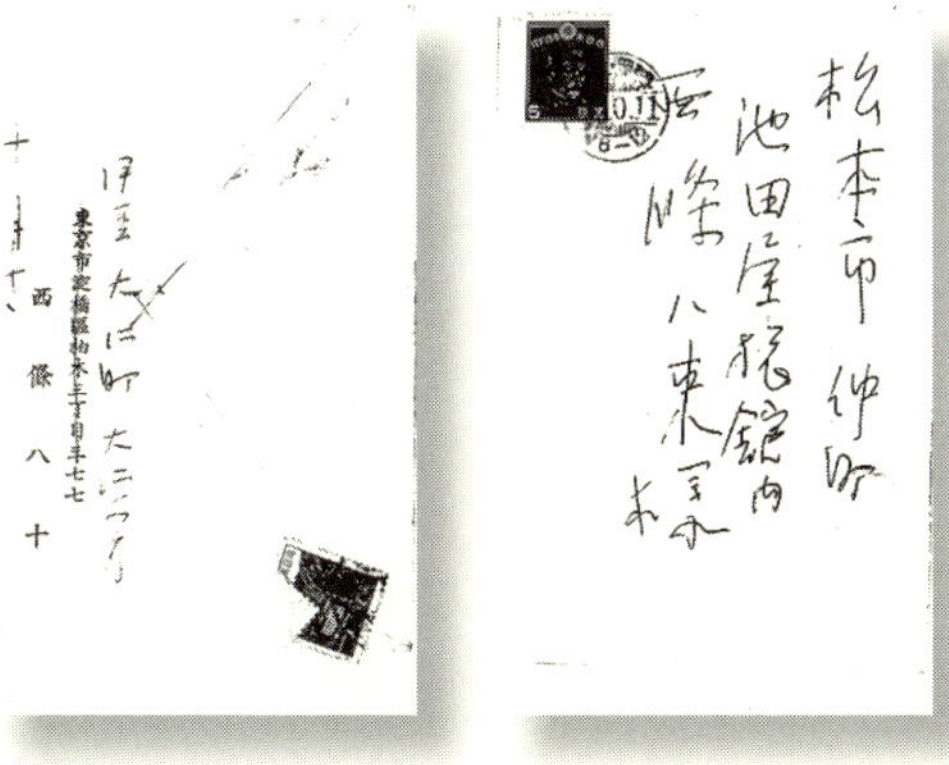

左が八束　松本高校のころ
皇紀2604（1944）年の卒業アルバムより

同年十月十日の手紙

あなたの手紙、東京からこちらへ廻送されてきて昨夜見ました。パパは論文をまとめるためにまた六日からここへ来てゐます。東京にゐるよりずつと進行するのでよろこんでゐます。

こんど新嘗祭《にいなめさい》と日曜日とがつづくので、きつとあなたが皈《かへ》つてくるとうちでは待つてゐますが、かへりますか。私もそのため、十五日か十六日には帰京しようとおもつてゐます。

それから廿日《はつか》か廿一日に朝日新聞で募集した「躍進鉄道唱歌」の選をしなければならないので、それを済ませて、ママと、松本へ行くつもりです。いつか世話になつた院長さんや、三村さん、松田の奥さん、それからあなたが世話になつてゐる先生がたに挨拶《あいさつ》に出るつもりです。さうして浅間温泉に三四日ゐたいとおもつてゐます。そのつもりでゐて下さい。

十六日になるべく東京へいらつしやい。しかし勉強の予定があるなら、ぜひ出て来なくてもよいのです。とにかくその決定的な予定をママへしらせてをいて下さい。なるべく早く。——ママは、あなたにあひたいでせう。しかし、どうせそちらへは行くのだから都合によつてどうでもよいのです。

クソ勉強はしなくてもよいが、要領よくおやりなさい。方針をとにかく、進級を確実にするといふ点にをいて勉強しなさい。それには目をひろくひらいて、いろいろな方面から実際の知識を得て、(友人の話、先輩の話などよくきいて)をくことが必要です。さしあたり不用な本は将来よむことになさい。あなたの一番不得手なものをマスターして成績の平均をはからねばなりません。学校は梯子《はしご》のやうなものです。とにかく、それをのぼることに専心しなければいけません。ほかに目をちらし気をちらしてゐると、梯子から落ちる危険があります。よく考へてなさるやうに。——

このホテルは丘のうへにあつて、富士がよく見えます。宿のうしろに防空監視所が立つてゐます。けふはつめたい雨がふつてゐます。

ではおあひする日をたのしみにしてゐます。

さよなら　　　　十月十日　　　　パパ

◆『全集』第十七巻、所収◆

同じ頃の手紙

先日の手紙見ました。あしたは土曜日だが、あなたは忙しいから来ないでせう。夏になればゆつくり出てこられるのだから、焦慮せず、センチメンタルにならず、ぢつと落ちついて勉強なさい。人間の一生に、ほんたうに落着いて勉強の出来る時間というものは、ごく僅《わづ》かです。さうしてそのわずかの時間に獲た修養が、その人の生涯にわたつて、つきまとい、その人の識見を決定するのです。さうおもつて、落着いて勉強なさい。

「八束が松本へ行つてから丈夫になつた」といつておかあさんはよろこんでゐます。私もうれしく思つてゐます。

おねえさんは腸がわるくて、ねているらしい。たいしたことはなささうだが、なりふささんをたのむとママがいつてゐました。見舞いの手紙をおあげなさい。

梅雨で東京はうつとうしい。おかあさんはたうたう兜をぬいでしまつて、もう一人女中を置くといつてゐます。キワと呼ぶのだといつてゐます。

庭に月見草がさいた、二三日植木屋がはいつて、すつかりきれいになつた。

寂しかつたら私がそちらへ出かけてもいい。浅間温泉へとまつて本でもよむかな。

しかし、この二六日から文学部の学生二百名、弾丸詰めの作業をさせるので、たまには工場へ行つてやらなければならないと思う。教務主任はなかなか忙しい。

書斎をあなたの部屋へ移そうと思つた。あなたと相談の上にしようと思つている。なかなか落ち着いて感じがいいね。

三村武さんに葉書を出したら丁寧なお返事を頂いて、うれしく思つた。

パパはけさは珍しく落着いて朝から読書してゐる。きのふはコロムビアの吹込みやら、東京都の防空群隣組の歌の選やら、文学報国会の開会式やらで、すつかりくたびれてしまつた。――

健康に気をつけて、しつかりたのみます。ではまた
八十

父に申し訳ないことに、私はこれらの手紙の内容が全く記憶になかった。父からもらった手紙を、六十年余りして、息子がはじめて読んだような気がした。しかし、父が心配して書いていることは、まさに私が松本で過ごしていた毎日の生活を見抜いていたようにさえ思う。その頃、私は理科系だったのにかかわらず、岩波文庫などの翻訳小説、たとえばロマン・ロラン、リルケ、ジッドなどの作品を読みふけって過ごしており、毎月、厚さにして二十センチとか三十センチになるほどであった。そのため、当然のことだが、物理、数学などの理科系の勉強はとくにおろそかになり、学期試験の前などは徹夜して大変だった。成績

はよくなかったが、幸いに無事二年に進級できた。

父がとくにこのように書いているのは、父の経験からと思われる。

姉が父の死後発見した父の早稲田中学時代（それも上級になってから）の日記（初出「西条八十　青春の日記」、「海」一九七九年四、五月号、中央公論社）を見ると、一九〇八（明治四十一）年十一月二十七日（四年生のとき）の文の中に「午后まで三角をやった」と書かれており、一九〇九年一月十八日の文末に「今日は三角と幾何をやった」、二十四日にも「夜は、ユニオン〔八束註：和集合〕と三角をやる」。三十日には「代数をやる」、さらに二月二十一日にも「夜一人で代数を復習す」と記されている。

一方、父の学業成績表を見ると、二年生までは四十七～八人中十番であったが、四年生のときは四十七人中二十番、五年生のときは一三七人中七十番と、上級に進むにつれて欠席も増え、成績も低下している。しかし、四、五年の理数系の成績は代数九～十三、幾何十一、三角九、物理十一～十二、化学十一～十五で、文系の成績に比べればはるかに低いが、それなりに合格圏に入るように努力していたあとが見られる。父が幾何や三角、物理、化学などを勉強したのは、どうみても気の毒だったと思うが、その当時の苦しい経験から、私にあのような手紙を書いてくれたにちがいない。

ところが不肖の息子は、幸いに成績で落第することはなかった。卒業前の試験では、数学が落第点だったと思われるが、松高の名物教授として知られる蛭川先生のお情けで及第させてもらった。このような手紙を父からもらった記憶が一切なく、八十歳になってから、そのコピーを見て感慨を新たにしているとは、すまない気持を持たざるを得ない。

やはり、親の子への配慮は、その頃の親の歳になった時にはじめてわかる、ということを痛感させられる。

III 晴子・徳子・兼子

母・晴子は、新橋育ち。気配りの行き届いた静かな人であった。関東大震災・日中戦争・太平洋戦争を経た四十四年の結婚生活であった。

江戸時代生まれの祖母・徳子は、籠に乗って藤沢から牛込に嫁入りしてきた。年の離れた夫や姑に仕え、盲目となり、終生八十とともに暮らした。

父の姉・兼子は軍人に嫁ぎ、各地に転居しながら娘たちを産み育て、朝鮮北部の羅南で早世した。十九歳の八十が、道に悩み、奈良に訪ねた才気煥発な姉であった。

母のこと

家内が、このごろ仏壇のお線香の消費がとても早くなったと言う。私が毎朝、仏壇に線香を供えるようになったためである。私自身が、父が他界した七十八歳を過ぎて八十歳を越えた現在、いろいろなことはもちろんあるにしても、健康的にも、家族的にも、そして仕事の上でも、一応めぐまれた状態で、家内と二人の毎日の生活を続けていられるのは、何よりもまず母のおかげであると思う。母が今でもいつも見守ってくれているという気持にさえなる。

何かにつけて心に浮かぶのは、私の生涯のいろいろな時期や場で出逢ったさまざまな事柄についての母の深い心遣いである（もちろん父も同様に考えていてくれたと思うが）。母がすべてを取り仕切ってくれている間は、家人の相互の関係も、親戚、知人との関係も、すべて潤滑に運ばれていたと思う。それが母が亡くなったあとは、家族の中でさえ決定的な破綻《はたん》が起きるようになった。

姉は、残されて一人になった父のことをいろいろ心配したが、もともと相手の気持を深く配慮して物事を処理できるような性格ではなく、その場その場の自分の感情で行動するため、むしろ次々と問題を起こしてしまうことが多かった。

それだけに、家庭内にかぎらず、世間的にも、父があれだけの仕事をして名声を得たことに母の存在がどれだけ大きな役割を果したかわからない。それは父自身も痛感していたし、父の門下生といわれるような人々の間でも広く認められていた。

母が倒れた一九六〇年三月二十六日は寒い日だった。母は朝から不快感はあったらしいが、四月三日に上野の不忍池で催される「かなりや」の碑の除幕式に出席するはずの孫、紘子の晴着が届けられてきたので、それを応接間で見ている間に、脳卒中で倒れたのである。その時父は、下田に「唐人お吉」七十年祭の記念講演と除幕式のため出張していた。父は、講演だけすませて急遽帰宅した。

約一ヵ月、母は自宅で静養していたが病状が好転せず、飯田橋の警察病院に入院していたが、六月一日に遂に脳軟化症のため亡くなった。

西條八十夫人と言えば聞こえがよいが、母の生涯は苦労の連続であった。それが六十四歳という若さで他界するという結果になったと思う。母はあらゆる苦労、いやな事柄を一身に背負って生きてきた。しかしその苦労を、父も姉も私もほとんど理解していなかったと言える。父は母の死後、それを痛感して『亡妻の記』、『我愛の記』に書きとどめた。

すべてを引き受けていた母

母は愚痴を言わない人だった。困ったこと、不愉快なこと、すべて心の奥深くしまって、表に出さなかった。父の女性関係も大きな心労であったろうが、弟子たちの世話、親戚のこと、さらに父の原稿料から印税、年度末の税金の申告まで、すべて母が引き受け、父はそのようなことで心を煩わすことはほとんどなかった。とくに、戦争が終わって姉の家族が中国から帰国し、二つの家族が同居するようになってからの、いろいろなトラブルが母の苦労の種であった。私たちの場合も、結婚以来、数年間、家から離れていたが、母の努力でやっと私ども夫婦が幼い二人の子どもと両親の家のすぐ近くに住めるようになって、わずか二年ほどで名古屋に転勤することになった。その時も母は何一つ愚痴を言うこともなく送り出してくれた。

　私たちが転居した後、父は一篇の詩［註：「空家」、本書第I章］を記した葉書を名古屋に送ってくれたが、母も同様か、それ以上の気持であったと察せられる。

　母の死後、父も含め私たちが最も悔やんだことは、あまりに母の健康への配慮が足りなかったことである。子どもの頃から病身だった私は、それまでにどのくらい入院したか数え切れないほどだし、姉も結核での入院生活は長かった。それにくらべて、母はお産以外に入院したことはなかった。祖母が亡くなった後、リューマチのため箱根の温泉にしばらく行っていた記憶ぐらいしかない。それだけに、私たちは母に運動が足りないとか、肉を食べ過ぎてはいけないとか、そんな注意をするぐらいで、真剣に母の健康状態を検査させるようなこともなかった。

　うちの一族は、いわゆる脳溢血などの循環器系統の病気で比較的若くて他界したものが多く、高血圧に注意しなければいけないことは知っていた。しかし母が亡くなった一九六〇年頃は、不思議なことに、現在は常識になっているナトリウムを摂りすぎないようにすることの重要性など医者も口にすることはなく、母は食事のたびに、塩の効いたぬかみそ漬けをたくさん食べていたくらいであった。寒い日、父の部屋は暖房が完備していたが、母は寒い中で仕事をしており、倹約というより、温かくすると、空気が汚れたような気がするので、寒さに耐えていたようなふしがある。

私たちが、しっかりした医者を身近なものとして、しばしば健康状態をチェックしていただくようになったのは、母を失った経験からである。

私の木崎の山荘の一階、以前実験室に使っていた広い部屋は、現在倉庫のようになっているが、その大部分を占めているのは父に関係する資料である。二、三年前であろうか、父の全集に関わっておられた編集者が、用済みになった資料をボール箱約五十箱に丁寧に整理して返送してくださった。それを木崎に送って、時々開けて中を見ていた。

二〇〇四年四月に行った時のことである。ここで四月と言えばまだ寒い日が多いのだが、そのときは幸いに好天気が続き、少しゆっくりとボール箱の資料を開けて見た。

その一箱に、母が六十四歳で他界する数年前まで書いていた数十冊のノートがおさめられていた。そのほとんどが、父宛に来た手紙、それに対して書いた返事であり、返事も母自身が書いたものではなく、すべて書き写したものである。返事の方は、晩年のものは大部分、成城の家のすぐそばに住んでいた、私の従姉妹の掛下雅子に書かせたものだったと思う。母はそれらを書き写すことで、少しでも自分の国語の力をつけようとしていたのであろう。それだけ努力してきた母はすでに礼状などの手紙を自筆で書くことができたにちがいないが、八十夫人からの手紙として保存されるのを、おそれる気持もあったと思う。

母が手紙などを書くことを勉強しはじめたのは、ごく若い頃だったと父も『亡妻の記』の中で書いている。家に出入りしている父の弟子とも言える人達について習い、はじめは安藤更生氏や佐伯孝夫氏、横山青娥氏だったという。晩年には、もうちゃんと自分で手紙が書けるようになっていたが、父宛のもの以外は、自分で書いたものをそのまま出すことはなく、誰かに清書させていたと、父も記している。

それらを見ていると、母が向学心から晩年まで学び続けていた一面と、父に関わるほとんどあらゆることを引き受け、さまざまの心配ごとを父に知らせないように処理し、すべて不義理にならないようにしていたことを、今さらながら教えられる思いがした。

母は自分自身が小学校しか出ていないのに、父の伴侶としての務めを果たさねばならず、ずいぶん苦労したので、子どもの教育にはとくに熱心であった。姉も私も、山手線で三駅先の池袋の豊島師範の付属小学校へ通わせたのは、その表れであった。

父は仕事がら女性関係が多く、母はどれだけ苦労したかわからない。とくに私が生まれた頃父はフランスに留学中で、よく勉強していた一方で山岸（後の森田）元子さんと楽しい日々を過ごしていた。

子育ての頃

父がフランスに出発する前年、九月一日にはあの関東大震災があった。幸いに家はほとんど無事だったが、家を失って父のところに身をよせていた親戚のひとが、次女の慧子《けいこ》に食べさせた菓子か何かがもとで、ひどい下痢を起こし、その際にかかった医者が下剤をあたえるべきところを下痢止めを与えたため、まもなくわずか三歳で死去した。十月十九日であった。

このことは、父母にとってどんなに辛いものであったかは想像できる。父の詩もある。

三七日《みなのか》

「吾児《わがこ》はあまりに美《うつく》しく聰《さと》かりしゆゑ
神《かみ》の奪《と》りたまへるなり。」
われの語《かた》れば妻《つま》は靜《しづ》かにうなづく。
慰むる者《もの》は偽《いつはり》と知りつゝ慰め
聴く者も偽《いつはり》と知りつつ満足《たら》ふ。
寂しき三七日《みなのか》。

◆『美しき喪失』／『全集』第一巻、所収◆

父はその心の痛手からも留学を考えたと書いているが、残された母はそれどころではなかったに違いない。父のフランス留学は、吉江喬松先生に強く勧められたものだが、早稲田大学がすぐに旅費を支給してくれたわけではなく、自費で用意しなければならなかった。しかし、母は父に留学を強く勧め、当時で二百円くらいの船賃の申込金を借金で工面してきたようである。幸いなことに船賃は日本郵船が渡航の際の航海記を書いてくれれば、という条件でただにしてくれた。

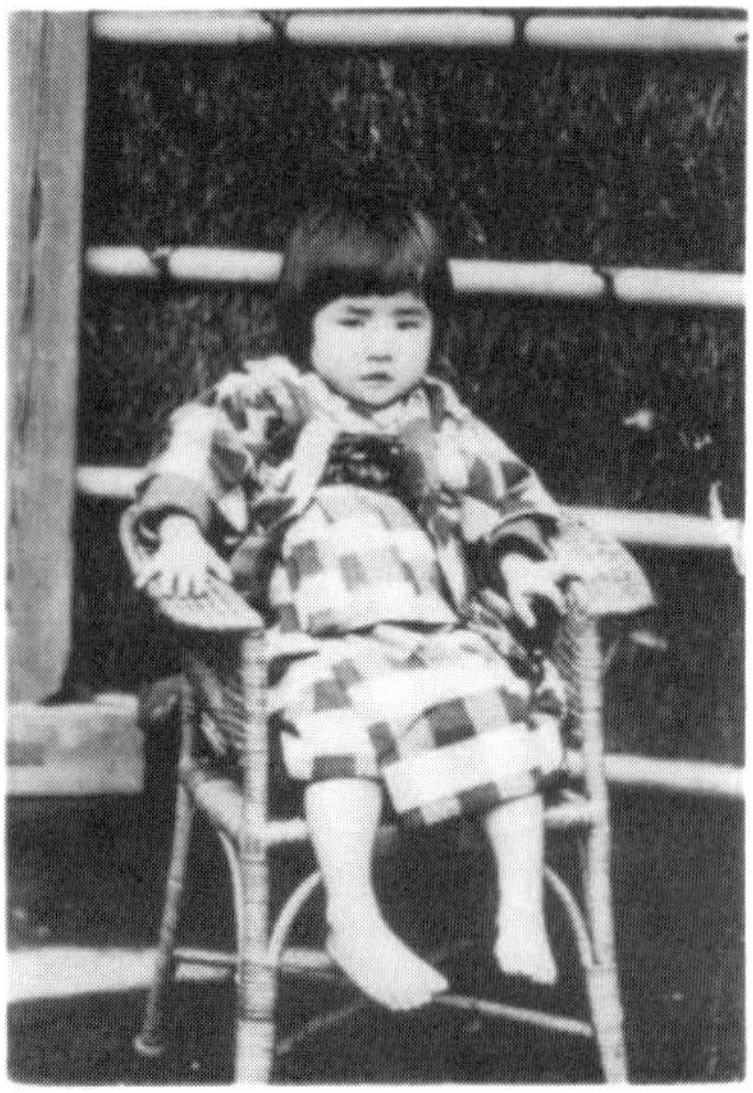

夭折した姉慧子

八十パリ滞在中の母の新聞記事

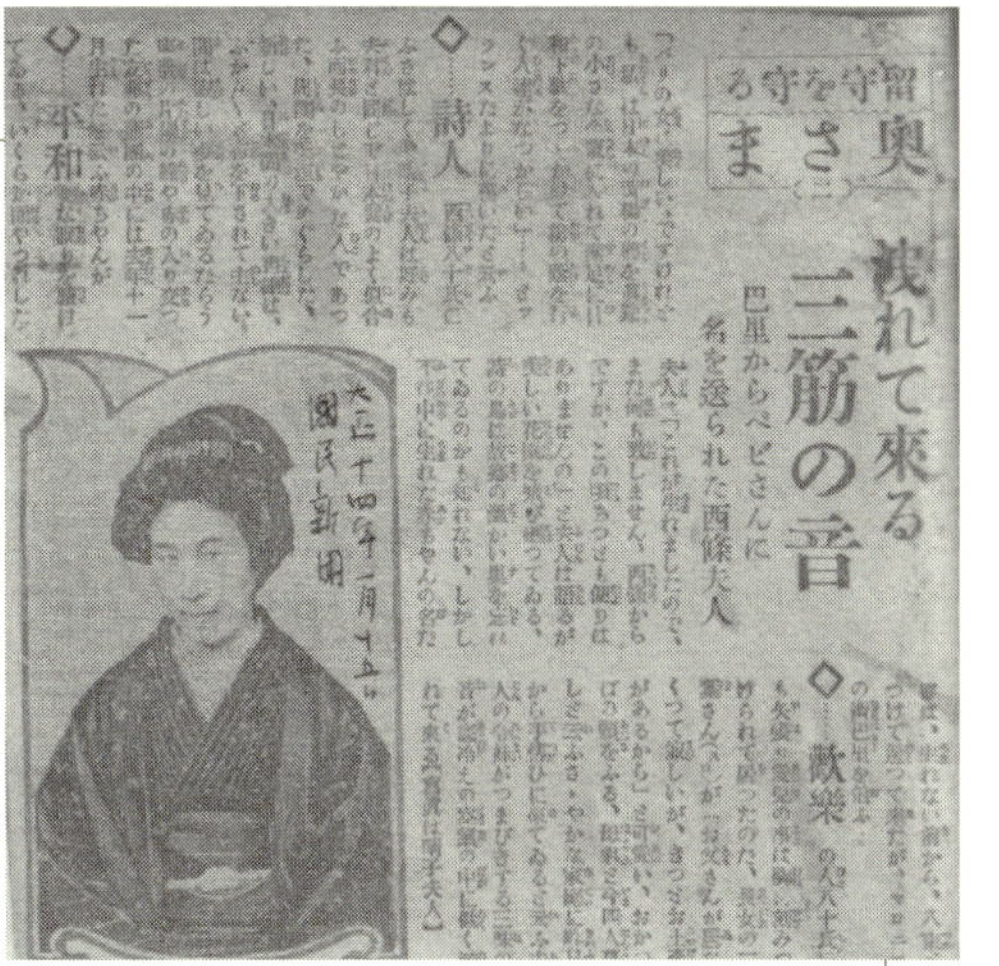

留守を守る奥さま

洩れて来る三筋の音

巴里からベビさんに名を送られた西條夫人

「パリの女は美しい、ですけれども私《わたくし》は日本の黄楊《つげ》の櫛《くし》を真鍮の小さな金盥《かなだらひ》に入れて素足に日和下駄《ひよりげた》をつゝかけて柳の蔭を行く人達がなつかしい」……とフランスだよりに書いたと云ふ詩人西條八十氏にふさはしく、晴子夫人は好みも夫君と同じで日本髷《まげ》のよく似合ふ面長のしとやかな人であつた、周囲を柴垣でめぐらした、新しい、日本間の大きい書棚は、ふかぶかと布を下されて主ない間は寂しい夢を見てゐるだらう座敷の片隅の緑や赤の入り交つた友禅の蒲団《ふとん》の中には去年十一月生れたと云ふ赤ちやんが平和な眠りを続けてゐる、いくらか面やつれした夫人「これが生れましたので、まだ何も致しません、西條からですか、この頃ちつとも便りはありませんの」と夫人は語るが美しい花園を飛び廻つてゐる、詩の鳥は故郷の温かい巣を忘れてゐるのかも知れない、しかし不在中に生れた赤ちやんの名だけは、生れない前から、八束《やつか》とつけて送つて来たが、マロニエの街巴里《まちぱりー》を追ふ歓楽の人八十氏にも矢張《やは》り愛児の事は胸に刻みつけられて居《を》つたのだ、長女の二葉さん《ママ》（八つ）が「お父さんが居なくつて寂しいが、きつとお土産があるから」と可愛い、おかつぱの頭をふる、母君と今四人暮しと云ふさゝやかな家庭に昨日から手伝ひに来てゐると云ふ夫人の令妹がつまびきする三味の音が底冷えの空氣の中に低く流れて来る

◆「國民新聞」一九二五（大正十四）年一月十五日◆

このような次第で、私が生まれたのは父がフランスへ留学している間であった。すでにその頃、盲目になっていた祖母の世話があり、私の姉、嫩子は六歳になっていた。母は父の留守中、経済的にもかなり苦しい中で私をどのような状態で産んだかは定かではない。父の留守の間、母は質屋通いまでしていたようである。

その頃は、おことさんというお手伝いさんが、私の乳母のように面倒を見てくれていた。姉が関東大震災の時（私が生まれる前の年）もひどいゆれが怖くて、おことさんにしがみついていたと書いているくらいだから、その頃から家にいたのである（関東大震災の時、母はお産で体調を崩し、池袋の病院に入院していた）。私は小さい時もさんざん病気をし、入退院をくりかえしており、小学校に入学した頃も、入学式当日から学校に行けず、一ヵ月くらい遅れて学校へ行くようになった。入学後も、一年のうち三分の一くらいは病気で欠席していたから、とても授業についていけず、家庭教師の世話になることが多かった。小学三年生の時、九月に疫痢で中野の病院に入院して重態になり、命びろいをした頃、病室の外から当時流行っていた父の「東京音頭」が、しばしば聞こえてきたのを覚えている。

そのようなことで、私は幼い頃から高校くらいまで病身であった。私の子どもの頃の写真には、喉に白い布を巻いて写っているものが多い。その頃、風邪を引いて喉をいためたり、咳が続いたりすると、そうやって喉を保温したものである。

姉も年頃のとき、結核で東大病院に長く入院し、母はその治療に腐心した。当時は若い人が結核で亡くなることが多かったのである。しかし、私は年頃になって結核で苦労することはなかった。最近気づいたことだが、私は中学に入ってから初めてレントゲン検査を受け（当時からやっと普及したのだと思う）、肺に明らかに石灰化した結核の跡が見出された。つまり、子どもの頃、病身で母が一心に面倒を見てくれた間に、結核にかかっていたのが完治してしまったのである。そのおかげで結核に免疫性ができ、他の病気はしても無事に生き延びられたらしい。

私は病気がちだっただけに体操のような課目は苦手で、跳び箱など一番苦労した。とくに私の中学は軍国教育で知られる新宿の府立第六中学だったから、軍事教練などは見学していることが多く、いつも配属将校からにらまれていた。四年生のときも、九月に野外訓練に行って猩紅熱になり、そのときの注射が化膿して左腕を六ヵ所も手術し、結局一年休学した。しかし、その間に受験勉強をしたおかげで、四年を終了した段階で旧制松本高等学校へ入学できた。幸いに松本高校は当時の高校の中でもとくに開放的な雰囲気があり、体育も教練も気楽だったから、楽しく毎日を過ごすことができた。

高校を受験したときに、中学の担任の教師は私が早稲田には入れるだろうと思っていたようである。しかし、私は早稲田に落ち、松本高校へは合格できた。自分の印象からも、早稲田の試験はあまりできず、松本の方は他の人がわりに失敗している数学の問題を、ちょっとしたヒントに気づいて解くことができた。

高校入試に関しては父も熱心で、二次試験の時は松本まで一緒に行ってくれた。松本市の城山には、父の恩師、塩尻出身の吉江喬松先生の記念碑もあり、親しみの多い町でもあったろう。

母は私が旧制高校に入ってしばらくするまで、一言も父の女性問題での辛い経験にふれることがなかった。したがって母の深い苦労を私はほとんど理解していなかったし、思春期の私に複雑な悩み、疑問などを持たせないでくれていた。しかし、多分私が高校二年（十八歳）の頃、母は父の女性関係でどんなに苦

柏木の家にて　父・八十、姉・嫩子と笑顔の母・晴子

労してきたかをはじめて打ち明けた。はっきり「どのくらい長い間、夫との夫婦関係がなかったか、わからない」と私に話したのである。そのためもあってか、母の更年期はとてもひどかった。私は母がその苦しみでうめいていたのを記憶している。もし私がもっと早くからそのような父の女性関係の問題をはっきり認識していたら、家庭や将来というものについての私の考えも、もっと複雑なものになっていたであろう。

私の場合、母が一番心配したのは兵隊にとられることであった。私が病身であったこともあり、何とか、造船などの技術将校か、軍医にでもさせたいと考えていた。そのため、私が理科系のものに興味を持ち、読書をすることなど喜んでいたようである。父も、文学者のような仕事でまともに生活していくことがどんなに大変か知っていただけに、私が理

科系に進んだのは喜んでいるようであった。しかし、一方で母は、私が中学生の頃、父の詩の雑誌「蠟人形」の編集のために家に毎日出入りしていた、父の仏文科の教え子の大島博光氏と音楽会へ行ったりするのは、それなりに認めてくれていた。

父は母の死後九年、父が他界するわずか一年半前に刊行した『亡妻の記』の序文に、〈世の中には荒地の小さい野草《のぐさ》のように、すこしも目立たずに立派なひとがある。ぼくの妻はその野草であった。〉と書いている。

父と母の出会い

父が早稲田大学の学生時代、当時早大英文科の講師であった吉江喬松先生から、ボオドレエルの長詩「航海」の全訳を命じられた時のことである。相馬御風が訳した英語からの重訳はあったが、父は相馬氏のものは参考にしたのみで、フランス語からの完訳を試みた。訳した詩は、当時十分なフランス語の学力の無かった父にとっては、あまりに不安なものであった。そのため、友人の松前勝広氏の紹介を受け、ある日、彼と共に当時から著名であった丸山順太郎先生を訪ね、訳詩を校閲していただき、いろいろ教示を受けた。

その帰途、銀座へ出て、松前氏と別れた直後、いきなり凄い驟雨になった。

驟雨

その雨宿りに駈け込んだのが新橋駅前の小料理屋の店さきだった。ぼくはその小料理の帳場にキチンと坐っている日本髪の歌麿《うたまろ》風の顔をした長身の美女を見た。これが亡妻を見た最初だった。彼女は言葉ずくなではあったが親切に椅子をすすめてくれ、雨がなかなか止まないのをみると、見も知らずのぼくに番傘《ばんがさ》を貸してくれた。

その翌日、ぼくは現在の中央線の電車で傘を返しに行ったが、それまでの間にぼくはその娘の素朴で善良そのもののような態度にすっかりうたれてしまった。それはひと目惚れというような浮わついた感情ではなかった。当時ぼくは頼みとする八歳年長の長兄に父祖の資産を蕩尽《とうじん》され、姿を晦《くら》まされ、独りで老母と弟妹を抱えて途方に暮れていた。ぼくは、ぜひとも扶《たす》けて一家の切り盛りをしてくれる妻が欲しかった。幸いに来年は大学も卒業する。

その日、ぼくがたった二度逢ったぎりの彼女に求婚したのは、何か或る潜在意識か、予感のせいだったような気がする。または運命の声の命令であったような気がする。というのは、ぼくは相手の血統も家族の状態もなんにも調べず、こんな常識外《はず》れなことをやってのけたからだ。

とにかく、その日、借りた傘を返しに行ったついでに、ぼくは自分の住所身分を書いた紙ぎれを渡しながら、奇抜にも「失礼ですが、あなたぼくと結婚してくれませんか」とやったものだ。

よく覚えていないが、ぼくの意外なプロポーズに、彼女は真赤になり、その返事は辛《かろ》うじて「考えておきます。いずれご返事いたします」ぐらいだったとおもう。

◆『亡妻の記』／『全集』第十六巻、所収◆

母の実家は、もと大きな料理店とともに、人力車宿（現在のタクシー会社のようなもの）を兼ねて盛大にやっていたようである。母の父が好男子で道楽者だったために店がつぶれて小料理屋になっていた頃、父が現れたらしい。

当時父は同人雑誌「假面」を出したり、忙しい日々を過ごしていたが、あるとき京都の著名な画家、竹内栖鳳の長男で父の同級生の竹内逸氏のところに逗留させてもらっていた。

そこに母からの使者の千吉という男が求婚の返事を持って現れた。承諾し、もう結婚の準備を進めているという。その頃から即時実行型だった母は、求婚されるとすぐに興信所を使って父の身の上を調べ、考えた末のことであった。

今度は父の方がむしろびっくりして、東京へ戻ると母に電話をして、何か贈り物をしたいが、と申し出た。母は、かまぼこ型の金の婚約指輪だけがほしい、とだけ答えたという。

父は当時を回想して、〈ぼくらの結婚には恋愛らしいものはひとつもなかった。〉（『亡妻の記』）と記している。父は家の経営上主婦を求めていたのであり、母は婚期を考えて生涯の伴侶を求めていた。そんなわけで、婚約時代のデートなど一度もしたことがなかったという。

母は欲のない人であった。父に二回目のプレゼントを聞かれたとき、麦落雁《むぎらくがん》という安価な菓子をのぞんだという。芝田村町付近の小さな菓子屋で売っているものであった。〈ぼくはそれを一袋買って届けた。彼女のうまれは芝の日蔭町《ひかげちょう》だったからおさな馴染《なじみ》の菓子なのであろう。その日のうれしそうな無邪気な笑顔は、いまも眼底にある。〉（同書）と父は書いている。

結婚は一九一六（大正五）年六月一日。貧しい時代で、東京牛込の神楽坂上の横町にある小さな料理店の二階に、十人ほどが集まり、わずかな時間を過ごした。新郎が二十四歳、新婦は二十歳であった。挙式後、二人はすぐ家に戻った。家はかなり広かったが、それは結婚するにあたって体裁を作るため、無理に急いで構えた家で、家具調度品などはどの部屋にもなく、寒々としていた。


やがて二人が初夜の臥床《ふしど》にはいるときがきた。

おもはゆく顔を見合わせている間、ぼくの胸には、たしかイェーツだと思うが、昔読んだひとつの詩が浮かんだ。それは、若い、貧しい詩人が、ある宵、恋人を迎えるのになんの歓待も出来ない。そこで、自分の空想の夢で、金銀の刺繍のある美しい絨氈《じゅうたん》を織って敷きつめ、せめても、それをやさしい足で踏んで近づけと詠《うた》うのである。

ぼくは妻に、

「あんまり寂しい結婚だから、せめて今夜はこのままの姿で寝よう」

と言った。妻もすなおにうなずいた。こうして、ぼくは黒紋つきの礼装のまま、妻はつのかくしに華麗な晴れ衣裳のまま、想い出の初夜を眠ったのである。

◆『亡妻の記』◆

新婚の半年が過ぎるか過ぎないうちに、ある日、母は「あなたはこんな大きな家《うち》に住める身分じゃありませんね。もう引っ越して、どこか間借りでもしましょう」と言い出した。母との結婚直後、妹を嫁《とつ》がせたため、手許はすっかり空になっていた。母は父を芝の南佐久間町のある家の二階に連れて行き、たった

八十と晴子／結婚の写真

二間だけの生活をはじめた。幸い父の母は妹の嫁ぎ先へついて行ったので、その点は当分自由だった。父はほとんど無収入だったが、前述したように、小さな出版社に投資し、月額二十五円もらって、そのうちから十五円を雑誌「假面」の同人費に出していた。

だから自然あとの生活費は兜町《かぶとちょう》通いをして、賭博《ばくち》のようなジキ取り引きに金を賭けて稼《かせ》がねばならなかった。(同書)

母は老後よく笑いながら呟《つぶや》いたという。「あの時分、わたしはあなたが一円でも筆で稼いでくれればいいとよく思いましたよ」と。

下館への疎開

父に関係する古いノートを見ていたら、母が毎日の主な事柄をかなり詳しくメモしてあるのを見出した。戦争がひどくなり、茨城県の下館町（現在は筑西市）に疎開する直前の一九四三（昭和十八）年五月から十二月までの記録である。当時私は旧制の松本高校へ行っていたので、母の毎日の苦労などほとんど知らなかった。しかし、このメモを見ると、太平洋戦争の戦況はすでに悪化しており、六月には山本五十六元帥が戦死し、国葬が行われている。毎月、町内会の常会があり、大東亜戦争国債、戦時債券、国民貯蓄などの割り当て、大日本婦人会会費などの徴収、各種食品、生活用品からバケツ、鉄カブトなどの配給などが隣組経由で伝えられている。とくに負担だったと思われるのは毎月一から二回行われる防空演習で、ある時期には母が組長をしていたのか、その演習への出席者名と数について班長へ報告している。さらに深刻なことには、その間に同じ町会内だけで二十一名の者が召集され、その出発のたびごとに付近の町民は歓送に行かなければならなかった。

あの学徒出陣もこの年の十月であった。父はこの頃の母の苦労を見るにたえず、なるべく早く東京から疎開することを考えたようである。疎開することを決めたのは、一般の人々より早かったと思う。淀橋区柏木の家を売ってしまったが、まだ結構いい値で売れる頃であった。この時の事情は『亡妻の記』に詳しい。そのときに売って得た金で戦争中食いつなぎ、戦争が終わった頃は、ほとんど使いつくして、母の弟である小川丑之助叔父が東京からお金を持ってきて貸してくれたような有様だった。叔父はゴム製品を扱う仕事をしていたから、大規模な経営ではなかったが、戦争中でも収入があったのであろう。それにしても、そのような時代に、わざわざお金を持ってきてくれるようなことは常人のできることではなく、本当によい人だったのである。

下館町の町長を、父の大学の旧友の外池氏がしており、その家のすぐ前の素封家の間々田氏の家の立派な二階建ての離れを貸してくださる話が急速に決まった。そこまでは父が話をつけたのだが、あとは例によって母がすべてを取り仕切った。この時の決断と実行力は、いろいろなことはあっても、父と母の気持がよく合っていたことを思わせる。まだ疎開する人も稀な時代だっただけに、あらゆる書物、レコードから家財道具まで、現地に物置を建てて運んだ。

もっともその頃は、姉は夫の三井が、北京大使館に赴任したので、娘の紘子も連れて行っており、その牛込納戸町の家が空いていたから、そこを東京の基地に使うことができた。われわれの本籍の払方町（もうそこには何も残っていないが）のすぐ近くで、祖父の頃、製造した石鹸《せっけん》を乾す場所として使っていた土地という。

下館に疎開していた頃は、前にも記したように、いろいろな意味で母にとって最も幸福な時代だったのではなかろうか。

亡妻頌

晴子《はるこ》よ、
あなたが入院する朝、
白い病院の自動車の中で
ふりかえり、ふりかえり、涙をながしたというわが家、
そのわが家にあなたが帰らなくなってから
二度めの夏が来た。（中略）

晴子よ、
ぼくらの愛は、生きている間は、お互いに与えてもまた返すことができた。

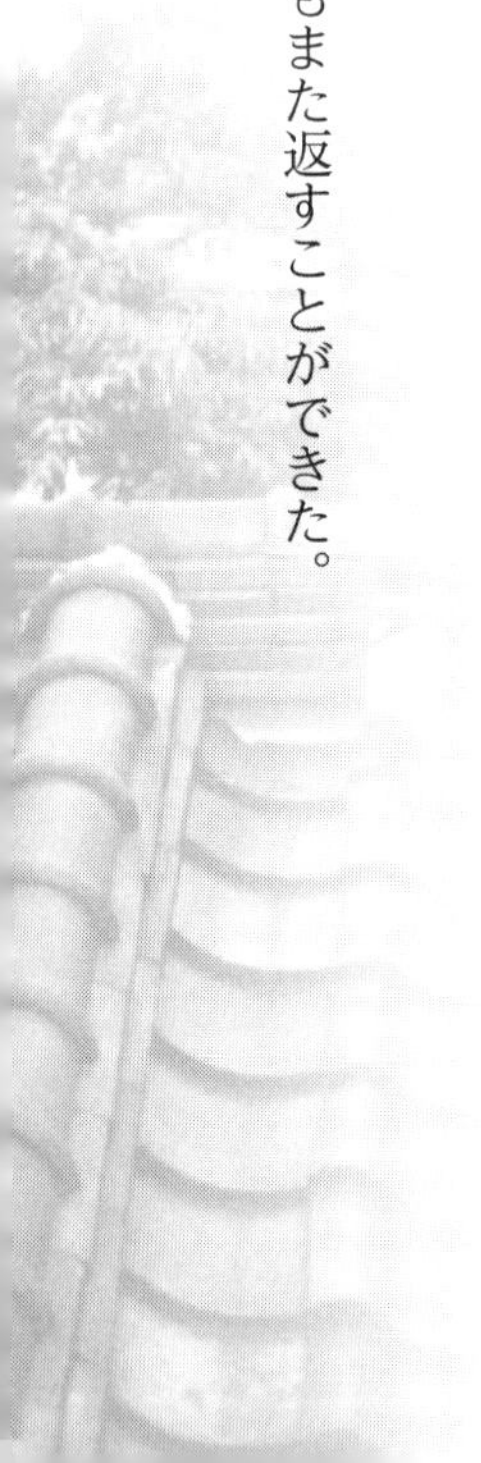

成城の家のベランダにて
八十と晴子、1957年

しかし、あなたの居ない今、
あなたから受けたこのふかい愛情の負債を、
どこで、いつ、ああ、ぼくには返せるときがあるのだろうか。
（中略）
あなたとぼくの新しい墓は、
見事、千葉郊外の森の中に竣工した。
（中略）
そうして、その前面には、
詩集を繰りひろげた形の黒花崗石《くろみかげいし》に金字で、
ぼくからあなたへの献詩がきざまれている。
（中略）
「われらふたり、たのしくここに眠る、
離ればなれに生まれ、めぐりあい、
みじかき時を愛に生きしふたり、
悲しく別れたれど、また、ここに、
こころとなりて、とこしえに寄り添い眠る」。

◆『亡妻の記』／『全集』第十六巻、所収◆

領土

出好《でずき》な良人《をつと》は絶えず諸方に旅した。様々なものを見て歩いた。南の國では、海邊の大きな圓形劇場で、髑髏の刺繍《ぬひとり》をした猖々緋《しやうじやうひ》の布の前で鬪ひ合ふ大勢の牛の群を見た。北の國では、蒼白い月光が涯もなく照らす雪の曠野《くわうや》と、その上を黒い鞠のやうに滑つてゆく橇《そり》の冴えた鈴の音を聴いた。かう云ふ時に良人は折々家に残した妻のことを思ひだした。自分がかう諸國に變化多い旅をつづけてゐる間、ひとり終日《ひねもす》暗い大理石の弓形な窓の下に銀の針を運ばせてゐる、女の身を憐《あはれ》んだ。

歸つた日に、良人は急いで妻の室《へや》へ行つた。精一杯暖かい言葉を掛けようと思つて。が、女の室は彼が旅で想つたより明るかつた。弓形の窓には紅い薔薇《ばら》の鉢までが置いてあつた。女は向《むかう》むきの桃花心木《マホガニイ》の椅子に座して、いそいそ満足げな面《おも》もちで白磁の珈琲茶碗を凝乎《じつ》と眺めてゐるのであつた。良人は不思議さうに背後《うしろ》から聲《こゑ》を掛けた。

——おい、何を見てゐるんだ。

妻は笑ましげな顔を此方《こちら》にむけて良人を見た。さうして喜悦《よろこび》に溢れるやうな調子で、

——あなた、まあご覧なさい。この珈琲茶碗はほんたうに奇異《ふしぎ》なものを持つてゐますよ。わたしがかう凝乎《じつ》と、この白い滑らかな面《おもて》を瞶《みつ》めてゐますと、わたしにはこの中に綺麗なこぢんまりした小さい室《へや》が在つて、その中央《まんなか》にまた小さい黒檀の卓子《テーブル》が据ゑてあるのが見えて来るんですよ、さうして可笑《をか》

しいことには白い夜會服を着た貴婦人たちが大勢この周邊《まはり》に腰をかけてゐますの。そして暫く見てゐるうちに何處《どこ》からかもうひとり老《としと》つた貴婦人が出てきて、骨牌《かるた》を出して皆の前で奇術《てづま》を始めるんですの。その奇術がまたほんたうに奇體なんですよ。まあかう骨牌《かるた》を聚《あつ》めてさしあげる、いちばん表面《おもて》の札はスペートの六なんですが、それが見る見るうちに六つの小さい髑髏《されかうべ》に變つてしまふんですもの。

良人は話を聴いた後、驚いた顔をして、妻のその勢に輝いた眼を見つめてゐたが、やがて次第に眞《ま》面目《じめ》になつて行つた。さうして自分たちとおなじく女にも、他人《よそびと》の決してうかがひ知られぬ領土の在ることを半ば了解した。

◆『砂金』／『全集』第一巻、所収◆

祖母のこと

私が父の母、祖母・徳子の死去を知ったのは、一九三四（昭和九）年八月八日、小岩（江戸川区）の三村の家であった。

当時、私は小学四年生で、夏休みを過ごしに母の妹、三村美代子の家に泊りがけで行っていた。その頃の小岩はまだ田舎で、家の周囲はどぶ川で、田畑も多かった。私より一歳下の長男の秀一は暴れん坊だったが、本来やさしい性格で、町っ子としてひ弱に育った私に、魚釣りなど田舎の遊びを教えてくれた。たしか、その前年の夏休みも小岩で過ごした記憶がある。今にして思えば、おそらく祖母の病状が悪化し、夏休みに私をどこかに連れていくことができなかった母の配慮だったのであろう。母とその妹美代子はとくに仲がよく、後に叔母が三十七歳の若さで亡くなった時、父母は千葉県松戸にある叔母の墓のとなりに墓地を求めた。父も叔母に強い親しみをもっていた。

祖母の訃報を聞き、同じく小岩の家に世話になっていた三村の叔父の弟、慶應大学生の勇さんに伴われてタクシーで柏木の家に急遽帰宅した記憶がある。

祖母はいわゆる中気で、家で長く臥《ふ》せっており、享年七十四歳であった。父は旅行に出ていることが多かったが、祖母の臨終のときは東京にいて看取ることができた。祖母の葬儀のことは覚えていないが、私にとってはじめての肉親の死の経験であった。

柏木の家にて
前列左から次姉慧子、祖母徳子、長姉嫩子、後列左女中琴、母晴子、父八十
（1922〔大正 11〕年頃、八束誕生の 2 年前）

祖母トク（徳子）は神奈川県藤沢白幡横町の井上栄吉・花の長女として生まれた。父は祖母の生い立ちと結婚、その生涯を『おふくろ』（丹羽文雄監修、秋田書店、一九六五年）に次のように書いている。

望まなかった結婚

母は、かれこれもう三十年前に亡くなりました。

神奈川県藤沢の人で、七人の子を生んで育てました。私はその三人目の子供です。

はじめ母は、私の父といっしょになるつもりではありませんでした。西條の家に、丑之助という、非常に美男な跡取り息子がいたのですが、それへ嫁になるつもりで、藤沢から駕籠《かご》に乗って嫁入って来たのです。ところがちょうどその時に、この美男の嫡子が死んでしまったのです。それで母は、西條家の番頭だった父といっしょにされてしまったのでした。

母は藤沢小町といわれた、非常な美人でした。それにひきかえ、父は小男で、歳も母とは二十ほども離れており、頭のすっからかんにはげ上がった醜男《ぶおとこ》でした。はじめいっしょになるはずの人とは大違いで、母にすればいやいやの結婚だったのです。母は、当初父をきらって、二度も国の実家へ逃げて帰ったそうです。

この父は、私の十五の時に亡くなっています。

西條の家は、セッケン製造をやっていました。私の小さいころには、工場に四十人ほどの人がいて、母はその人たちの世話をしながら、いっしょになって働いていました。また、とてもやかましい姑が残っていて、ずいぶんきびしい使われ方をしたようです。そんな中で母は、七人の子を育てたのですから、非常な苦労をした人なのです。

「わたしが働きすぎたんだよ」

そういってよく、手の指を見せましたが、母の指は、まるで片輪のように短くなっていました。母は子供の私に、教えるということもなく、指導するということもありませんでした。いわゆる賢母型ではなく、文字も読めない人で、どっちかというと、むしろ子供の私が、守ってあげたというような、そういう人だったのです。

文字の読めないのを補なおうとしてか、深夜習字の勉強をしていました。真夜中、私が目をさましてみると、昼間働き通しの母が、枕元にあかりをつけて一心に手習いをしていました。よくそんな姿を見受けましたが、立派だと思うより、なんだか胸がつまる思いでした。

祖母の思い出

私が幼い頃、祖母は毎日必ず仏壇に向かってお経をあげていたのを覚えている。考えてみると、その読経は丑之助さんに向けられていたものにちがいない。

私は生まれたときから、埼玉県出身のおことさんというお手伝いさんに主に育てられたが、おことさんは私が小学校の途中の頃、家に帰った。その後、その娘のおよねさんが長いことわが家を手伝ってくれた。後年、およねさんは名古屋に近い春日井に住んで、家族に囲まれてめぐまれた日々を過ごしていた。そのおよねさんによると、祖母は読経の後「いつも仏壇に供えてある菓子を召し上がっていた」という。ずっと盲目で、これという楽しみもない祖母にとって、一生心の中だけで愛し続けた人にお経を読んだあと、仏壇のささやかな菓子を食べることは、数少ない楽しみであった、と想像される。お手伝いさんからでなければ聞くことのできない、ほほえましいエピソードであった。

祖母は亡くなる直前、度々〝丑《うし》さん〟という名前を口にしたという。最初に自分が嫁ぐはずであった丑之助さんという人は、祖母にとって初恋の人となり、心の中では、ずっとその気持を持ち続けていたのである。

私が知っている祖母は盲目であった。視力を喪失したのは五十四歳頃と言われ、私の顔は知らなかった。その頃よくあった、白髪染めが原因という話を聞いていた。祖母は庭に面した南側の居室で、何時も長火鉢の横にじっと座っていた。当時のことで、ラジオを聴いていた記憶はあまりない。ラジオ放送が始まったのは私が生まれた頃であったが、当時は民放もなく、現在のＮＨＫ第一放送だけで、聞いて楽しめる娯楽番組などはきわめて少なかったと思う。

幼い姉が祖母にした質問について、父が「白孔雀」二号（一九二三〔大正十二〕年四月）に書いている。

私の六十五になる母親は眼を疾んで舊臘からと或る病院に入つてゐたが、三月の初旬、やうやく片眼を抉出して後、歸宅した。五つの娘には老母が毎夜その義眼を取り出して枕もとに置いてねむるのが非常な驚異であつたらしかつた。或朝彼女は老母が、総入歯をとりだして楊枝《やうじ》で掃除してゐるのを傍から見てゐていたく思案の體であつたが、やがて質問を呈して曰《いは》く、「おばあさんは歯も眼もとれるのね。鼻はとれないの？」

老母苦い笑を洩らして嘆ずるやう「この年になつて鼻がとれたら大變だ。」

また、祖母が嫁ぐために、駕籠《かご》で牛込まで来た途中、かつて刑場があった鈴が森の側を通ったので怖かった、という話をよくしていたのを思い出す。明治十（一八七七）年のことで、祖母も江戸時代の生まれである。私たちが歌舞伎の演目などに出てくることで知っている鈴が森は、祖母にとってはまさに現実だったのだろう。

母が、祖母の手をひいて散歩に出ているのを、近所の人がよく見かけたと聞いたことがある。お手伝いさんがついて散歩に出ることもあり、また私が行くこともあった。時には、私が柏木の家から遠くない鳴子坂あたりの小さな寄席《よせ》にお供をすることもあった。小学校に上がる前の私が、落語の内容を理解できたはずはないが、その頃、家にあった講談社の落語全集から、いくつか祖母に読み聞かせたこともあった。当時の本は、たいてい漢字にふりがながついていたから、意味はわからずとも読むことはできた。

父は祖母について、働き者で、苦労をした人だと書いているが、祖父が石鹸《せっけん》製造業で成功していたので、経済的には比較的豊かな生活をしていたと思う。私の母が父八十と結婚したのは前述のように西條家が没落した直後で、祖母もその生活に馴染めなかっただろう時である。その当時を思い出して「私がせっかく公設市場へ行って、いろいろ安いものを買ってきておいても、親族が来ると、お義母さんがみんなあげてしまうので悲しかった」と、母は晩年まで述懐していた。

父はこう書き残している。

私の可哀想な母は、若い日あんまりいじめられてくらして来たせいでしょうか、一面非常にわがままなところがありました。特に嫁に対しては、母が盲目になってからは理窟無しのわがままを言いました。私の妻は二十年間も、それに対して一度も逆らわず、終始やさしく母に仕《つか》えてくれました。その妻も三年前に亡くなりましたが、母に孝養をつくしてくれたことが彼女の一番の徳であり、今も有難く感じています。

◆『おふくろ』◆

ラジオに関係して、祖母が他界する少し前にこんな話がある。その頃の父の祖母への心遣いをよく示している父の詩「母の部屋」が、大阪の放送局から父の朗読で放送され、家族のものがラジオのスイッチを入れた。とたんに「ごめんください。お母さん」という父の言葉が流れてきて、祖母はてっきり父が帰宅したものと思ってか、ほとんど気力のない身体を動かして「ハイ、八十かえ」と答え、居合わせた家族の涙をさそったという。

母の部屋

ごめん下《くだ》さい、お母《かあ》さん、
久濶《ひさしぶり》であなたのお部屋《へや》に入《はい》ります。

けふは妻《つま》も子供たちも女中も、皆《みんな》出かけて、
あなたと僕だけが留守居です、
お眼《め》のわるいあなたは
櫻のちる春の午後も
木兎《みみづく》のやうに炬燵《こたつ》に蹲《かがま》つてゐらつしやる。

お母《かあ》さん、
なにもかも變りましたが
あなたのお部屋だけはもとの儘《まま》ですね。
死んだお父《とう》さんの油繪《あぶらゑ》も、
黒く光《ひか》つた用簞笥も、
桃花心木《まほがにい》の和蘭《オランダ》時計も
みんな僕が幼い日《ひ》親《したし》んだものです、
さうしてあなたはそれら古《ふる》いものの中《なか》で
終日昔《むかし》のことをじつと回想してゐらつしやる。

（中略）

お母《かあ》さん、静かですね、
かう二人《ふたり》對《むか》ひ合《あ》つてゐると
世界は何《なに》もかも昔の儘《まま》のやうぢやありませんか、
死んだ朝鮮の姉《あね》が
まだそこの縁側の椅子《いす》で編物《あみもの》をしてゐるやうな氣《き》がします、

再縁した妹《いもうと》が、もう直《ぢ》き
裁縫《おはり》から戻つて来《く》るやうな氣《き》もします。
お母《かあ》さん、
さあ、ぼつぼつ昔の話《はなし》でもしませうよ、
僕もやつと今、仕事が片付《かたづ》いたところです、
春の日《ひ》は永いやうでも直《ぢ》きに暮《く》れます、
間《ま》もなく
可愛《かはい》い侵入者《しんにふしや》たちの笑聲《わらひごゑ》が、小《ちひ》さな靴音《くつおと》が、
玄關の甃石《しきいし》に聞《きこ》えるでせう。

◆『美しき喪失』／『全集』第一巻、所収。
一九三六（昭和十一）年五月発売のコロムビアレコードに、父の朗読として残っている◆

父の遺品を整理しているとき、小型な茶色の封筒がでてきた。封がしてあり、表に父の字で、「亡き母徳子がわれの原稿用紙をつづるために、盲目の手もてつくりたまへる　こより　逝きて二十三年　いまだこれを使用する勇気なし　八十」と記してある。

山の母

いつも見る夢
さびしい夢
月の夜ふけの
山の上

青いひかりに
ぬれながら
うちの母《かあ》さま
ただひとり

草も生《は》えない
岩山の
白い素足《すあし》が
いとしうて

泣いてまねけど
もの言はず
風に揺れるは
影ばかり

いつもさめては
さびしい夢
月の夜更けの
山の上。

◆初出「赤い鳥」一九一九（大正八）年十一月号／『全集』第六巻、所収◆

父の姉兼子

父が他界したあと、父の記念館のようなものをつくってはという話もあったが、長い将来のことを考えると、それを維持していくのはなかなか難しいように思われた。私は姉と話し合って共有の場所を設け、とりあえず書籍や遺品などを分散させずに保存することにした。管理は、長い間父の家を手伝ってくださったY夫妻にお願いした。

最後まで父を愛し続けた姉にとって、父の思い出に満ちたその部屋は聖域であり、私が訪れることさえ好まない様子だった。そんなことで、姉が亡くなるまでの二十年ほどの間、私がそこを訪ねたのはほんの数回に過ぎなかった。全集の編纂などで父の資料をご覧になりたい方がある時には、いつもYさんが案内してくださった。

姉が亡くなって七年過ぎた頃、父の蔵書すべてと、同じくそこに運び込まれていた姉の蔵書すべてを神奈川近代文学館に寄贈させていただくことができた。その後を片付けていると、いくつかの箱におびただしい数の写真が見つかった。記憶にあるもの、まったく知らないもの、さまざまを何気なく眺めていると、古く変色しかけた一家族の写真が出てきた。横に説明がついているのを見ると、軍人と結婚して五人の子どもを残して朝鮮で夭折した、父が慕った姉兼子の一家であった。父の兄弟姉妹の中で最も父が敬愛し、また大きな影響を受けた人である。

父の『私の履歴書』によれば、

（前略）姉の兼子は美貌で、当時にしては珍しい自転車で、牛込から本郷の女学校まで通った才気満々の近代女性だった。文を能《よ》くし、絵画を能くしたが、十八歳で軍人に嫁ぎ、三十五歳で駐屯先の朝鮮の羅南で夭折した。しかし、多大の文芸的感化を弟のぼくの上に残した。

◆『全集』第十七巻◆

初めて見る兼子伯母の知的で端正な面影に、父が抱き続けた姉への思慕のすべてが理解できるように思われた。

旅

——二月十三日。姉の訃を聞きたる朝に——

夕《ゆふべ》、
見知らぬ山あり、
われ懐《なつか》しく
その肌《はだへ》を撫でぬ。
朝《あした》、
見知らぬ山あり、
われ怯《おび》えて
そのふもとに憩《いこ》ふ。

ああ、いつまでか、
見知らぬ山をめぐる旅ぞ、
昨日《きのふ》も
今日《けふ》も。

◆『美しき喪失』／『全集』第一巻、所収◆

池袋から（編集後記）

「白孔雀」の創刊の喜びと同時に、私は世にもふかい悲しみを味つた。それはちやうど「白孔雀」の偏輯の終つた二月十二日の朝に、突然な姉の訃に接したことである。雪ふかき北鮮羅南の異郷にわが最愛の姉は未だ三十四の若き齢《よわい》を以て逝いたのであつた。遠く隔てて相見ざること六年、變れる風貌は見るによしなきも私は昔の日の姉の俤《おもかげ》を、幾度か胸に描いては、その一日一夜骨肉の死の悲しみを深く味つたのであつた。

◆「白孔雀」一号、一九二二（大正十一）年三月◆

奈良によせる想い

私は次に載せた詩「寧樂《なら》の第一夜」がとくに好きである。その理由の一つは、これは昔、父自身の朗読によって「母の部屋」という詩とともに七十八回転のレコードの両面に吹き込まれていて、私の心に深くしみこんでいるためかもしれない。その父の朗読がよい。もちろん、私は日本の詩人の朗読をたくさん聞いてはいないが、父の朗読はとくによいように思う。素人の想像だが、パリ留学中、父はヌエットさん（本書第Ⅴ章）に連れられて何度か詩人の会に行き、フランスの詩人の朗読を聞いている。その影響を強く受けているのではないかと思う。

私がはじめて奈良というところをゆっくり味わう機会を得たのは、大学を卒業した頃ではなかったかと思う。滞在中の日程を詳しくつくってくれたのは、後に述べるように、姉の夫、三井武夫であった。秋の好天にめぐまれて毎日歩きまわった。秋の空の下、宿の窓先の柿の色が今でも目に残っている。

そのとき、とくに印象が深かったのは新薬師寺であった。たしか出かける前に父からこのあたりの思い出などを聞いていたと思う。訪れる人もほとんどない時代である。寺自体よりも山門から春日山のほうへ田圃《たんぼ》に面して連なっている築地《ついじ》の何とも言えない味わい深い彩りに心を惹かれた。何となく、父が若い日を過ごしたのは、こんなところだったのだろうと思った。考えてみれば約五十年前である。戦後間もない当時は、すべてが昔とあまり変わっていなかったと思う。

寧樂《なら》の第一夜

大正十一年三月二十八日。われ十二年の星霜の後に、寧樂《なら》の古都に宿る。ここはわが十八歳より十九歳へかけての若き日を、いまは世に亡き姉兼子と住める懐しき土地なり。夜に入りて驟雨沛然《しゅううはいぜん》としていたる。感懐禁《とど》めがたし。

熟眠《うまい》よ、
安けき熟眠《うまい》よ、
かの白き馬酔木《あしび》の花のごとく
わが枕邊《まくらべ》にこぼれ落ち、
累《かさ》なり、埋《うづ》み、
こよひのわが夢を
幸福《しあはせ》あるものとならしめよ。

こは十二年の後《のち》に
ふたたび訪《おとな》へる寧樂《なら》の都なり、
ほのぐらき電燈は
居馴れざる旅館の一室を幻《まぼろし》のごとく照らし、
第一夜の臥床《ふしど》は柔かにふくれて

奈良公園　西條八束

疲れたるわれの横たはるを待つ。
感懐《かんくわい》とどめがたし、
わが涙、灯《ともしび》のもとに蠟のごとく流る、
姉よ、亡き姉よ、
その昔おんみと住める懐《なつか》しき土地に
いま弟は在るなり、
まろらけき嫩草山《わかくさやま》の巓《いただき》に
變らぬままの月魄《つきしろ》よ、
いまわが心は蹌踉《さらぼ》へる鹿となりて
紅殻《べにがら》ぞめの家々《いへいへ》のうち並ぶ
深夜の八衢《やちまた》を狂ほしく奔《かけ》りさまよふ。
あたたかき雨きたれり、
ああその屋根を濡らす、消《け》なば消ぬかの快《こころよ》きひびきよ、
そはわが姉の白き喪服きて
遠くちかく歩みよる跫音《あのと》のごとく、
また見えざる世界より愛弟に話しかくる
いと優しき言葉《ことのは》にも似たり。

ああさらば、明日《あす》よりは
笻《つゑ》とりてわが追憶《おもひで》の村々をめぐらむ、
破《や》れし築地《ついぢ》よ、紅椿《べにつばき》よ、
古《ふ》りし青銅の九輪に懸る夕月よ、
幻《まぼろし》の大《おほい》なるAlbum《アルバム》は緘《と》ぢられ
その表紙のうへに
われはいま安けく横たはるなり。

熟眠《うまい》よ、
安けき熟眠《うまい》よ、
かの白き馬酔木《あしび》の花のごとく、夜半《よは》の雨のごとく、
わが枕邊《まくらべ》にこぼれ落ち、
今宵のわれに
紺飛白《こんがすり》着たる十八の少年の日の夢を
ふかくふかくふかく、心ゆくかぎり
貪《むさぼ》らしめよ。

◆『美しき喪失』／『全集』第一巻、所収◆

奈良にて　広辻一家と中央は八十、その右は母・徳子

父は、一九一〇（明治四十三）年早春、満十八歳のとき奈良の兼子のもとへ行った。姉は二十四歳くらいで、姉の夫、広辻金次郎は歩兵第五十三連隊の大隊副官だった。私にも、幼い頃西條の家を訪ねてこられた広辻氏の記憶はある。

なつかしき古都寧樂《なら》を想ふ

僕にとつてもつとも想ひ出ふかい街は、寧樂の古都である。あそこで、僕は十九の春から廿歳へかけての若い日を送つた。

夭折した姉兼子がそこに嫁いでゐた。義兄《あに》は将官で、當時在つた歩兵第五十三聯隊にゐた。最初は街から小一里離れた、古市といふ小村で暮らした。

少年らしい初戀に破れて、東京を去つて、飄然この古都へ赴いたのは、春浅い二月《きさらぎ》末であつた。生れてはじめて踏んだ關西の土。汚ない人力車に揺られてゆく、赭《あか》ちやけた土塀の多い寧樂《なら》の郊外の街道には、桃の花が咲いてゐた。遠くにほの紫に生駒、葛城、金剛などの山々が見えてゐた。（中略）

或る日、街へ出て行つて見ると、興福寺の南圓堂附近の櫻は美しく満開であつた。その蔭に蓆《むしろ》を敷いて大勢の人が、瓢簞《ひょうたん》を傾け、賑やかに歌つたり踊つたりしてゐた。一週に一度しか外出を許されなかつたので、その次の日曜にまた行つてみると、わづかに残櫻が白く梢を綴るのみで、花見の客はほとんど見えなかつた。全山荒寥としてゐた。

その日の寂しかつた氣持は今でも忘れられない。(中略)

その頃公園の裏坂の途中に、ギンポールといふアメリカ人の老婆が住んでゐた。僕は英會話を習ふために、毎夕、一里の路を歩いて、その古びた洋館へ通つた。(中略)

彼女の愛弟子のなかに、美縫《みぬひ》といふ不思議な名前を持つ、色の浅黒い明眸な少女がゐた。義兄の上官の娘であつた。僕はその娘にほのかな戀ごころを感じて、いつも椅子を隣して會話を學ぶのを樂んだ。

いよいよ夏が深くなつて、紅殻染の小家の並ぶ裏町で、さかんに青蚊帳《あおかや》をつくるのが見られる頃、僕は、受験のために京都へ行つた。(中略)

試験が不合格で、悄然寧樂へ戻ると、その秋、義兄の家も市内の高畑へ移轉した。有名な新薬師寺の在る坂の下で、かたちのいい嫩草《わかくさ》山が壓《あつ》するやうに眼前《めのまへ》に在つた。僕はその家で、秋の夜落葉の音とともに妻戀ふ鹿が絹を裂くやうな聲でよもすがら啼《な》くのを聴き、郷愁の深まりゆくのを感じた。

いまは遊覧バスが縦横に奔駆してゐる春日の裏山。

――あそこの隅々は、そのころ僕が徒歩でほとんど隈なく跋渉したところだ。

三笠の山を三つ越えて鶯《うぐひす》の瀧へ出る路。七本杉、瀧坂。――ああ、今でも幾度、僕は夢にあの頃の孤獨で樂しかつた森林の逍遙を見ることであらう――

春日山の入口、月日の窟《いはや》に近く、渓流に沿うた東屋《あづまや》がある。あそこの木のベンチのうへで僕はよく本を讀んだので、数年前、奥山めぐりの途中、自動車《くるま》から下りて立寄つて見たら、粗木《あらき》の柱に、當時ペン・ナイフで刻みつけた「八十《やそ》」といふ署名が幽《かす》かながら残つてゐた。茫々二十有餘年、なほ昨日の夢のごとき感を深うした。

最近流行になつてゐる詩碑といふものが、若《も》し僕の死後に建てられるとしたら、僕はあのほの紫の藤の花が老杉《ろうさん》に絡んで咲く春日の奥山、水谷川のほとりを選びたい。

◆『わが詩わが夢』草原書房、一九四七年◆

まだ雑誌「蠟人形」関係の皆様が父の命日に八柱の父母の墓へおいでくださっていた頃、その中の松村美生子さんが朝鮮で兼子伯母をご存じだったとのお話をうかがい、後に全集の月報に以下の文を執筆していただいた。

これを読み直した時、地図で羅南《ラナム》の位置をたしかめた。現在の北朝鮮の東端、ロシアとの国境に近い重要な港である清津《チョンジン》のすぐ南西に位置する。

広辻兼子様と西條八十おじさんと

松村美生子

でんしん線に三四羽の
つばめがとまって　ピーチクピー

小学二年生の教室から聞こえてくる歌だった。

北朝鮮の春はおそく、五月になって漸《ようや》く草や木の芽が芽吹き、育ちはじめるのだった。

北鮮の羅南は日本の北の衛《まも》りの要地で、幾つもの連隊が集って、軍人の官舎が立ち列《なら》んでいた。その一廓に私の家があり一軒おいて隣りに広辻さんと言う家があった。

私の家の道路の向う側は広い河原のある小川だった。そこにはたくさんのたんぽぽが黄色く鮮やかに咲いていた。大きいのを撰って摘んでいると、同級の女の子が「でんしん線に」と口吟み「二年生が習ってるこの歌、広辻さんのおじさんが作ったんだって」と言い残して花の多い方へ行ってしまった。

おじさん。――おじさんって、ヒゲもじゃじゃないの？　私にはこんなかわいい歌を作るおじさんのイメージがつかめなかった。

それがずっと後になってから西條八十先生の「かなりや」以前のお作だと分り、広辻さんのおば様が、先

広辻家　羅南にて

生の一番慕っていらした兼子お姉様だという事も知った。

北朝鮮ではおそい春のあとすぐ短かい夏が来、秋も、運動会がすむとす早く行ってしまい、ながい冬がやって来る。冬休みは、たっぷりひと月以上もあった。

そのため学校との連絡を欠かないように、父兄有志がこの期間に自宅を会場にして、近くの子供たちを集めて、学芸会を開いた。私は広辻さんのお家で開かれる組に入れて貰えて、仲よしの田中さんと唱歌を歌うことになり、歌は広辻さんのおば様のアドバイスで「雪やこんこん」を歌うことになった。

気の小さい私は胸ドキドキ。それでも、おば様の面長《おもなが》な小麦いろのお顔だちと、やさしく相手を包みこむような眼ざしに、はげまされて、よく透るお声につられて毎日練習をかさねた。

いよいよ当日。朗読や詩吟、遊戯などに続いて私たちの歌う番になった。

「はい、落ちついてね」おば様は二人の肩をそっと押して元気づけて下さった。

おば様のオルガンが高く響くと、言われた通りに大きく息を吸って「雪やこんこん、あられやこんこん、降っては降ってはずんずん積り、犬は喜び庭かけ廻り、猫はこたつで丸くなる」

やれやれこんどは二番という所でまた犬は喜びとやって、ハッと口をつぐんだ。おば様は「大丈夫、もう一度弾いてあげますよ」とちょっと微笑して弾いて下さった。

ほっとして私たちはお礼も言わないで、おじぎだけすると、自分の席にかけ戻ってしまった。

四月は転任の季節。広辻さんのご一家は内地に転任が決まり、新学期の始まる頃羅南を発たれた。

後から聞くとおば様はお産のあとがよくなくてお亡くなりになったときかされた。

子供心に、学芸会で私たちがよけいな手間をおかけしたせいだったろうか。胸が痛んだ。

Ⅳ 姉 嫩子のこと

〈空気は傷だらけだ
痣《あざ》だらけだ
苛酷な一生だ〉
三井ふたばこ
◆詩集『空気の痣』より◆

奈良・嫩草山《わかくさやま》にちなんだその名前、ふたばこ（嫩子）。
父・八十の娘であることに、すべてをかけた姉の七十二年間であった。
詩人としての姉の仕事を遺したいと願う。

姉との別れ

姉、嫩子《ふたばこ》が他界してからいつのまにか十五年経《た》ってしまった。それは一九九〇年の十月末近くだった。姉のところへ家事の手伝いに通っていたY夫人から、電話で姉が急逝したらしいことを告げられた。家内と私は急遽上京したが、東京はひどい雨で、タクシーで新橋から三田のマンションへ行くことを考えたが、なかなか見つからず気持ばかり焦《あせ》っていたことを覚えている。姉はひとりで暮らしていたので、いわゆる孤独死として扱われたが、二、三日ごとに通って家事を見てくれていたY夫人が、死後わりに早く発見したようである。風呂に入ろうとしていたらしく、浴室内に湯があふれ続けていたという。姉はまだ七十二歳だった。

姉の体調があまりよくないことは一年くらい前から気づいていたが、こんなに早く逝くとは思わなかった。それというのも、姉はその八月三十日から九月四日までベルギーのリエージュで催された国際詩人会議に、私の家内をお供に連れて出席していたのである。

1990 年晩夏、ベルギーへ出発の前に成田にて

港区三田のマンションで一人暮らしの頃

その会議は小規模なものらしいが、二年ごとに開催され、一九七四年にも家内が同行したことがある。姉はその間も何回か出席していたようで、いつもはパリにいる旧友の鮎澤露子さんに通訳を頼んでいたが、七四年とこの年は先方の都合が悪く、家内に声がかかったのであった。

姉は、その会議に参加することを大変楽しみにしていたが、行きの機上ですでに自分がどこにいるのか錯覚を起こすありさまであった。ベルギーへ着いてから、同じ会議に特別講演の依頼を受けて参加された旧知の大岡信氏とご一緒になった。タクシーで、会場でもあるホテルに着いた後も、会議に出席することはほとんど不可能な健康状態で、自室で眠っていることが多かった。大岡氏と夕食を共にする約束をしてあっても起きて来ず、家内だけがご一緒に食事を済ませたと言う。大岡氏もその状態に驚き、「何しろ無事に帰国できるように」と家内に告げられたという。

幸いに帰国後、大した病気もせずに過ごしていたようであり、亡くなる直前にも京都まで出かけたりしていたので、私たちもほっとしていた矢先のことであった。

私は何とか姉の追悼文集のようなものを出したいと考えていたが、自分の仕事に追われてぐずぐずしているうちに、親しかった方たちも次第に少なくなり、とうとう実現できなかった。ただ戦前、父が主宰していた詩誌「蠟人形」に関わっておられた方たちの中で、その後も父を慕い、毎年父の命日八月十二日に八柱の墓地を訪れてくださっていた方たちがあった。その方たちが毎年刊行されていた「蠟人形のささやき」という小冊子の二十号（一九九二年）を姉の追悼特集としてくださったものが、私の手許に残っている。その中から、姉の女学校以来の親友だった笠置八千代さんがお寄せくださった姉の思い出を、この章末に転載させていただいた。

この雑誌「蠟人形のささやき」の発行は、中心となっておられた阿部圭一郎氏のご努力に負うことが多い。阿部さんはお元気な方で、プールへ行って泳ぐのを日課にしておられたが、姉の追悼号刊行の翌年、水泳中に急逝された。同人の中で優れた作品を発表されていた秋野さち子さんも、長いこと病床におられたと聞くが、二〇〇四年に他界された。

そんなことで、この一章を姉、三井嫩子《ふたばこ》（ペンネームとして西條嫩子）の思い出に当てることをお許しいただきたい。

カハイサウナ人形《ニンギヤウ》サン
東京　西條嫩子(十歳)
ポッーント花火《ハナビ》ガ上《アガ》ッタヨ
ケムノ中カラデテキタネ。
カハイイ　カハイイ人形サン
人形サンハツカレテタ
赤イオヤネデヒトヤスミ
イヂワルカゼサンフイテキテ
人形サンヲムカフノ
林ヘツレテイッチヤッタ。
昭和三年四月号
幼年倶楽部
早川桂太郎畫

カハイサウナ人形《ニンギヤウ》サン

西條嫩子（十歳《サイ》）

ポツーント花火《ハナビ》ガ上《アガ》ッタヨ
ケムノ中《ナカ》カラデテキタネ。
カハイイ　カハイイ人形《ニンギヤウ》サン
人形サンハツカレテタ
赤《アカ》イオヤネデヒトヤスミ
イヂワルカゼサンフイテキテ
人形サンヲムカフノ
林《ハヤシ》ヘツレテイッチヤッタ。

◆「幼年倶楽部」一九二八（昭和三）年四月号◆

虫のこゑ

尋二　西條嫩子

私《わたし》とパパとゆふすゞみ
　虫のこゑがきこゑたわ
私とパパがいつたわね
　カナカナ虫だといつたわね

◆「空の羊」／「幼年倶楽部」一九二七（昭和二）年一月号◆

我娘とねむる

西條八十

わたしの抱《いだ》くこれは
女ではない、
ゆくりなく海邊《うみべ》に見いでた
冷たき流木《ながれぎ》の墓である。

わたしに觸《ふ》るるこれは
肉ではない、
涯《はて》しない旅人の
足にからむ蒼《あを》ぐろき蓬《おどろ》である。

夜半《よは》の、わが頬を、枕を、
さめざめとうつ黒髪《くろかみ》、——
そのかをりに
わたしは甘き花を夢みず、
ただ祖先の太陽の、遠く、赤く、さむきを感ずる。

◆『美しき喪失』／『全集』第一巻、所収◆

柏木の家で　嫩子と八束

娘時代

姉は一九一八（大正七）年五月に神保町で生まれた。父が結婚後二年、まだ無名の頃であった。姉は私より六歳上であった。それだけの年齢の差と男女の違いのため、成人する前は、姉と私の共通の話題はほとんどなかった。

姉は若い頃から文学に興味を持ち、詩を書くようになった。そのため、当時の府立第五高女を卒業後、日本女子大の英文科へ進んだ。しかし、女の子が文学などに深入りして婚期を逸するようになっては困るという母の思惑から、中途で泣く泣く退学させられた。父もそれに反対しなかったようである。

三井嫩子の想い出

西條八十（自筆原稿）

かういふことも一度は書いてをいてよからう。思ひうかぶまま書きつけてみる。

三井嫩子は、神田区表神保町三番地のいま東京堂のある裏通りの小さな書籍出版屋の二階で生れた。そこはわたしが宮辺富次郎といふ、もと書肆同文館の番頭をやってゐた人と協同で経営していた店だった。わたしたちは、そこで雑誌「英語の日本」を発刊し、英語関係の出版をやってゐた。下は店で、わたしたち夫婦は二階に住み、部屋は八畳と四畳半。その八畳でわたしは出版の企劃を立てたり、雑誌を編輯《へんしゅう》したりしながら、同時に詩を書いてゐた。嫩子はその四畳半で生れた。
先日、藤田興業株式会社の副社長の野口氏と偶然逢ったとき、野口氏にいきなり、「わたしはあなたのお嬢さんの、一糸まとわぬ全裸体を見たことがあります」と言はれてびっくりしたことがあった。よく聞いてみると野口氏は、嫩子をとりあげた産婆《さんば》さんの令息で、妻がかなり難産だったので、当時お母さんに附き添って来たのださうだった。

無名のわたしが雑誌「赤い鳥」に初めて童謡を書きだしたのは、嫩子が二歳ぐらゐのときだったらう。その頃、わたしは当時「ジャパン・タイムズ」にサイトーマンといふ筆名で、流麗な英文を書いていた故秋元俊吉の随筆を、堺利彦と邦訳することを頼まれた。それで上野の不忍池畔の「上野アパート」といふ、我國で最初に出来たアパートに部屋を借りた。或る晩、そこへ神田から妻が泊りがけでやって来た。その翌暁、わたしは嫩子を抱いて、上野の東照宮の境内を散歩したあと、あの童謡の「唄を忘れたかなりや」を書いたのだった。

それからの想い出は、大正十二年の関東大震災の日、――そのころ、わたしたちは、もう淀橋区柏木に一家をかまへてゐたが、彼女はまだ五歳か六歳なのに、ひどく地震を恐怖したことである。それは病的にちかい、ヒステリックな恐怖だったので、今もはっきり頭にのこってゐる。（中略）

女学校は、新宿の第五だったが、当時のわたしは、教師生活や、旅廻りの唄書き仕事で忙しく、ほとんど彼女についての記憶が無い。（中略）いつもデパートかどこかからの大きな買物包みを、両手に持ちきれないほど抱へて、驛《えき》のほうからニコニコのんきそうにしてやってくるのだった。

日本女子大の英文学部へ通ってるうち、胸をわるくした。しばらく東大に入院させたが、癒り切らないので、軽井沢に小さな別荘を借り、そこに半年ぢかく静養させてをいたことがある。ちやうどシーズンの夏になって、もう外出してもいいといふ医者の許しが出たので、わたしが初めてつれて軽井沢のメーンストリートへ出た。ところが彼女はまだからだに自信がなくて、わたしの腕にすがり切りである。当時、わたしはまだ若かったし、風俗も今とはちがってゐたので、大勢の避暑客がジロジロとわたしたちを見る。中には露骨にひやかしの言葉をあびせる者もあった。わたしたち親娘は、赤くなって、土産物店へ飛び込んでしまった。そこでわたしは、しかたなく、なにかネックレースを彼女のために買ってやることになったのだが、これは、今でもあの高原の街へゆくとおもいだす楽しい追憶である。

婚約がきまるすこし前だった。彼女は当時親しかった鮎澤露子嬢と、新宿の武蔵野館へ映画を見にいった。そして、映写中、化粧室へひとりでいくと、突然隠れていた暴漢に襲はれた。それは不良の中学生らしい少年だったさうだが、彼女は、それと猛烈な格闘をやり、大きいからだに物言はせて、相手を壁の隅に叩き付けた。しかし、そのために、前歯を三本も折り鮮血淋漓たるていたらくになった。しかし、彼女はさわぎ立てて、父親の名でも新聞に出てはと警戒し、そのまま、ひとり館から出て、タクシイで我家へ戻ってきた。わたしはあとでこの話を聞き、落ち着いた彼女の処遇をうれしくおもった。

お父さまとお嬢さま

詩人 西條八十氏
令嬢 嫩子様

「お父様、お勉強？ 熱いお紅茶いれてまゐりました。」

新しいものを生み出すなやみに窶《やつ》れ、詩作にふけつてゐられるお父様が、氣分の転換をなさるやう少しでもお疲れを、いたはりたいやさしい娘の心遣ひを、ねぎらふ父の眼眸《まなざし》は、やさしくまたゝいてゐます。

嫩子様は府立第五の三年生。お父様とは大の仲よしで、野球はいつも御一緒とか。お芝居も新劇が大好きで、かゝしたことがないほどの御熱心。見るからに清新《フレッシュ》な感じのお嬢様。

（主婦之友写真部撮影）

◆「主婦之友」一九三四（昭和九）年三月号◆

姉の結婚

その後母の努力の甲斐もあって、姉は健康を完全に回復した。二、三のロマンスも芽生えかかったが、母の強い念願にしたがって東京大学法学部出身で秀才の誉れが高かった大蔵官僚の三井武夫とお見合いをして、一九四〇（昭和十五）年四月二十四日、東京會舘で盛大に挙式を行った。昔、祖父が石鹸工場を営んでいた頃、石鹸干し場に使っていたという土地、牛込納戸町の新居で生活をはじめた。

母は詩人としての父に連れ添ってきて、とくに結婚後しばらくは、まともな収入がほとんど無くて経済的に苦しい思いをし、また父の女性問題で悩まされてきた経験から、文学者や芸術家などよりも経済的に安定しており、女性との交渉も少ない、「堅い職業」の人に嫁がせることを強く望んでいた。母がよく言っていた言葉では、「石のように堅い人」と結婚させたかった。姉はお見合いをして、三井のハンサムなところに惹かれて結婚したようである。

姉は一九四一年、長女紘子を生んだ。父の命名である。一九四三年十二月、三井が北京大使館勤務になったため、紘子を伴って北京へ出発した。

北京で暮らしていた三井一家は一九四五年夏の敗戦の後、いろいろ苦労はあったようだが、一九四六年五月、引き揚げ船で無事帰国した。三井の弟、三井行雄（当時通産省）と私が品川駅で一家を迎え、その後は下館の家に同居した。三井の両親は一九四五年五月、大森久が原の家を空襲で焼け出された。母がトラックを手配して下館に迎えた後、茂木に家を見つけて落ち着かせた。

成城の自宅で 嫩子（写真・大竹新助）

姉の結婚生活は、長女紘子を中心に何とか続いていたが、このくらい性格的に両極端な組み合わせはなかったと思う。夫の三井は、芭蕉などもよく読み、日本の文化史などにも造詣が深かった。前述したように私がまだ独身だった頃、奈良へ行って数日滞在してお寺を歩いてきたいと言ったとき、彼は歩くべきコースを緻密に教えてくれた。例えば、東大寺へ行ったら、大仏殿を見た後、事務所で許可をもらって、その後方の戒壇院を訪れるとよい、新薬師寺、唐招提寺は必ず訪ねるように、などと通りいっぺんでない視点を持っていた。

また、彼は著名な政治家などで絵を描くグループとして知られたチャーチル会［紀子註：あるいはそのもじりの「アヒル会」か］のメンバーでもあった。生前私たちに見せたことはなかったが、彼の遺品の中から、いくつかの好ましいスケッチが見出された。

有能な官僚で、すべてに几帳面だった三井と、とかく夢見がちな性格で家事が苦手な姉との生活は、なかなかむずかしいところがあったようだ。天衣無縫な性格の姉を大きな包容力で包むような、特別にやさしい心遣いがあれば、なんとかなったのだろうか。

一方で、万全の配慮をして夫を支えてくれるような妻を持たなかった三井も大変気の毒だったと思う。出勤前、三井のワイシャツのボタンがとれていた時に、姉がそばにあった赤いボタンを付けてしまったという話さえある。

戦後、姉が再び詩を書くようになり、父と詩誌「ポエトロア」を刊行したりして詩人としての活動が活発になってからは、ますますお互いの距離ができてきたと思われる。母晴子は思慮深い人であったから、中年となり、仕事上の悩みや職場の複雑な人間関係をかかえた三井の心情を考えてさまざまな配慮をしていた。その母が一九六〇年に他界してからは、一人娘である紘子の存在だけが、二人を結んでいたと思う。

一九六八年九月五日、三井は失踪し、十一月十八日、多摩川近くの山林

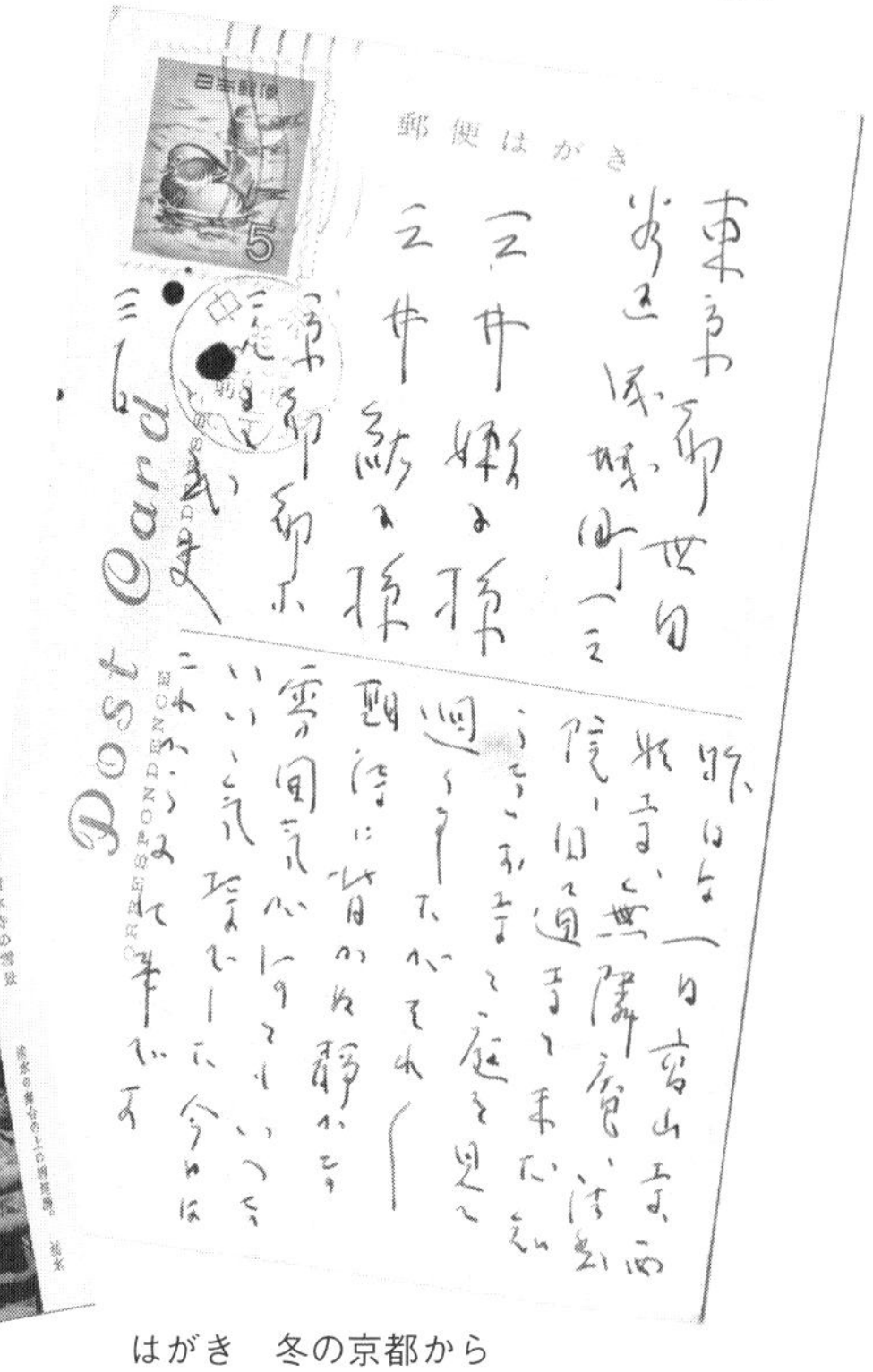

はがき　冬の京都から
三井武夫より妻嫩子と娘紘子に
1961 年

嫩子と八束 1985年頃

の中で遺体が発見された。もちろんこのことはすでに七十六歳になっていた父にとっても大きな衝撃であった。私は家内と急遽上京したが、十九日に、かつて大蔵省で三井の下にいたことがある三島由紀夫がいち早く弔問に来られたのが強く印象に残っている。

家族の中で

姉はつねに弟である私のことを心配してくれていた。同様に、父のことばかりでなく、母のことも姉なりに心配していたと思う。しかし、相手の立場、現状を考えて配慮するのは得意ではなかった。

それに大変な愚痴やでもあった。成城で近くに住んでいる頃、やってきた姉に母が「今日は疲れているから、愚痴をこぼしに来たのだったら、帰っておくれ」と追い返す光景をしばしば見た。父が軽井沢の別荘へ着くと、迎えに出てきた姉がすぐに「私ね!」と愚痴を言い出すので「ああ、また愚痴の山に来た」と言ったこともある。

姉はいろいろな意味で不器用な人であり、結婚生活もなかなか難しいところがあったかもしれない。しかしその中で精一杯生き続けたことを、弟としてここで再評価したい。

このような姉であったが、父は最後まで姉が可愛くてしかたがなかったようである。晩年に、姉が無理なことを言ったのを何故か父が認めた時、父の昔からの弟子の門田穣さんが、「先生はやっぱりパコちゃんが可愛いのですね」とため息をつくように言っていたのを思い出す。

父もよく知っていて、「嫩子は、空想の翼をひろげて空を舞っている時はよいが、一端、地上に降りてきた時は突然現実的になるから恐ろしい」と言うこともあった。

放心

西條八十

人間の犯す粗忽《そこつ》な行為は、生来の頭脳の欠陥からも起こるのだろうが、放心状態から来ることも多い。外国の理学者が時間を測りながら卵を煮るつもりでいて、うっかり卵を見ながら時計を煮てしまったという話や、空を仰いで星を研究しながら、足下の穴に落ち込んだというような放心の逸話は、ぼくは大好きである。放心とは、その人間の意識が何か他の目的に集中して、しばしでも、この現実から遊離し、高揚することであって、実際的には困ったことでも、そこにはあまり凡庸な身辺にとらわれぬたましいの飛躍のようなものが感ぜられて、頼もしく、うれしくなる。

ぼくには、抽象的な詩を書く娘がいるが、これが若いときから放心家で、しばしばぼくを楽しく微笑させる。ぼくがもっとも幻想的な詩を書いた時代に生まれた子であるせいか、いつもまぼろしの姿の中に実人生を見る傾向があって、その書く詩篇は異様に父親の心を打つのである。

（中略）

この娘の実生活における放心の実例は無数だが、中でおもしろいのを二、三あげると、これは長男の嫁の話で、ある日、電話のベルが鳴った。嫁が出てみると、姉の声で、用事をきくと、

「あら、電話だったの。わたしラジオを掛けたつもりだったの。ごめんね」

と言って、直ぐ切ってしまったというのである。ラジオを掛けるのと、電話を掛けるのとはだいぶ手間がちがう。ぼくの娘は、詩を考えながら、放心状態でこんな粗忽《そこつ》をやってしまうのである。

（中略）

ウィーンの町では、アドレスを印刷したホテルの名刺を持たずに散歩に出て、さあ、帰りには、ホテルの名前も覚えていず困ってしまった。ぼくがおそいので宿で心配していると、やがて彼女は、オーストリイ人の老婆に伴われて帰ってきた。なんでも彼女は帰るホテルの名がわからないので、通行中のその老婦人にきいた。老婦人は教会のミサへ行くところだった。「ミサが終わるまで待てば、わたしが知っているこの町のホテルの名を全部言ってあげる」という約束で、娘は一時間近く、この見知らぬ町のお寺のベンチにすわっていたのだった。

◆『我愛の記』／『全集』第十七巻、所収◆

母が六月一日に他界した一九六〇年秋、著作家作曲家協会国際連合（CISAC）の会議がスイスで開催され、姉が父に同行した。飛行機が北極上空を通過している時、姉が父に一枚の紙きれに書いたメモを渡したという。それには、「今私たちが飛んでいる下の世界は死の世界だけれど、お母さんが行ってしまったところは、もっともっと遠い世界ですね」と記されていたという。父は、それを読んで、さらに何か、書き足して姉に返したという。

それがきっかけになって、姉の第二詩集『空気の痣《あざ》』の「北極にて」という詩ができたのだと思われる。

北極にて

（母逝きし直後父とともにヨーロッパ旅行に出て）

三井ふたばこ

遥かに見おろす
北極の氷河や氷山、
まだ十月はじめというのに、
焦茶色の山肌が雪をおおつて、
荒涼としたグレイの
空の果まで
限りなく並んでいる。

老齢の父は別れたばかりの亡妻を想つて

その寂寥にきつりつした。

死の世界を想わす
その激しい光景、
人住まず　鳥もとばず、
ひとたびこの飛行機が不時着したら
十分もたゝずに全員凍つて
そのまゝ死んでしまうだろう。

然し　これは死ではない、
あまたの氷山や暗いツンドラを眼下に見おろしても
不気味な暗雲の中を横行しても、
それは死ではない。

おそろしい北極の果まで
たどりついても、
亡き母には再びまみえられず
その死はもつと遠く深い。

◆『空気の痣《あざ》』所収◆

奈良の詩碑のこと

前章でも触れたように、若い頃はじめて一人で奈良へ行った私は、義兄の助言にしたがったコースを数日間歩き、登大路の日吉館に泊まった。日吉館は会津八一や安藤更生先生（本書第Ⅵ章）などの定宿で、父も泊まったことがあり、奥さんがたいへん親切にしてくれた。日吉館の奥さん田村キヨノさんと言えば、奈良で知らない人はない。その思い出もあって、私は娘が高校へ入学した直後、難しい思春期の娘を日吉館へ連れていき、奈良のあちこちを見せてやった。それがきっかけで、娘は久しく日吉館の常連となって友人たちとしばしば行くようになった。

父が亡くなって十年ほどたった頃、日吉館の奥さんから娘をとおして連絡があった。奈良に父の詩碑を建てることを思いつき、すでに奈良市も承諾しているし、資金の準備も進んでいる、よい石も見つかったので了解してほしいという夢のようなありがたい話であった。

奈良は父の思い出に満ちたところである。父の書いた一節〈最近流行になつてゐる詩碑といふものが、若し僕の死後に建てられるとしたら、僕はあのほの紫の藤の花が老杉《ろうさん》に絡んで咲く春日の奥山、水谷川のほとりを選びたい〉（『わが詩わが夢』草原書房、一九四七年）もあるので、私はこの素晴らしい話をぜひ実現したいと思い、姉に話した。まったく意外なことに答えは否定的なものであった。だいぶいろいろ話

「日吉館」安藤更生・画、『南都逍遥』より

したが、姉は納得せず、とうとうこの話は実現できず、日吉館の奥さん他関係者の方達に本当に申し訳ないことになってしまった。姉が他界した後、ふたたび日吉館の奥さんと話す機会はあったが、当然、もう無理な話であった。

しかし、その後、私は考えた。姉はひどく気まぐれな人である。何とか理由を見つけてこの話に回答するまで時間を稼げば、姉の気分が変わって承諾する可能性もあったのではないか。日吉館の奥さんもすでに他界されてしまったが、今なお本当に申し訳ないことをしたという気持でいる。

きちんとした母に育てられていたのに、姉が何故あんなに気まぐれで、社会的な常識に欠けていたのかわからない。

『父西條八十』について

姉は父の詳しい評伝「父西條八十」を「図書新聞」に一九六八年八月十日号から百余回にわたって執筆した。これについては父も、「よく書いている」と言っていたらしい。姉がこれを書き始めた直後の九月五日、夫の三井武夫が失踪したことはすでに述べた。この『父西條八十』はその後一九七五年に一冊の本として中央公論社から刊行された。

姉はさらに、さまざまな思い出を綴った『父西條八十は私の白鳥だった』を一九七八年に集英社から出した。そして一九八一年には、驚くほど多数の方に執筆して頂いて季刊雑誌「無限」の二八〇ページにおよぶ西條八十特集号を、刊行した。

さらに姉が他界する三年前の一九八七年には、それまで詩集としては収録されていなかった父の詩をまとめて、第五詩集とも言うべき『石卵』を彌生書房から出した。その中には姉もむすびで述べているように、父の生前に詩集として出版されなかったことが惜しまれるような作品も少なからず含まれている。姉はそのほかにも、父の童謡、詩、歌謡などをまとめ、さまざまな刊行物として世に出してきた。

姉は生涯、父が世間から忘れられることを怖れ、父のことを世に残すことに全力を尽くしていたと言える。それだけに、姉の晩年に父の全集が出る話が具体的になったときは、どんなに喜んではりきったか、わからない。しかし、全集の刊行は容易でなく、第一冊目が刊行された時には、姉はすでに他界していた。せめてその一冊でも見せたかったと悔やまれる。また、最近のように、純粋詩から歌謡まできわめて広く活躍した異色の詩人として父が再注目されるようになったのを姉が見たら、どんなに喜んだかと思う。なぜか、最近、父八十に関する単行本が続けて刊行されているのである。

父自身もどこかに書いているように、詩人はその名前は忘れられても、その作品が人々に長く歌い続けられれば満足するべきであると私は思う。われわれがスコットランドやアイルランドの民謡を、作者を知らないで歌い続けているように、年配の人は父の名を知っているが、若い人で西條八十という名前を知っているのは、ごく限られた人たちだけである。しかし、父のいくつかの童謡や歌謡曲は、誰が作ったかなどということとは無関係に、広く知られている。私はそれでよいと思っている。

詩人としての姉

姉は子どもの頃から童謡を書いたりしていたようであり、結婚前にも詩を書いていた。処女詩集『後半球』のあとがきには、「詩は十六から書いた。日記や作文ではあらわしようのない混沌とした気持ちが萩原朔太郎で表現のいとぐちをみいだしたようである」と書いている。この詩集は父の旧友である福沢一郎画伯が洗練された表紙やカットを描いてくださり、親しかった柳沢健氏の令嬢、柳沢和子さんがその中のいくつかの作品を仏訳してくれて、フランスの著名な詩人シュペルヴィエルに送り、好意あふれる序文までもらっている。

『後半球』（小山書店新社、一九五七年）の後、『空気の痣《あざ》』（昭森社、一九六八年）および『たびげいにんの唄』（彌生書房、一九八四年）の二冊の詩集を刊行した。『たびげいにんの唄』のあとがきには、「誰しもその人生には予想もせぬクライマックスがあると言われている。」私は昭和四十四年〔八束註：実際は昭和四十三年〕の初秋と、昭和四十五年の夏、自分を支えてくれた二人の男性、夫と父を続け

詩集『後半球』

詩集『空気の痣』

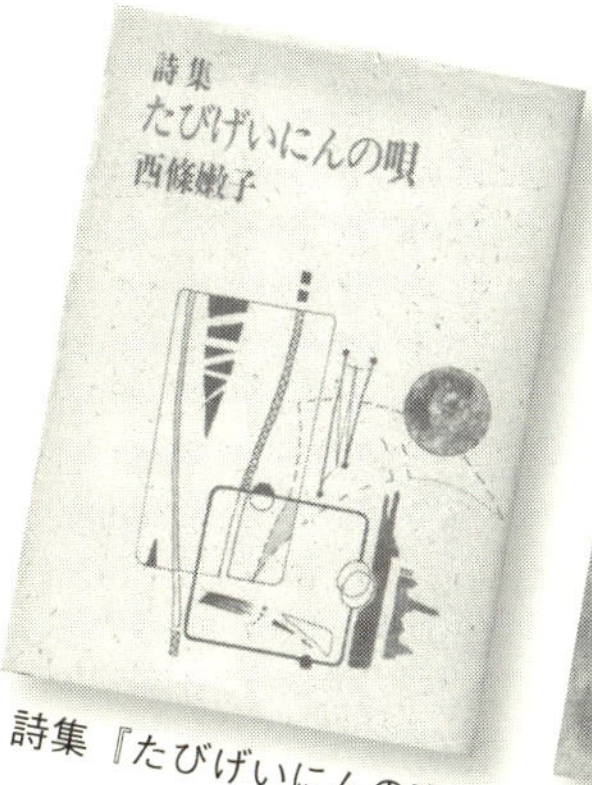

詩集『たびげいにんの唄』

て失っている。殊に夫は思いもかけぬ謎の死であった」と記している。

このように、姉自身は三冊の詩集を残し、また、父が最初の会長をしていた日本詩人クラブの会長を務めていたこともある。しかし、近年刊行された出版物を見ていると、父の娘としての姉は知られていても、姉の詩集さえ、ほとんど知られていない。それは多分、晩年の姉が父のことに専心し、自らの詩人としての本来の活動をほとんど放棄していたためであろう。

『童謡集』

『五月のある日』

『水の子ものがたり』

序　マダム　そして我が詩人よ

ジュール・シュペルヴィエル

親愛なお手紙に飾られ、世界のかなたの涯《はて》から送られたあなたの詩篇を読んで、どうして感嘆せずにはいられましょう。わたしは批評家ではないので、ただ月並に、あなたの詩はすばらしいとだけ申します。あなたの詩を愛《いと》しまなかつたら、わたしはぜんぜん沈黙を守つたでしよう、年齢というものはそうした非礼をも敢えてさせるものですから。

あなたの詩の中には非常に独創的なイメージと親近感《ラプロシュマン》があります。そのために、読む者の心がよろめき平均を失いそうになるほどです。こう申したからといつて、これは遠い国の若い、そして勿論美しいであろう女性からの懇請にうぬぼれた老詩人のあさはかな儀礼《ギャラントリイ》とは思わないで下さい。だがこれも不思議というべきでしよう。元来、なにか魅《ひ》かれるような奇異さのないところに抒情というものはありえないのです。

三井ふたばこさん、すべての真実の詩が隠しきれないその貞潔に、その秘密に、心顫えるおもいでお祝いの言葉を述べさせて下さい。

（柳沢和子訳）

西條嫩子追悼

笠置八千代

最近、親しい友人がつぎつぎとこの世を去ってゆく。なかでも半世紀以上も親しくつきあってきた西條嫩子—七二才—の死はショックであった。しかもその通夜の席で、彼女の一人娘の紘子に「小母さま、母は本当に詩人の才能がありましたの？」ときかれた。紘子は日ごろから詩人は嫌いと云っている娘だけに平然とそのような質問をしたのだろうが、私にはまたまた大ショックであった。

残念ながらパコ（ニックネーム）は確かに家事能力ゼロ、常識にもいささか欠けたところがある嬢ちゃん婆ちゃんだったから、母親としては失格だったかもしれないが、詩才だけは素晴しいものを持っていた。だからせめて詩人としてのパコだけは理解してやって、尊敬し、愛してやってほしかった。パコは会えばいつも紘子のことを話題にし、〝ヒロコは冷い、ちっとも来てくれない〟と云っていたが、それはいとしさや愛情のにじみ出たぐちだった。母のうちへ行けば部屋の掃除やかたづけでヘトヘトになり楽しくないからと紘子は云う。私もパコの雑然とちらかっている部屋を見れば、整理をやらないわけにはゆかないから、よくわかるが、丈夫な私の疲れは翌日には回復するが、紘子は身体が弱いから二、三日はぐったりとしてしまうらしい。なんともやりきれない母娘であった。

〝詩人は孤独なものらしいわヨ、あきらめるのネ〟となぐさめにもならないことばを云い、私はパコの好きなサラダを幾種類も作って胃袋からご機嫌をとるのが常であった。

昭和十一年頃、パコと私はパパ（西條八十）からお小遣いを貰って越後湯沢へスキーに行った。パコはゲレンデの下のほうで、スキーをつけて歩いていただけ。私は高半旅館の息子で当時京大のスキーの選手だった高橋正雄さんに人の少い上のほうで特訓を受けたから一週間で、ボーゲンも出来、滑れるようになった。正雄さんは丁度春休みで帰省していたのだった。

その宿である晩、パコが「ねェ、詩の交換をしない？　詩の作りっこ」文学少女のころから私は長田《オサダ》恒雄《ツネオ》指導の「ラ・メール」という同人誌に、詩や随筆を投稿していたから、少々自信もあり、すぐに賛成して、パコはノートを私はメモ帳を出して書きはじめた。窓の外は雪がしきりと降っていた。〝できたワ。「ためらい」っていうの〟まだ五分ぐらいしか経っていないのにまさか、と半信半疑で私は彼女を見た。

形も無い
色彩もない一つの扇を
不透明な心の空間の中で
閉じたり開いたり

1936（昭和11）年9月
八十帰国のときの（左より）笠置八千代さんと嫩子

深い目をしたパコが静かな声で読む。私は感動と羨望と複雑な感情でしばらくは声も出なかった。こんなにも素晴しい詩が、五分もかからず出来る詩才に驚かされ、私はその日からあこがれの詩人になることをあきらめたのだった。二人とも二十代の初めの早春の出来事であった。

ずーっと後になって私たちは結婚し、妻となり母となってから、その思い出話をしてもパコはスキーに行ったことしか覚えておらず、ましてその詩のことなどすっかり忘れていた。

昭和三十二年「後半球」という詩集を出版したとき、フランスの有名な詩人ジュール・シュペルヴィエルから素晴しい序文を寄せられている。パコの詩を仲良しの柳沢和子が訳して彼に送ったらすぐに彼から返事がきた。（中略）

和子は柳沢健の娘で元華族高木家へ嫁したが子に恵まれずいつまでも少女のようなナイーヴな美人でパコのよき理解者であったが、私たちよりずーっと前に亡くなった。

パコは西條八十の娘という七光りだけで、日本詩人協会の会長になれたわけではないのだ。葬儀に参列した大勢の詩人たちに見送られあの世に旅立った彼女の写真の前で、私はもっと優しくしてやればよかったと悔いの涙を流した。

そして弔問客の挨拶を受けている痩身の頼りなげな喪主の紘子に心の中で叫んでいた。「あなたのママは立派な詩人だったのよ。誇りに思ってあげて」と。

◆初出「婦人文芸」六一号／「蠟人形のささやき」二十号、一九九二年◆

『後半球』より

倒影

三井ふたばこ

静かな思い出
うずくまっている
死魚の瞳に

空と水の印象と
盲愛と……

うたいつかれて
かすんでしまった
思い出

傷ひらく

昼休みのビルの屋上からは
ここかしこ　まばゆい桜のさゞなみ
うきうきと談笑しながら
見物している人は
瞬間　ふと緊張したおももちになる
あれは刑務所の石べいの桜
むこうは混血児ホームの桜
あちらは精神病院の奥庭の桜
あでやかにも桜がひらいたので
疲れきったこの都のさまざまの傷口が
ふたたびそこにあらわれたのだ

するとと人びとの心にも
忘れえぬいきぐるしい記憶が
うずきだした
ひらひらと　花たちは
深いきずぐちにあてたガーゼのように
いたいたしくゆれていた

（次ページ写真）
姉の娘、紘子　京都にて

みち　（紘子に）

あなたの髪を　梳《す》きつゝ
思うこと

わたしが死んでしまっても
なお　のびつゞけるであろう
この愛《いと》しい髪

なお降りつづけるであろう
今日のような細い春雨

なお　つゞくであろう
運命のうねった小径

この一瞬　わたしの櫛は
不気味な戦慄とともに
みしらぬ未来の国をかすめる

あなたの髪を梳きつつ
思うこと

対話

秋空はその外のものを
みなとりのけてしまった
あらわに
青黒くだまりこんでいる
今日の筑波嶺
不気味な悠久の怪物
実験台に忘れられた
動物の内臓のように
ピク〳〵と脈打っている音

私もその前にこしかけよう
そして話をしよう
静かな広いベランダの上で
だれにも知られていない
本当の昔の話を
人間のつめの色のように
だれにもえがけなかった
真実の話を

『童謡集』より

ガラスのかお

みついふたばこ

おやおやこまった
ないちゃうよ。

おふろのガラスに
かいたかお。

みんななみだを
ながしちゃう。

わらったかおまで
ないてるよ。

おふろのガラスにかいたかお
みんなそろってないてるよ。

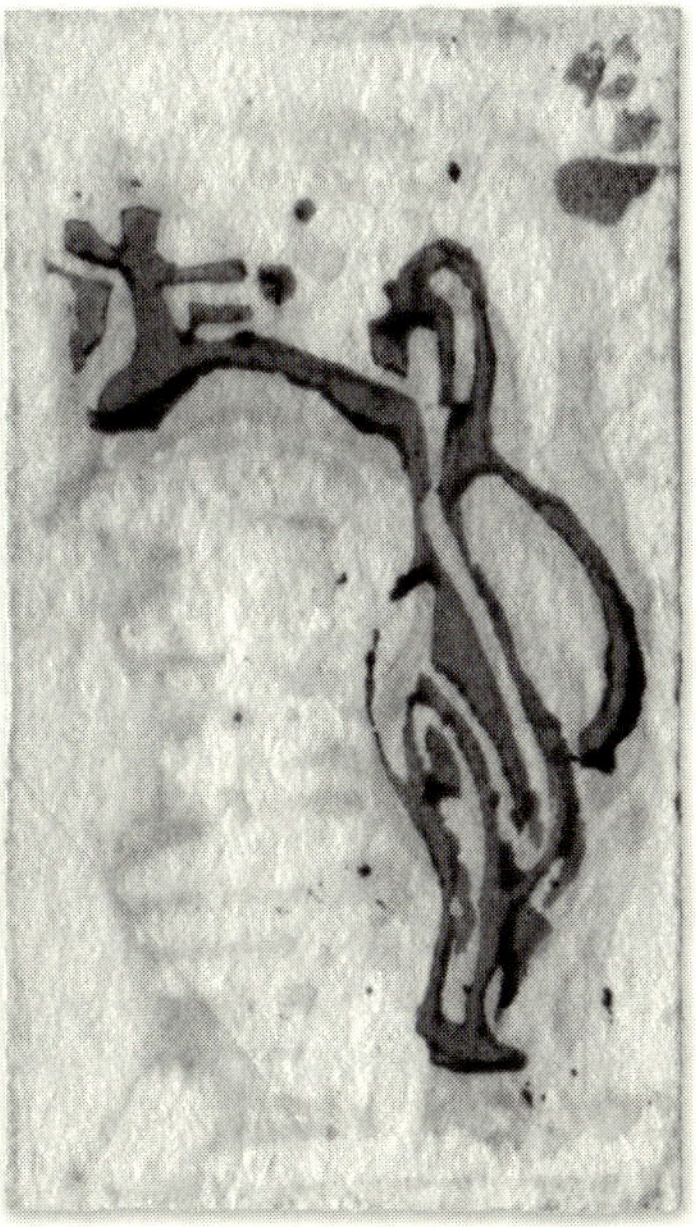

ガラスのかお　（初山滋・版画）

西條（三井）嫩子による著作

◇三井嫩子　文／チャールズ・キングスレイ（一八一九—一八七五、イギリス）原作●『水の子ものがたり』小峰書店、一九五一年

◇三井ふたばこ●詩集『後半球』小山書店新社、一九五七年

◇三井ふたばこ・柳沢和子　共訳／J・マドレーヌ（フランス）編●『五月のある日　世界十五カ国の子供が書いた生活の記録』小山書店新社、一九五九年

◇三井ふたばこ●詩集『空気の痣』昭森社、一九六八年

◇三井ふたばこ　訳／エクトル・マロ　作●『家なき子』文研出版、一九七一年

◇みついふたばこ●『童謡集』彌生書房、一九七一年

◇西條嫩子●『父　西條八十』中央公論社、一九七五年

◇西條嫩子●『父西條八十は私の白鳥だった』集英社、一九七八年

◇西條嫩子●詩集『たびげいにんの唄』彌生書房、一九八四年

◇Futabako Mitsui●"Anthologie", Éditions Yayoi Shobo, 1990.
仏訳 Fabienne Jacob, Sadao Nakano et Kazuko Yanagisawa

V ふらんすの思い出

（扉）パリのアパルトマンからの眺め　山岸元子・画
〈これはパリのリュー・ド・ラクルテールのせまい坂町　八十添え書き〉

両大戦間のパリに咲いた閨秀画家山岸元子さんとの愛の日々。
帰国してそれぞれの家庭に落ち着いてからも、心の交流は生涯つづいた。
パリで出会い、八十を訪ねて日本に長く滞在した
詩人画家ヌエットさんの思い出も記す。

父と元子さんのパリ

父の写真を整理していたら、「一九二六年三月七日　元子」とサインの入った一枚の写真が出てきた。大阪の写真館で撮った斜め左からの上半身のポートレートである。白黒写真なので、大きなリボンを襟元に結んだスーツは黒く写っており、紺色なのか、あるいは赤か紫かはわからない。とても理知的に整った顔立ちで、いかにも聡明そうな頭脳が後ろに広がっている。

その写真の裏には、元子さんの書いた日付とサインの横に、父の筆跡でうすく走り書きしてある。〈在りし日はあのすさ心が憎かりし　なくてぞいまはひとの恋しき。〉写真を見てそのまま感慨を書きとどめたらしい。

一九二五（大正十四）年暮れマルセイユから諏訪丸で帰国した父と別れ、アメリカ経由であとから帰国した元子さんが、帰国直後に送ってきたものにちがいない。

出逢い

一九二四（大正十三）年、父はパリ留学のために、親友である外交官で詩人の柳沢健氏とともに神戸から出発した。

元子さん　1926（大正15）年３月７日

柳沢氏はフランス大使館二等書記官として赴任するところであった。ところが、当時のフランス大使・石井菊次郎の夫人が四人の子どもを連れて同じ船でフランスに向かうことがわかった。石井菊次郎は、まだ小さかった子どもたちを大使館の雰囲気の中で育てるのを好まず、日本に残し、親戚に預けて渡欧したが、その前年の関東大震災のため、そのまま預けておくことができない事情ができた。それで、夫人だけが急遽帰国したのである。その頃には子どもたちが、ヨーロッパで教育できる年齢に達していたせいもあった。

柳沢氏は石井家と親しかったが、それだけに上司である大使夫人やその家族と長い船旅を共にするのは窮屈だと思ったのは無理もないことであった。親友である八十とだけの方が気楽であったのにちがいない。

一方、はじめに父と柳沢氏が乗船する予定だった船で、若い女流画家、山岸元子さんもフランスに行くことになっていた。雑誌「主婦の友」の表紙画の懸賞を受賞して、主婦の友社の石川社長の好意でフランス留学が決まったのである。しかし石川社長は、その頃すでに象徴詩で若い女性ファンの多かった父と同じ船になれば、長い船旅で元子さんと親しくなる可能性が強いと不安を持って、わざわざ次の船、加茂丸に変更させたという。

こうして八十もひと船のばし山岸元子さんもひと船のばしたため、ふたりは同じ加茂丸でマルセイユまでの長い旅を共にすることになったのである。出港のとき、見送りにきた山岸嬢の父君は一人娘の船旅を案じて、よろしくお願いしますと父に言われたという。

実は、父と柳沢氏が加茂丸に予定を変更した原因となった石井菊次郎夫人は、私の家内紀子の祖母にあたる。家内の紀子はこれも外交官であった父親が外国勤務となったため、幼少時五年ほどの間、当時の渋谷区青葉町にあったこの祖父母・石井菊次郎とタマの家で養育され、大きな影響を受けた。もちろん、それは私たちが結婚した後にわかったことだが、これもまた、不思議な巡り合せとしかいいようがない。

船は神戸を四月に出航した。銅鑼《どら》が鳴り五色のテープが入り乱れる中、父の弟子横山青娥氏らといっしょに当時五歳の私の姉や叔母の美代子が、船が岸壁を離れるのを見送った。帰りの汽車の中で、姉が小さくまるまって膝の上で眠っていたことまで横山氏は書き残している。

父の第一信は五月十二日の日付で、「スエズから夜を徹して自動車で砂漠を横断、今はピラミッドのほとりを徘徊している」というカイロからの便りであった。私の子どもの時の印象に強く残っている、柏木(新宿に近い)の家の二階の客間を飾っていたエジプト模様の壁掛けは、この時求めたものであろう。

パリの日々

パリに着いたのは五月の終わりで、父はリュクサンブール公園に近い宿に落ち着き、元子さんはYMCAに居を定めた。パリでの父は、ソルボンヌ大学の古典文学部の聴講生として週二回は大学に出かけた。『私の履歴書』に、父はパリ留学について次のように書いている。

ぼくの生涯でこのパリ生活ぐらい楽しいものはなかった。若い日からあこがれていたフランスの象徴詩人連の大部分は、まだ健在で、ぼくは、エロルド、デュジャルダン、グリファン、モッケル、ロアイエール、レエノオ等すべての詩人と交遊することが出来、詩王ポール・フォールがリュクサンブール公園で乳母車を押している姿をも見た。詩人ポオル・ヴァレリイに会ったのは、あたかもかれが芸術院に入った記念すべき夜だった。ぼくはこの小男の詩人の顔があまりにも皺《しわ》だらけで、しかもその指に、土建業者のようなでかい刻印付金指環をはめているのにおどろいた。一夜学生会館で情熱の女詩人、ノアイユ伯爵夫人が自作詩の朗読をするのを聴き、それに続いて、若きジャン・コクトオが「わが青春の罪悪」なる講演をするのを聴いた。ぼくは下宿で、朝から晩まで中世紀から現代に到るあらゆるフランス詩人の作品に読み耽ることが出来た。

◆『全集』第十七巻、所収◆

父のパリ滞在中の日々についてもっとも詳しく記されているのは、ずっと父の家に出入りしており、父の渡欧中も母を助けて留守宅を支えていた横山青娥氏の『西條八十半生記』(塔影書房、一九七三年)である。横山氏は父にまめに手紙を書いていたらしく、横山氏への父の書簡が詳しく紹介されている。その中にある、渡仏した年の十一月十四日の父からの手紙には、こんなことが書かれている。

僕もいまのところ、どうしたものか見当がつかず困つてゐる。何しろこちらへ来て、いろいろ通信をかいて金をとつてながくゐるつもりが最初の計画だつたが、さて来てみると読みたい本、見たい芝居、聞きたい音楽などが多くて、とても賃仕事などなんかしてゐられない。いつそ仕事なんかせず、一心に研究だけして、ゐられるだけゐて戻るか、さもなければ、すこしづつ仕事をして二三年ゐるか、その二途に迷つてゐる。(中略)

子供のことがしきりに案じられる。いつももう電報がくるかとおもつてゐる。名前はとうに通信したはずだ。男の子であつてくれればといのつてゐる。妻のことは君に云はれるまでもなく、いつも心中では感謝してゐるのだ。ほんたうにこれから帰つたら可愛がるよさうおもふにつけ、不在の間に万一のことでもあつたらとそればかり気になつてゐる。
（中略）
サン・エテイアン寺院の大時計がいま夜の十時半をうつてゐる。これからブルンテイエールの「十九世紀抒情詩の発達」を読んでねるのだ。ホテルの僕の室はしずかだ。とほくで犬がほえてゐる——。嫩子はかはいくなつたらうね。あひたい気がたまらなくする。

父がこの手紙を書いた五日後、十一月十九日に私が生まれた。女の子だったら洋子という名が付けられることになっていたらしい。横山さんがよく言っていたことだが、私が生まれても、だれもお祝いをもってくるようなこともなく、あまりにさびしいので、横山さんがお祝いとしてケープを買って母に贈ったという。

父の追憶によると、元子さんは彫刻の勉強もしていて、そのために、当時パリにいた福沢一郎氏のアトリエを使わせてもらっていた。元子さんはパリでもきわめて勤勉で、毎日のようにモデルをたのんではデッサンをやっていたらしい。しかし元子さんがモデルにポーズをつけるためには父のフランス語の援助が必要だった。福沢氏は元子さんが来るたびに、アパートの鍵を足ふきマットの下にかくして外出し、元子さんが帰った頃を見はからって帰宅し、顔をあわせることがないように気を遣われていたという。「福沢さんは、そういう人だった」と父が話していた。

　元子さんが慣れない外国生活、とくに油の多い食事で胃腸を悪くして医者にかかるようになり、父が医者がくるたびに通訳するために出かけて行ったようだ。その医者のすすめで、この年の暮れに、父はパリのポルト・ドゥ・ベルサイユの元子さんと同じアパートに住むようになった。アパートと言っても一つの台所と風呂をアサノウイッチという白系ロシア人の家族と共用していたらしい。父と元子さんは、帰国までずっとそこに滞在していたようだ。

　父は二人の家庭教師にフランス語を習っていた。その一人がノエル・ヌエットという詩人で、先に島崎藤村の家庭教師でもあったという。詩誌「ラ・ミューズ・フランセーズ」を主宰していて、父がポール・ヴァレリーに会ったのも彼の紹介だった。

　父は元子さんとヴェニスを訪れ、そのままマルセイユに出て諏訪丸で帰国した。元子さんは一度パリに戻った後、アメリカ経由で帰国した。元子さんがパリ

イタリアにて　八十と元子

ナポリの絵はがき
八十の添え書き「山岸は私をひとりここに残して去った」

のアパートに戻って、部屋を整理している時に書いた手紙が父のところへ送られてきた。

それを受け取った夜、「多くの想い出に満ちた部屋を片づける仕事は、本当につらいことです。ここまで書いたらちょうどインクも切れました」と結んである手紙を父が読んでいると、思わず涙がでた。ちょうどその時、後ろのふすまが静かに開いた気配がしたが、またそっと閉められたのに気づいた。母が察してのことにちがいなかった。「晴子はそういうひとだったよ」と父は晩年、述懐していた。

父は帰国から二年後、第三詩集『美しき喪失』を刊行したが、その巻頭には元子さんの署名が入った父のプロフィールがある。親しくしていた人でなくては描けない、優れたデッサンである。この詩集は、父と元子さんのパリ、周囲の人々、あるいは共に旅をした日々の思い出に、また慕い続けた姉、夭折《ようせつ》した兼子に捧げられたものと思われる。

花摘み

あなたはあなたの仕事《しごと》をし、
私《わたし》は私の仕事をしてゐる。
靜かな夜《よる》、
暖爐《シュミネ》が氣持よく燃えてゐる。

あなたは
青《あを》ぐろい塑像《そぞう》に専念してゐる、
小《ちひ》さい指《ゆび》があちこちの土《つち》を壓《お》し、
また撮《つま》む、――
私《わたし》は黙つて書物を讀《よ》んでゐる。

子供の頃、
友達と花を摘みに行つたことが想ひだされる、
私たちはめいめいの花を追ひながら
知らず知らず遠ざかつて行つた。

私たちの花摘《はなつ》み、――
あなたの汗ばんだ横顔を眺めながら
私はこの樂しい夜の底に
一味の寂寥《せきりょう》を感ずる。

（一九二五年、二月、巴里）

◆『美しき喪失』／『全集』第一巻、所収◆

『美しき喪失』　装幀・澤令花

パリの部屋での八十　山岸元子・画

断髪

おもひいづ
君《きみ》が黒髪《くろかみ》を断《た》ちしその日《ひ》を。
春《はる》の朝《あさ》、マロニエの芽《め》の萌《も》えたれば
その歓《よろこ》びを告《つ》げんと行《ゆ》きしに、
君《きみ》が美《よ》き髪《かみ》はすでに切《き》られて
赤《あか》きリボンに束《つか》ね
卓《たく》の上《うへ》に置《お》かれてありき、
羞《はづ》かしげにも輝《かがや》きしその日《ひ》の君《きみ》が微笑《ほゝゑみ》。——

また想《おも》ひいづ、さむき雨《あめ》の夕《ゆふべ》を。
ゆくりなく君《きみ》が室《へや》に入《い》りて、
鏡《かゞみ》に佇《たゝず》み、切《き》りとりし昔《むかし》の髪《かみ》を
さみしげに頸《うなじ》にあつる君《きみ》を見《み》たりき、
やさしき悔《くい》にぬれし其夜《そのよ》の君《きみ》が瞳《ひとみ》。——

さはれ、かれもこれも
今《いま》は夢《ゆめ》とはなりぬ、遠《とほ》き妹《いもと》よ、
げに短《みじ》かくも断《た》たれしは君《きみ》が黒髪《くろかみ》のみかは。——

（巴里追憶）

◆『全集』第三巻、所収◆

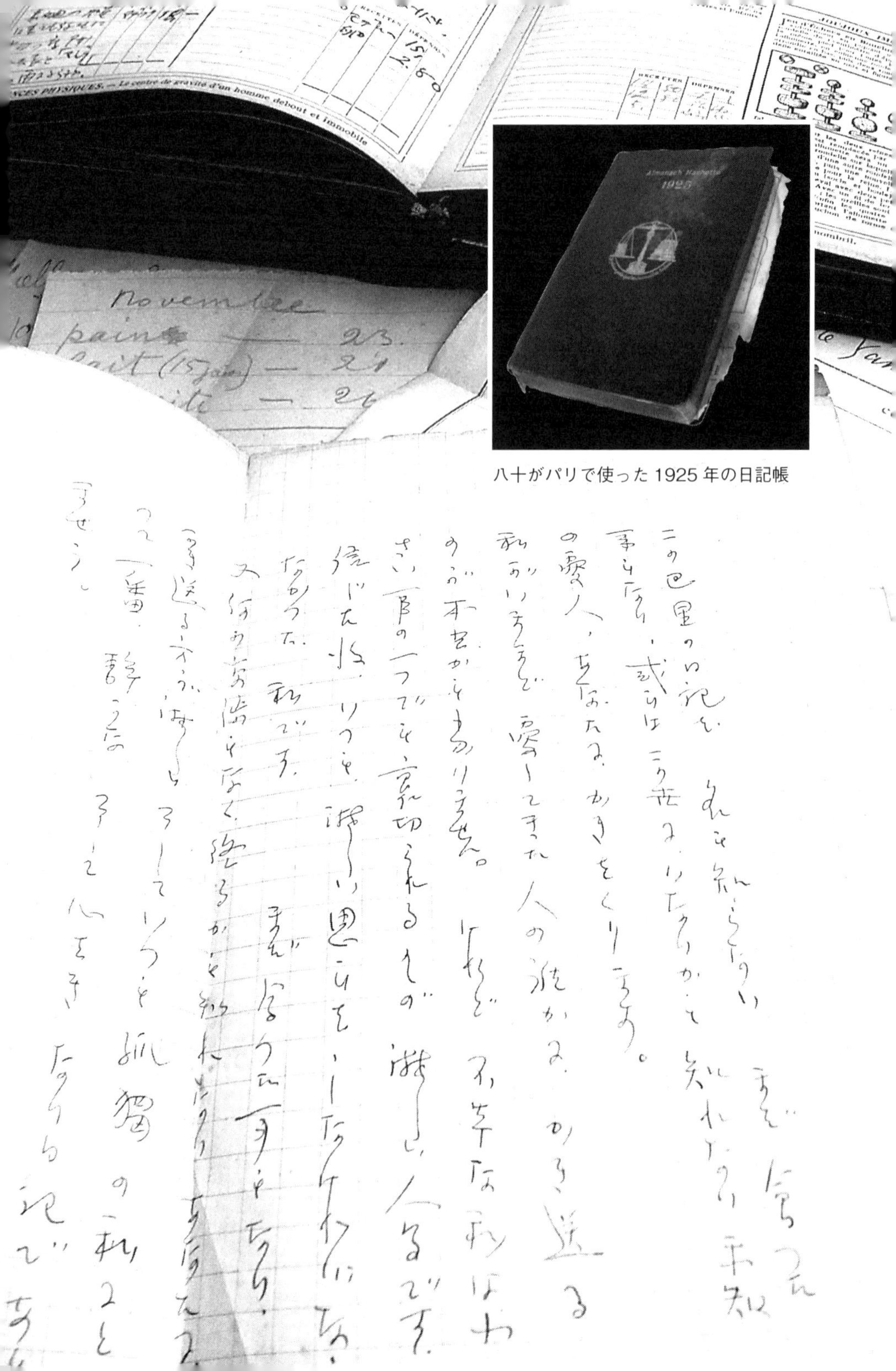

八十がパリで使った1925年の日記帳

晩年

元子さんは一九六九年八月十二日に亡くなった。その日軽井沢で、私の娘が家内に「森田元子さんが亡くなったのじゃない?」と言うので、どうして知ったのか聞いたら、「おじいちゃんの机の上の住所録の森田元子さんのところに鉛筆で×を書いて消してあったもの」と言った。

当時、父は声が出なくなり、電話にも出られない状態であったが、元子さんの千日谷での葬儀には出席した。そしてちょうどその一年後、一九七〇年の八月十二日の早朝、ベッドで父の生命が絶えているのをお手伝いさんが見つけた。安らかな状態であった。一年後のまったく同じ日という偶然に、私たちも一瞬、元子さんの死との関係を疑ったほどであった。

父は自分の女性遍歴に関わる話題をもとにして、「中央公論」に「女妖記」を連載し後に出版したように、女性との交流を好み、楽しい会話で女性を惹きつけ、自分もその雰囲気を楽しんでいた。しかしそれは、その折々のもので終わり、どんな場合にも自分を見失わない人であった。その唯一の例外が元子さんだったと思う。元子さんは父の心の中に一生を通じて常に存在し続け、そのパリでの思い出は父にとって、かけがえのない、快く美しいものであったにちがいない。

「巴里の屋根の下」というフランス映画の主題歌がある。この日本語訳は、そのオリジナルな歌詞が来ないうちに、父が曲だけ聞いて歌詞を作ったものである。したがって、その映画の中で唱われるフランス語の歌詞の意味は父が書いたものと全くちがっている。父の書いた歌詞は、一生でただ一度の本当の恋愛、元子さんと過ごしたパリの追憶をそのまま歌っているのがわかる。

巴里《パリ》の屋根の下

なつかしの想ひ出に　さしぐむ涙
なつかしの想ひ出に　ながるゝ涙
マロニエ花《はな》は咲けど　恋しの君いづこ。
巴里《パリ》の屋根の下に住みて　樂しかりし昔
燃ゆる瞳《ひとみ》　愛の言葉　やさしかりし君よ
鐘は鳴る鐘は鳴る　マロニエの並木みち
巴里の空は青く晴れて　遠き夢を揺《ゆす》る。

◆『全集』第八巻、所収◆

数年前、パリへ行った時、はじめて二人のアパートがあったポルト・ドゥ・ヴェルサイユへ家内と共にその住所を訪ねた。当時とちがい、現在は全く市街の一部であり、地下鉄で短時間で行くことができる。丘の上の、アパートの住所から探し求めたその場所には、古いビルはいくつかあったが、父が暮らしたアパートらしいものはなかった。しかし父が書いているとおり、そのあたりから遥かにエッフェル塔が望まれた。すぐそばの陸橋の下に、さびついた古い鉄道線路が残っていた。おそらく父たちはそこから電車で市内へ通っていたと思われる。

パリ、サンジェルマン・デ・プレ教会
西條八束

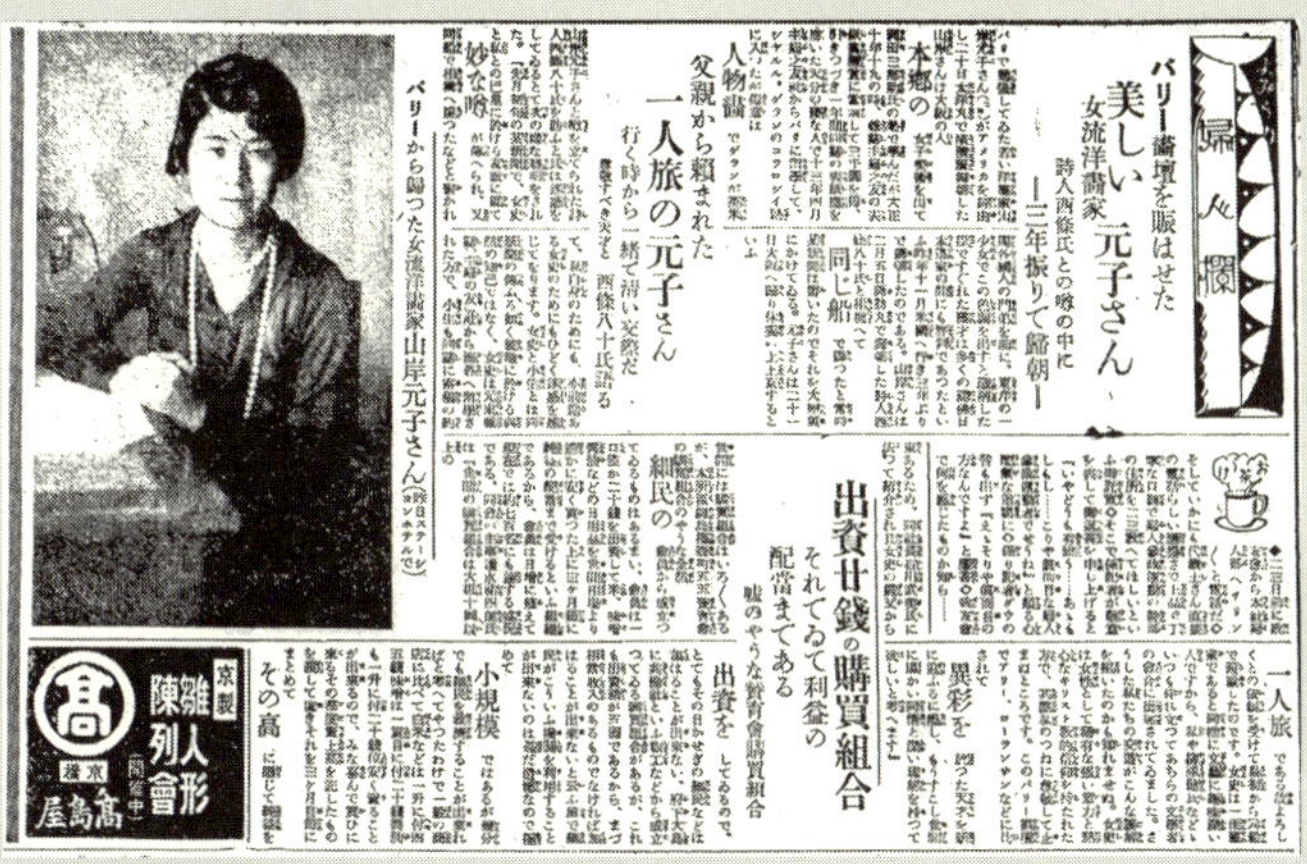

パリー畫壇を賑はせた
美しい 女流洋畫家 元子さん
詩人西條氏との噂の中に
三年振りで歸朝

パリで勉強してゐた若い洋畫家《やうぐわか》山岸元子さん（二四）がアメリカを経由し二十日太洋丸《たいやうまる》で横浜着歸朝《きてう》した。山岸さんは大阪の人。本郷の女子美術を出て岡田三郎助氏の塾で學んだが大正十年十九の時、雑誌主婦之友の表《へう》紙畫懸賞《しぐわけんしやう》に當選《たうせん》して三千圓を得、引きつづき一年間同誌の表紙畫を描いた天分の豊《ゆたか》な人で十三年四月主婦之友社からパリに留學《りうがく》して、シヤルル・ゲランのコラロシイ塾に入つたが得意は人物畫でゲランが英米獨各國人の門弟を前《まへ》に、東洋の一少女でこの色調を出すと激賞した程ですぐれた畫才《ぐわさい》は多くの滞佛日本畫家の間にも評判であつたといふ昨年十一月米國へ行き三年ぶりで歸朝《きてう》したのである。山岸さんは二月五日諏訪丸で歸朝した詩人西條八十氏と相携へて同じ船で歸つたと當時某新聞は書いたのでそれを大變氣にかけてゐる。元子さんは二十一日大阪へ歸り休養の上上京するといふ

◆「讀売新聞」一九二六（大正十五）年二月二十二日◆

パリ時代の後、三十年ほどして元子さんが父のことを書かれている。とても味わい深い文章なので、父の全集の月報に掲載させていただいたが、ここにも再録する。これを読んで、元子さんはすばらしい文才も持った方だと思った。

無題

森田元子

おやっと思う。雨の舗道から、スーと入って来た人、何処かで見た人、やっぱりそう、昔のまゝ。「ずいぶん暫《しばら》くですね」とその人は握手をする。「お会いしたかった、どうしていらっしゃる？」頭を心もちかしげて、煙草《たばこ》を取り出す手にだけ、二十何年の歳月がチラと見える。外は雨、ブールバール・サンミッシェルのマロニエの緑が青い。

「ほんとに暫くですね」もう一度、その人は独言《ひとりごと》のように呟《つぶや》いてじっと考えこむ。「若かった頃の僕のこと、どうあなたが見ていたか、聞いてみたいな」

私はだまっている。ボードレールもロンサールも、マラルメも、そしてあなたの詩も、私はわからない。たゞ美しい言葉の流れはわかります。

七つの鐘が鳴る。――その後は忘れっぽいから思い出しません。日本において来られた愛嬢の年を思い出して、涙ぐみながら、キャッフェーの椅子で書いておられた姿を、私は今同じように目の前で見ています。あなたはお嬢さん思いでしたね。

一つもお変りになりませんね。前よりも立派になられたことは当然ですが、二十何年は一しゅんどこかに消えてしまったようです。空白な何頁かをのこして……。

外にはやっぱり雨が降っています。

「シネマへでも行きませんか？」

卓の上のキャッフェはもうとっくに冷えています。私は返事をするかわりに、「このごろ、恋人を持っていらっしゃる？」妙なことを聞いてみたくなったもの。「そうね。もう僕も年寄りになったでしょう、おっくうでね。山の中へでも入りたくなって。それはそうと、この間、僕、すばらしい人にほれられましたよ」心持ちうつむいて、遠い果てを見るような眼をして……。

「いいお話ね、何か御馳走がなくちゃね」私は心の中で、相変らずね、とちょっと笑う。でも、この人の口から出るそんな言葉が、一つも厭味《いやみ》でないのが、おかしい。品のない言葉でいえば、いつも誰かしらにほれられていたい人。恋物語に興味のなさそうな私に「僕はこのごろ英語の本ばかり読んでいますよ。英語の本はとても面白い」あなたはすごい勉強家でしたね。今も、そして死ぬ日まで勉強をして下さい。何とか音頭《おんど》など書かないですばらしい詩だけ書いて下さい。ちょっと皮肉をいってみる。

夕暮が雨の中をしのびよって来た。「じゃまた」キャッフェの前で右と左にさよならをして、どこに今お住いか、私はつい聞くのを忘れてしまった。

なんて、これは私の架空の夢。やっぱり西條さんにお会いするなら、この夢のように、私もギャラリー・ラファイエットへ買物に行ったかえりでないと、新らしいフランスの本を四五冊小わきに抱えて、「ピガールで今これを買って来たのです」といってもらわないと、私には巴里を舞台にしないと、西條さんの人柄はしっくりこない。

◆初出「現代人物評論百人集」「婦人公論」一九五一年八月号／『全集』第十六巻、「月報」◆

ヌエットさんのこと

ノエル・ヌエット　1885年ブルターニュ生まれ

一九九三年三月のことである。父と姉の蔵書を神奈川県立近代文学館が受け入れてくださることになり、それらを整理していると、姉が持っていたおびただしい数の写真が出てきた。その中に、一九五九年一月十六日から四回にわたってＮＨＫテレビの「黄金《きん》の椅子」という番組の百回記念として放映された、「西條八十ショウ」の写真（本書第Ⅰ章）があった。その一枚には、堀口大學、サトウハチローなど多数の有名な方がたに交じって、ノエル・ヌエットさんも写っていた。パリに留学した父がフランス語を習っていた詩人である。

詩人としてのヌエットさんは物静かな叙情的な詩を好んだらしい。父が晩年に研究書を刊行したアルチュール・ランボオについては、「彼は狂人である」と言って、まったく関心がなかったらしい。

フランスにいた頃のヌエットさんの最初の夫人のことを、父が書きのこしている。

「巴里の春」より

（ここに書くヌエト夫人とは現在の新夫人では無く、去年の一月に亡られた前夫人のことである。）

ルーブル河岸《かし》から「下《しも》ムードン」まで遡《さかのぼ》るセイヌ河の一銭蒸汽の旅は楽しい。（中略）船から下りると私たちは索条鉄道《フニキユレール》で新緑滴《したゝ》るやうなムードンの丘へのぼつた。そこの廃墟のテラスでまづ持つて来た弁当を平《たひら》げてから、幽邃《いうすい》な森の奥へと入り込むのだつた。（中略）森の中のところどころに小さい沼があり、沼べりに掛茶屋《かけぢゃゝ》があつて、よく老《とし》つた竪琴《アルプ》ひきなんかがそこへやつて来る。そして静かな森に向つて誰に聞かすともなく弾いてゐると、いつかまはりに若い男や女たちが集つて、曲に合せて踊りはじめる。


（中略）


かうしたムードンの一日、私は何かの拍子でヌエト氏に遅れて、マダム・ヌエトと二人谿間《たにま》の路《みち》を歩いてゐたことがあつた。マダムはアルザス生れである。で、仏蘭西《ふらんす》語とほとんど同じ程度に、達者に独逸《どいつ》語を話す。

ひんからと鳴く鳥の声を聞きながら、マダムはその日私にしきりに故郷の村の話を聴かせてゐた。アルザスの気候の大陸的で寒暑の激しいこと、葡萄《ぶだう》畑の中に残つてゐる封建時代の廃墟のこと、その地方の森林に棲んでゐるダンといふ鹿のことなど。——

私たちが歩く湿つた藪陰《やぶかげ》の径《みち》には小さい白ちやけた菌《きのこ》がたくさん生えてゐた。マダム・ヌエトは話しながらその小さい菌《きのこ》を眼の敵《かたき》のやうに踏んづけた。一寸《ちよつと》見当らないと立止つてきよろきよろ藪の根を探すやうにしてまで踏んづけた。

一見厳《いつけんき》つく取り澄ましたマダムにこんな子供つぽいところがあるのかなと思つて私はひそかに微笑した。（中略）

そのマダムはそれから半年ほど経つて亡《なくな》つた。

私は日本へ帰つてから後、（中略）何がなし亡きマダム・ヌエトのことを想起した。ムードンの森の春の日に、彼女が無心で踏み亡《ほろぼ》してゐたものはあの小さい菌《きのこ》では無くて、彼女自身のいのちであつたやうな気がされた。

◆「丘に想ふ」一九二七年より／『全集』第十六巻、所収◆

ヌエットさんは一九二六（大正十五）年、父が日本に帰国して間もなく、父の招きもあって来日し、晩年に帰国されるまで、親しくおつき合いしていた。ものしずかでやさしい人だったが、日本語はいつまでもうまくならなかった。

ヌエットさんは初めて日本に来て、しばらくはわが家に滞在したらしいが、母をはじめ、欧米の生活をまったく知らぬ私の家族は、彼の食事その他にとても苦労したらしい。その頃父の家に身を寄せて家事を手伝ってくれていた叔母が、ヌエットさんのために新宿の中村屋までパンを買い行かなければならなかったことなど、よく話していた。

その後も、ヌエットさんは、しばしば私の家に来ていた。私が物心ついた頃、日本に同行してきた新しい夫人との間に、フィリップという名の男の子がいた。しかし、そのうちに奥さんは子どもを連れて、フランスに帰ってしまった。

ヌエットさんの画集

ヌエットさんは詩人であったが、ペン画をよく描いた。どこかに幼い頃の私を描いてくれた画が残っているはずであるが、見つからない。彼のデッサン集〝ＴＯＫＹＯ〟は一九三四（昭和九）年にジャパンタイムス社から英語とフランス語で発行され、有島生馬氏が序文を書いている。その翌年に第二巻が発行され、その巻頭には父の詩と、その仏訳が載っている。いずれも父の蔵書を整理している時に見つけたものだが、父への献辞が記されている。

第一巻のはじめに、フランス語および英語から邦訳した文で見ると、「東京に見る江戸のなごり」というヌエットさんの序文がある。

日本に来てみたら、東京市内は大震災の後の復興で、ビルが建ち、ネオンサインが輝き、空にはアドバルーンが浮かんでいるような風景にがっかりしたらしい。しかし、ヌエットさんは昔からの風物を求めて、皇居のお堀やそこにかかる橋などにはじまり、たんねんに歩きまわって描いたようである。緻密で写実的なデッサンは、いかにもヌエットさんらしい。

第二巻の巻頭に収められた父の詩は次のようなものである。

ノエル・ヌエットに

敬愛《けいあい》する詩人《しじん》よ、
君《きみ》がいみじきペンもて描《ゑが》かれ、
詩人《しじん》の魂《たましひ》もて濯《あら》はれし、わが故郷《ふるさと》の街《まち》の姿《すがた》を眺《なが》むるとき、
われは清冽《せいれつ》なる水《みづ》に濺《そそ》がれし、幼《をさな》き日《ひ》の花束《はなたば》を感《かん》ず。

想《おも》ひいでたまへ、遠《とほ》き旅《たび》の日《ひ》
君《きみ》と屢々《しばしば》彷徨《さまよ》ひし、古《ふる》き巴里《パリ》の隅々《すみずみ》を、
かの宮殿《きうでん》を、伽藍《がらん》を、古園《こゑん》を、文人《ぶんじん》の遺屋《ゐをく》を、
この畫帖《ぐわちやう》に見《み》る君《きみ》が旅情《りよじやう》は、——歡喜《くわんき》と寂寥《せきれう》はおなじ想《おも》ひに我《われ》を過《よぎ》りて、
ここに見《み》る柔《やは》かき線《せん》の美《うつく》しき弧《こ》の、
我手《わがて》に描《ゑが》かれしものに非《あら》ずやと疑《うたが》ふなり。

さあれ、詩人《しじん》よ、
君《きみ》が巴里《パリ》は、姿《すがた》古《ふる》びたれども、強毅《きやうき》なる大理石《マルブル》の町《まち》、

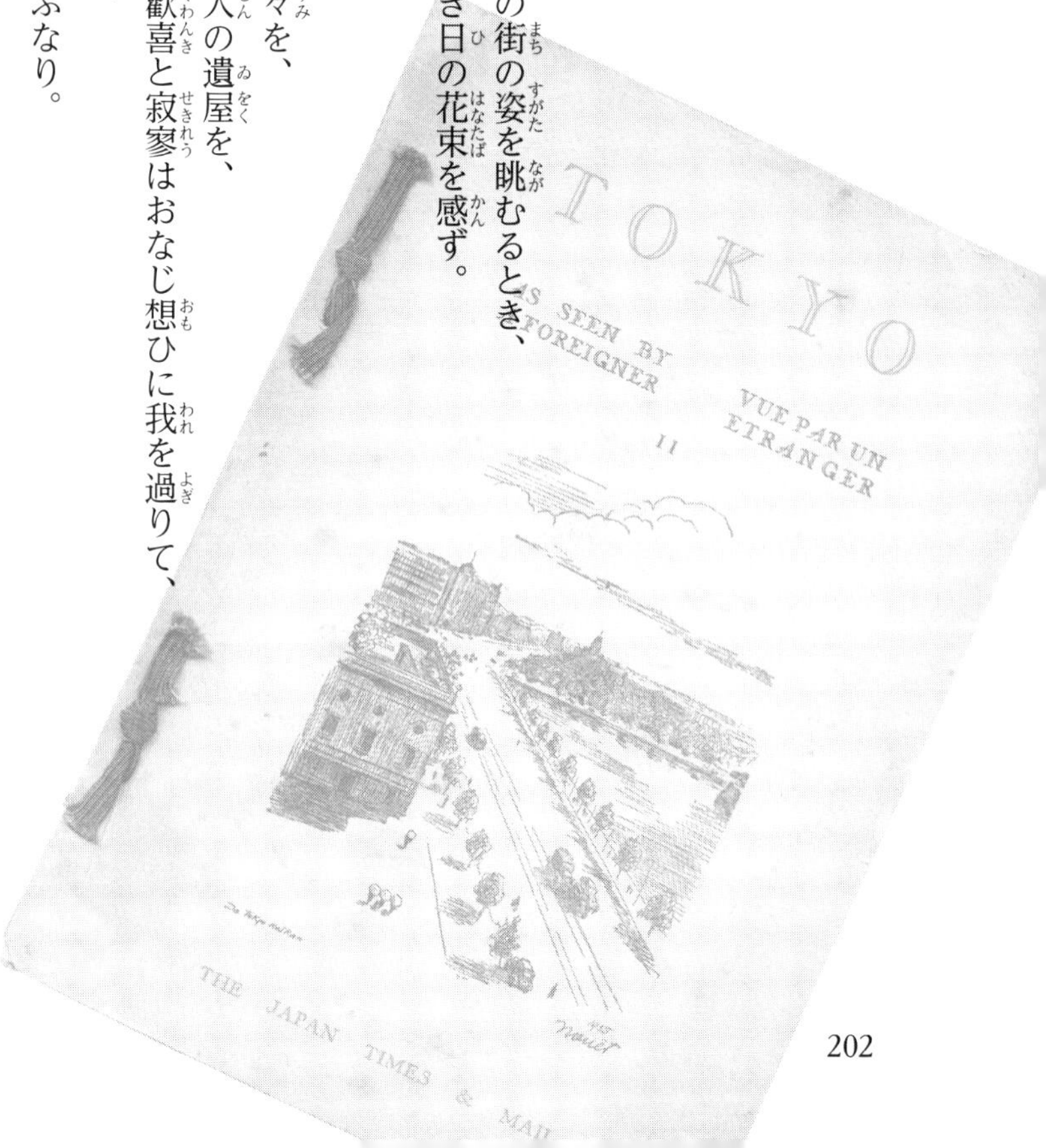

『TOKYO』表紙

わが生《うま》れの町《まち》の姿《すがた》は、櫻《さくら》の花《はな》のごとく、
つねに危《あや》うげに　つねに移《うつ》ろふ、

いまこの畫帖《ぐわちよう》を前《まへ》に
我《われ》もまた、君《きみ》とひとしく新《あらた》なる旅愁《りよしう》を覺《おぼ》ゆるを如何《いか》にせむ。

あはれ優《やさ》しき旅《たび》の詩人《しじん》よ、
かにかくに、君《きみ》は世《よ》にも美《うつく》しく稀《まれ》なる花束《はなたば》を、
失《うしな》はれゆく、わが幼《をさ》なき夢《ゆめ》の故郷《ふるさと》の前《まへ》に獻《けん》じたまひぬ、
君《きみ》が畫帖《ぐわちやう》を抱《いだ》き、懐《なつ》かしき喜《よろこ》びに身顫《みふる》ふ、

かくて、われ、いま靜《しづ》かに眼《め》をとぢて、
このやさしき渡鳥《わたりどり》の翔《かけ》り去《さ》れる後《のち》の
わが故郷《ふるさと》の空《そら》の、寂《さみ》しき永遠《えいえん》の青《あを》を念《おも》ふ。

この巻頭には、ヌエットさんから父への次のような献辞がある。

このデッサン集が出版されてから約七十年経った現在、父もなつかしんだ東京の風景の大部分は、空襲で焼失し、あるいは戦後の急速な経済成長に伴い大きく変貌した。ヌエットさんが描いた数々の画は、写真による単なる記録よりも、もっと心に感じたものを表現したものであるため、かつての東京の面影をとどめているものとして、より貴重であり、われわれにとって懐かしいものである。

東京風景　日本橋
1936（昭和 11）年
ノエル・ヌエット・画

ヌエットさんの献辞

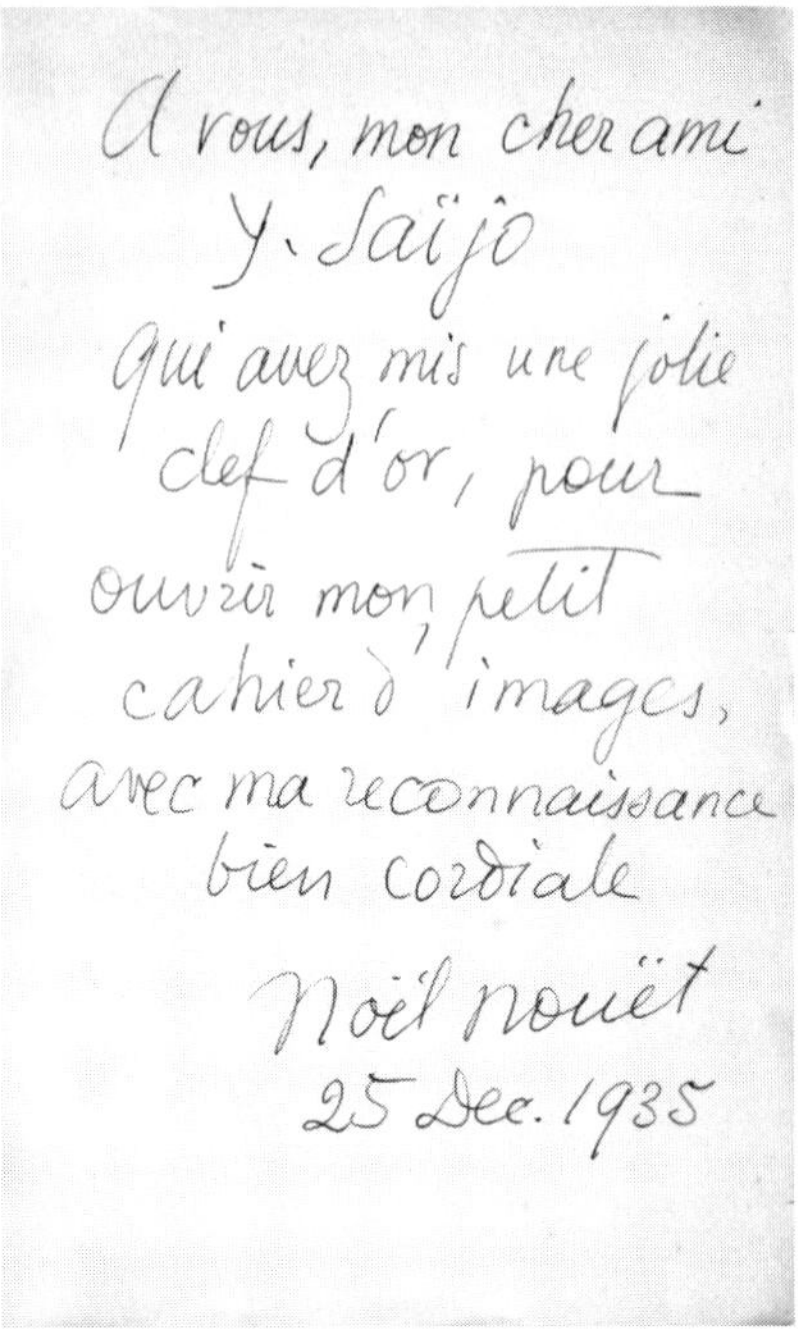

A vous, mon cher ami
Y. Saïjo
qui avez mis une jolie
clef d'or, pour
ouvrir mon petit
cahier d'images,
avec ma reconnaissance
bien cordiale
Noël Nouët
25 Dec. 1935

A vous, mon cher ami
　　Y. Saïjo
qui avez mis une jolie
clef d'or, pour
ouvrir mon petit
cahier d'images,
avec ma reconnaissance
bien cordiale

（ささやかな私の画帖をひらくための佳《よ》き黄金の鍵をくださった親愛なる友Y・サイジョウに。心からの感謝をこめて〔八峯訳〕）

Noël Nouët　25　Dec. 1935

昭和 31 年 6 月　ノエル・ヌエト氏在日 30 年記念
椿山荘にて（八十裏書き）

最近になってふとしたことからヌエットさんが浮世絵のような色彩版画を多数残されたことを知った。知人から見せていただいた本にヌエットさんが描いた昭和十一（一九三六）年の「日本橋」の色彩版画が掲載されていた。私は詩人としてのヌエットさんの詩や散文は少し知っていたが、画のほうはペン画のみと思っていた。

ヌエットさんは、旧制静岡高校、その後は東京帝国大学などのフランス語教師を務められ、戦争末期から戦後にかけては新宿区の牛込矢来町に住んでいた。一九四五年三月十日以後、東京はしばしば大空襲を受け、都心の大部分は焼失した。私はその年の四月に東大に入学したため、ほとんどの大空襲を経験した。四月十三日の夜、私が住んでいた牛込の姉の家が焼けた。多分その後に近くのヌエットさんを訪ねると、彼の家も焼失していたが、ちょうどヌエットさんが焼け跡にもどってきて、これまでに蒐集《しゅうしゅう》していた、おそらく奈良などの古寺の瓦《かわら》の破片などを探しているところで

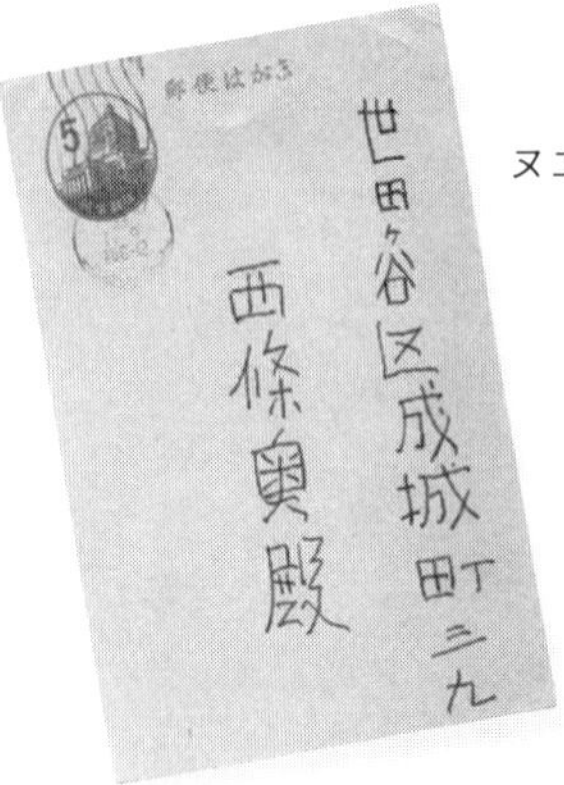
郵便はがき
世田ヶ谷区成城町三九
西條奥殿

ヌエットさんから家内の紀子に

あった。家を失った後、彼は近くに住まいを得て生活していた。

八月十五日に敗戦になった後、私はヌエットさんにフランス語を習っていた時期がある。その間に一度、私は彼を茨城県下館町の父の疎開先に伴ったことがある。もう詳しくは覚えていないが、一緒に一、二泊して帰京したのであろう。今覚えていることと言えば、彼が自分で料理を作ると言い、その途中で温かいものが冷えないように、縁側《えんがわ》の日光のあたるところに置いていたのが、珍しく、印象に残っている。すべての物がまだ乏しかったその頃、一人暮らしのさびしい生活を続けていたヌエットさんに、父が「何か、ほしいものはないか」と聞いたら、「うちで働いている女性に毛布を一枚やってくれ」と言ったという話が記憶に残っている。

その後、私が結婚して東京に住んでいる頃、家内の紀子もフランス語を一年半くらい教えてもらった。パール・バックの〝Première femme de Yuan（ユアンの第一夫人）〟を一冊フランス語で読んだのを覚えているようだ。一九五九年四月に私たちが名古屋に移ってから間もなく、彼は横浜から船で祖国フランスに帰った。その船出を、父母と、たまたま上京していた紀子が見送りに行った。

その後、家内とは時々手紙を交換していたが、「老いるということは、悲しいことです」という便りが最後になったらしい。父が亡くなる二、三年前であったと思う。

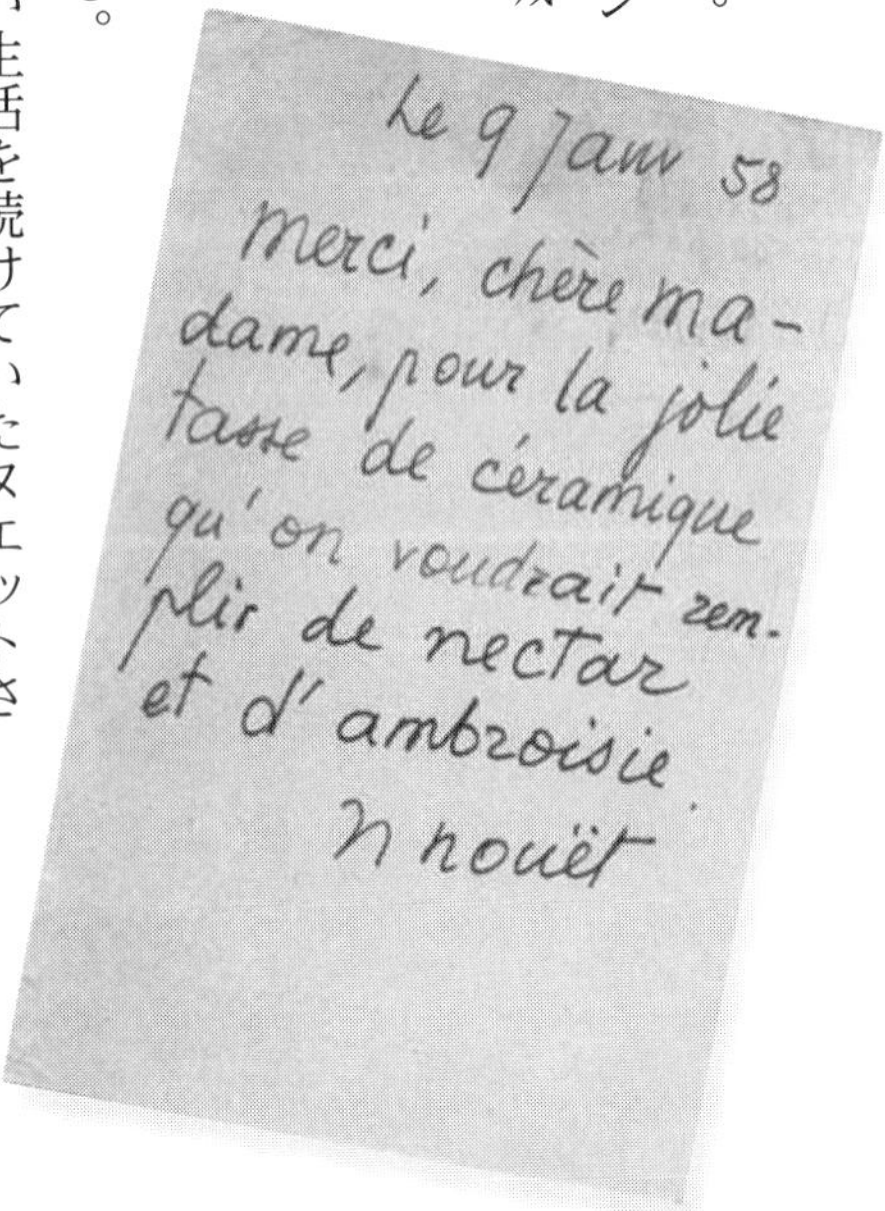
Le 9 Janv 58
merci, chère ma-
dame, pour la jolie
tasse de céramique
qu'on voudrait rem-
plir de nectar
et d'ambroisie.
N nouët

VI 思い出の人々

人生の山坂で出会った人々と共にした足跡は、
八十の生きた時代そのものと言えよう。
八十とのかかわりを通して、人々の横顔が蘇る。

中山晋平先生と父

一九八八年春、中山晋平氏の出身地である長野県中野市の中山晋平記念館から、その秋に「西條八十展」を開催したいというお話があった。ありがたくお受けし、その開会式にもお招きいただいた。

それまでにも中山晋平氏の遺族、中山富子さん（中山晋平氏の養子ですでに故人となられた卯郎氏の夫人）とは、お会いしたことはあったが、くつろいでゆっくりお話する機会はなかった。私からお願いして、この開会式の前日に、富子さんと夕食をご一緒させていただき、そのあとも中山家と両親との交流について、さまざまなお話を初めてうかがうことができた。

富子さんと卯郎さんのご結婚に際しては、私の父母が媒酌《ばいしゃく》を務めさせていただいたというご縁もあって、法事などセレモニーの場ではしばしばお目にかかっていた。さわやかな美しい方である。ご夫君の卯郎さんはいつもセンスのよい年賀状をくださっていたのを思い出す。中山晋平先生と父は、昭和初期から作曲作詞の名コンビとして、おびただしい数の童謡、民謡、歌謡を残しており、われわれ家族が先生やご親族にお目にかかる機会も多かった。

中山卯郎氏が作られた晋平作品目録によると、もともと長野県下高井郡新野村（現在の中野市）出身の中山先生は父より五歳年長だった。先生は東京で久しく島村抱月の家に書生として身を寄せておられたが、一九一四（大正三）年に「復活」の劇中歌として島村抱月が作詞した「カチューシャの唄」を作曲、これが大ヒットした。これが広く愛唱されたのがきっかけで、中山先生は世に出られ、毎年新作を発表、小唄や童謡なども含め幅広く作曲活動をしておられた。

父と中山晋平による最初の作品は、一九二〇（大正九）年「幼年の友」に掲載された「月と猫」という童謡で、「おしやれの三毛《みい》ちゃん　縁《えん》がはで　今夜も顔を　あらつてる」ではじまる。父はこの前年、第一詩集『砂金』を自費出版し詩壇で高い評価を得ていた。一九二〇年には訳詩集『白孔雀』も発行された。夭折した次女慧子誕生の年でもあった。

パリ留学を経た一九二八（昭和三）年、プラトン社発行の大衆雑誌「苦楽」に頼まれて、父は「当世銀座節」という俗歌を書いた。するとある日、すでに流行歌作家として有名な中山晋平氏が訪ねてこられて、これに作曲したいという話をくださった。これを契機として、父は中山氏とともに膨大な数の作品を生み出すこととなる。新民謡の旅でコンビを組んだ中山晋平は、父を歌謡曲の世界へ導いた人となった。父は「私が人生の谿《たに》を偶然迂曲したところでばつたり出逢《であ》つたのが中山晋平氏である」（後出、「兄貴を語る」）と書いている。

東京行進曲

一九二五（大正十四）年からラジオ放送がはじまったのも、流行歌が盛んになるのに一役かっていたと考えられる。一九二七（昭和二）年末に東京の上野・浅草間に地下鉄が開通した。一方で、失業、倒産、労働争議が増え、世界経済恐慌が始まった。

その頃大衆雑誌「キング」に菊池寛の小説「東京行進曲」が連載されていた。これは富豪の娘とその腹違いの妹がたどる二筋の世相をからませた話である。これを日活が映画化するにあたり、誰でも口ずさめる主題歌で人気を高めるため、作詞の依頼があった。詞は映画の筋に関係なくてよい、流行するものを、という内容だったことが、父の『唄の自叙伝』に記されている。「東京行進曲」は日本映画における映画主題歌の第一号となり、一九二九年ビクターのヒット曲としてその後の映画主題歌の氾濫をまねくきっかけにもなった。

東京行進曲　中山晋平作曲全集より　装幀・竹久夢二

東京行進曲

昔恋しい銀座の柳
仇《あだ》な年増《としま》を誰《たれ》が知ろ
ジヤヅでをどつてリキユルで更《ふ》けて
あけりやダンサアのなみだあめ。

恋の丸ビルあの窓あたり
泣いて文《ふみ》かく人もある
ラツシユアワーに拾つたばらを
せめてあの娘《こ》の思ひ出に。

広い東京恋故《ゆゑ》せまい
いきな浅草忍び逢ひ
あなた地下鉄私はバスよ
恋のストツプまゝならぬ。

◆『全集』第八巻、所収◆

まではいいとして、第四聯の文句の最初の原案は、

長い髪してマルクス・ボーイ
今日も抱へる「赤い恋」
変る新宿、あの武蔵野の
月もデパートの屋根に出る。

であった。これは当時マルキシズムが全盛で、長髪で深刻そうな顔をした青年が翻訳されたばかりのコロンタイ女史の「赤い恋」をよく抱えているのを見掛けたその世相描写であったが、ビクターの岡文芸部長が、官憲がうるさそうだから、ここだけ何とか書き変えてくれというので、あの奇抜な、——

シネマ見ましよか、お茶のみましよか、
いつそ小田急《をだきふ》で逃げましよか。

という文句に書き換えたのであった。

◆『唄の自叙伝』／『全集』第十七巻、所収◆

中山晋平と八十　1930（昭和5）年頃

それでも「東京行進曲」は官憲によって一九二九（昭和四）年六月に放送禁止命令が出された。今から考えれば想像もできないような事実である。しかし大衆の口からこの歌は消えなかった。

父は「東京のいわゆるモダン風景の戯画《カリカチュア》」としてこの詩を書いたという。この歌のはじまりの「昔恋しい銀座の柳」の一節は、一九二三（大正十二）年の関東大震災で焼けてしまった柳並木を惜しんで書いたものであった。当時はプラタナスが植えられていたらしいが、一九三二（昭和七）年の春、再び柳の木が植えられ、これを記念して、「植えてうれしい銀座の柳」という歌詞の「銀座の柳」という歌が作られた。この歌碑は現在でも、銀座通りの新橋の近く、高速道路のガード下にある。

『唄の自叙伝』によれば、「東京行進曲」第一聯の最後の一節は、当初は「明けりや彼女の涙雨」

だったものを、中山の要望で「彼女」が「ダンサア」になったという。中山が変更を求めた理由は、「曲に弾みがついてごくいいんですが」というものだった。

また、私がこの歌詞で興味深く感じているのは、「広い東京恋ゆえ狭い」という一節である。第二次世界大戦中、ドイツに部分的に占領されていた時期にフランスで作られた映画『天井桟敷《てんじょうさじき》の人々』の中で、ヒロインのガランスが誘いかける相手の男性に「愛し合う者同士にはパリも狭いものよ」と言う場面があるからだ。この映画は、東京行進曲よりも十五年ほど後に制作されたのであるが。

新民謡創作をはじめる

八十が最初に書いた新民謡は、一九二八（昭和三）年秋の「甲州小唄」（町田嘉章作曲）だったが、晋平とコンビの最初の仕事は、東京湾汽船会社から依頼されての伊豆下田であった。一九二九（昭和四）年の春休みに下田を訪れ、唐人お吉の研究で知られた七十歳の村松春水翁に会って、ハリスの住居だった柿崎の玉泉寺や、晩年お吉が経営した安直楼の跡、村松翁が独りで建立した宝福寺の墓に詣でた。大衆雑誌「キング」一九二九（昭和四）年八月号に、三弦伴奏と共に載った「黒船小唄」がこれである。

続いて京都伏見の市制施行に因んで、現地に赴いて「伏見小唄」を作り、その後、三重県の新聞社の委嘱で、「四日市小唄」を作るなど、この種の唄は地元の市町村や業界の企画に新聞社が後援して作られるケースが多かった。後に記す『民謡の旅』はこの年の民謡採訪の記録である。

同年十一月、熱海温泉組合の委嘱で、老舗《しにせ》の古屋旅館に逗留して「熱海節《ぶし》」を作った。一九六一年一月、熱海梅園に中山晋平の追悼としてこの唄の記念碑が建てられ、今も歌い継がれている。私自身、熱海節の、「熱海時雨《しぐ》れて、初島晴れて」という唄の一節が、今でも脳裏にきざまれている。［註：この歌詞は日本コロムビア株式会社、生誕百年記念『西條八十全集』「収録曲歌詩」による。「熱海節」はＣＤ４「新民謡編　中山晋平作品集」にある。歌は葭町二三吉で、オリジナルはビクターより昭和五年に出ている。］

「熱海節」が作られて間もなく、一九三〇年の大晦日《おおみそか》の夜、私たち家族四人で東京、霊岸島から東京湾汽船に乗船し、大島経由で下田へ行った。私は、はじめての船酔いを経験したのを覚えている。そのときも帰途、熱海では古屋旅館に泊まったと思う。

年譜を見ていたら、父はその直後の二月五日に、早稲田大学仏文科教授になっている（三十九歳）。これはもしかすると父にとっては大きなことだったかもしれない。

われわれの結婚後も、新年に父母・姉の家族三人ともども家族で熱海のホテルに滞在し、海の静かな日、小船で初島を訪れた。当時はほとんど何もない素朴な島であった。私の長女がまだ一歳くらいで、怖がって泣いた記憶がある。

「肩たたき」と「毬と殿さま」

父が書き中山晋平氏が作曲した童謡は（わかっているだけで）八十八曲に及ぶが、現在、最も広く歌われているのは、「肩たたき」と「毬《まり》と殿さま」の二曲である。

「肩たたき」は一九二三（大正十二）年「幼年の友」五月号に掲載され、晋平が作曲したが、この時二人はまだ顔を合わせたことはなかった。「毬と殿さま」は一九二九（昭和四）年一月に「コドモノクニ」と「幼年倶楽部」の二誌に同時に掲載されている。

この二つの童謡はよく知られているために、テレビのコマーシャルへの使用の依頼が多く、その場合は、「替え歌にしたい」という希望が多い。父が嫌っていたから「替え歌は困る」旨を伝えて、取りやめになることがしばしばある。

「毬《まり》と殿さま」竹久夢二・画
『中山晋平作曲全集』より
山野楽器店　1930（昭和5）年

中山晋平・西條八十のコンビが作った童謡、民謡、歌謡などの数は二八七と思われたが、私が記念館にさしあげた父の著作目録にあるものを照合したら、さらに増えて三一六曲になったという（富子さんの最近のお話では五〇〇くらいともいう）。中山先生が組んだ作詞家としてもっとも作品数が多いのが父で、二番目は野口雨情氏との二〇一曲、次いで北原白秋氏との一一八曲ということである。

中山晋平氏と父、二人の間柄をそれぞれに語らせている記事が「新青年」（一九三三〔昭和八〕年八月号）に出ている。それをここに引用させていただく。

兄貴《あにき》を語《かた》る

西條八十

私は中山氏の藝術よりも更にその温《あつたか》い人間に懐《なつ》き切つてゐる。（中略）

私はまづあの人の藝術家振らないところに惚れ込んだ。愈々《いよいよ》となれば出す癖《くせ》に、滅多《めつた》に小むづかしい音樂の術語だの、外國語などを使はない。作曲の相談にも『ここのところはちよつと丸味をつけて』とか『ひとつさわりで行《ゆ》きませう』と言つた工《ぐ》合《あひ》。すべてが商取引のやうにアッサリしてゐて、インスピレーションなんて氣障《きざ》な言葉は一度だつて口にしたことを聴かない。その癖《くせ》、碌《ろく》な禮《れい》も貰へない地方民謡の作曲に、一週間も外出しないでウンウン苦しんでゐる人である。誰も知る苦労人で、また苦労したことを平氣で言ふ『ぼくは島村（故《こ》抱月《はうげつ》氏）さんの玄関番を七年しましたよ。その時分牛肉が喰ひたくつてね、十銭貰つて五銭電車賃拂《はら》つて五銭の牛鍋を喰ひに行つてね、そのうまかつたこと』こんなことを人前で言ふのを何とも思はない。（中略）金に掛けても取るべき金はキチンキチン取るが、出すところは惜しまず出す。今のやうに作歌者協會《さくかしやけふくわい》などが出来て、作歌者なるものの権利が主張されなかつた時代、樂譜にあなたの謡《うた》を載せたからと言つて態々《わざわざ》自分のところへ禮《れい》金を持つて来て呉《く》れたのは天下廣《ひろ》しと雖《いへど》もあの人ひとり切りだつた。

作曲にかけてはおそろしく自我の強い人だ。當りは柔いが容易に主張を撓《ま》げない。歌詞に漫然曲をつけるのではなくて、その歌詞からうけた印象を曲に組み立てて、作歌者と相談する。時には歌詞を書き直せとも言ふ。正直に言ふと、最初のうちはこれが少々癪《せうせうしやく》に觸《さは》つた。だが、だんだん仕事をしてゐるうちにわかつた。あの人は黙つてゐるが自分で詩の書ける人だ。音樂學校時代には詩人で立つ希望を持つてゐた人だといふ噂だが、意外にその根底の深いものがある、（中略）

私たちの民謡に味をつけてゐる囃《はやし》言葉、あれは中山晋平作曲の場合には大抵あの人の発明である。野口雨情氏の「波浮《はぶ》の港」あの中に出てくる「ヤレ、ホンニサ」などといふ囃し、私の地方小唄を生かしてゐる多くの囃言葉、みんなその発明に掛《かか》る。（中略）

酒は殆んどやらない人。だが自分では杯《さかづき》を乾《ほ》さずに、巧みに献酬して座を賑《にぎ》はす不思議な術を知つてゐる。（中略）女には淡白だ。淡白すぎるので折々不感症ではないかと想ふ。そのくせ喉がいいので、年増の藝者などに惚れられていつも困つてゐる。

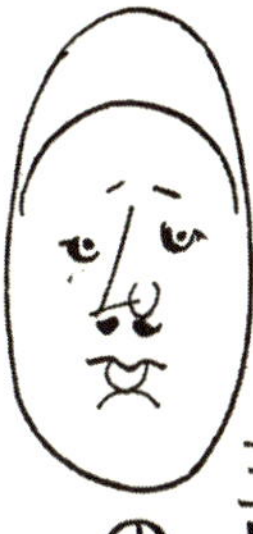

三度目《どめ》の旦那《だんな》

中山晋平

北原氏によると、僕なるものは浮氣な女房みたやうなものださうです。最初の御亭主が北原さんで、次が野口雨情さん、その次が西條さん（中略）――さう云はれてみれば成るほどと頷《うなづ》けないこともない。（中略）第三番目の旦那――西條さんは私からみると若き燕《つばめ》とまでは行《ゆ》かなくとも、中年の燕ぐらゐにはあたる人で、持ち前の浮氣つぽいところに絶えず苦労はさせられますが、あれで締《しま》るところはキユッと締つた、中々頼母《たのも》しい人です。

世間の多くの女學生さんたちなど、西條さんのあの優しい一面は知り過るほど知つてゐるかも知れません。けれども西條さんに時《とき》とすると、トテも歯切れのいゝ江戸前のタンカの切れる男らしさのあることは、さう皆さん御存じは無いでせう。（中略）此のタンカの切れ味のいゝと云ふことは、同時に物事の急所を摑《つか》む腕前のあることです。そして西條さんは仕事の上にもこれをチヤンと現して、流《りう》行唄《かうた》はもとより地方民謡を書いても、子供の歌を書いても、古典的な歌、モダンな歌、粋《いき》な歌、泥くさい歌、何を書いてもそれぞれ急所を衝《つ》いてその歌になり切らせてゐる手ぎはは何と云つても鮮《あざや》かなものです。

（中略）

西條さんには仕事の上で私は随分苦労をかけてゐます。詩人が自分の書いたものに對して、たとひ作曲者の申出《まをしいで》であらうが何であらうが、一音一字たりとも横鎗《よこやり》は入れさせまいとする。その態度に私は敬意を拂ひます。が同時に結果からみてより好《い》い歌ひ物であらせたい為《た》めに、或る場合、多少の譲歩をしてやつてもいゝといふ態度が取れるなら、それに私は一層の敬意を拂ひたい。今の日本の民謡や流行歌《りうかうた》のやうに兎角詩形《とかくしがた》のきまつたものを幾らかでも違つた味《あぢは》ひで聴かせやうとするには作曲者も並大抵《なみたいてい》の苦労ではありません。西條さんはそこのところを實によく解《わか》つて呉《く》れて忍び難いところをもよく忍んでくれてゐるのを私はよく知つてゐます。

もう一つ内所《ないしよ》で一寸《ちよつと》書いて置きたいのは西條さんが餘《あま》り人に歌つて聴かせたことは無いがあれで中々歌のうまいことです。僕が自分で書いた節でどうかして忘れて思ひ出せないやうなことがあると、西條さんはそれを驚くべき正確さで歌つて聞かせたりします。尤《もつと》も聲は烏《からす》が風邪《かぜ》を引いた時のやうで、そんなに魅力的ではありません。

「民謡の旅」

父は一九三〇（昭和五）年、七尾での第一回の民謡の取材を皮切りに、各地を約一ヵ月行脚し、七月十日から八月四日までの朝刊第一面をにぎわせた。これは十月には朝日新聞社から単行本『民謡の旅』として刊行された。この旅は、毎日移動しては記事を送る、すさまじい日程であった。三十八歳という若さの父でも、よくこなしたと思うとともに、これにより父の各地の民謡への知見が、どんなに深められたかと思う。

単行本の序文を見ると、父は〈昭和五年の夏、六月二十八日から約一ヶ月間、私は大阪朝日新聞の依嘱で、画家古家新氏と共に、ひろく西日本にわたる民謡行脚を試みた。これはその旅さきから日々書き送つて、同紙に連載した旅日記である。

この旅の目的は、各地方に古くから知られ、また埋もれたま丶残つてゐる民謡を一々親しく聴いて、その特質をひろく世に紹介することに在つた。私は予定日数の範囲内で、最大の努力を尽して西日本を縦横に奔馳し廻つた。私はこの旅行のおかげで、はじめて日本の郷土民謡の根に触れることが出来た。未来の日本の詩歌がいかなる培《つちか》ひかたによつて、その本来の華をひらくかといふことを朧《おぼろ》げながら感得することが

出来たやうな気がする。これは日本人の私として容易に得難い体験であつた。〉（『全集』第十四巻）と記している。

諫早干拓問題がきっかけで長崎ぶらぶら節の舞台へ

なかにし礼が書き、直木賞作品となった『長崎ぶらぶら節』が映画化され、評判もよいと聞いた。画面には父（の役）も登場するという話であった。ふだん映画を観ることの少ない私だが、近所の小さな映画館で上映されているのを知って久しぶりに家内と出かけた。映画の終わりに近い画面で、由緒深い料亭「花月」の長崎らしいきわめて古い洋間で、吉永小百合が演ずる女主人公、愛八が、そこを訪れた西條八十の前で「長崎ぶらぶら節」を聞かせる場面がある。小説では、この唄と歌手に感動した父の強い推薦を受け、レコード録音のために上京する話となっている。

「長崎ぶらぶら節」の映画を見た翌年の二〇〇一年四月五日、映画でその唄を聞かせる場面に使われた部屋で夕食をする機会を得た。

四月四日午前、昔から三河湾の研究などを共にしてきた海洋物理学者の宇野木早苗氏と空路長崎に着き、現在、諫早干拓問題の科学的解明において中心的な存在と言える長崎大学のA氏を訪れた。さっそく地質

『民謡の旅』四国徳島にて

学のK氏も同道してくださり、周辺の山地から有明海ならびにその一部である諫早湾を眺め、全体的な概念を与えてくださった。翌五日は、大浦から漁船で出て、あの「ギロチン」と呼ばれる諫早湾の閉め切り堤防付近の水域を視察した。この閉め切りの水域の環境への影響がいかに大きいか、現場で認識することができた。

その夜、同じく長崎大学の教授で、私の研究室出身のMさんが、宇野木さんと私を長崎の繁華街、丸山の料亭、花月に招待してくれた。タクシーを降りて玄関に向かう道から、どこかで見たような気がした。玄関に入ってすぐ、あの「長崎ぶらぶら節」で見た料亭であることがわかった。通された広い和室に、驚くほど古いスタイルの洋間が付属している。その部屋こそ、映画の中で父に扮した岸部一徳が、愛八の唄を聞いた場所である。Mさんは私が久しぶりに長崎を訪れたので、招待してくれたのであろう。私が、映画で花月の場面を見ていたのも、あまりに偶然であった。

私が父との関係を話すと、花月の方でも喜んでいろいろ話をしてくれた。その洋間は日本で最も古い洋間という。部屋のデザイン、家具・調度などまったく開国当時を思わせるものであった。二階の広間に案内されると、この繁華な街中とは思えない、広大なよく整備された和式の庭園が広がっていたのも意外であった。私は以前から父の『民謡の旅』には興味を持っていたが、それはきわめて抽象的なものにすぎなかった。しかし、今回の長崎訪問がきっかけになって、その時の父の旅の意義が理解できるように思われ、また、中山晋平氏とのコンビで各地で多くの新民謡を生み出すきっかけにもなったのではないかと想像した。『民謡の旅』は父の全集第十四巻に収録されているが、わずか一ヵ月足らずの旅で、しかも新聞に毎日連載して書いたものとしては、このほかにもそれぞれの地方史的背景にふれていて実に面白い。

例えば私が淡水化問題でしばしば訪れた宍道湖・中海に近い美保を訪れた記事の中に次のような記述がある。

〈山陰は日本のアイルランドである。私は此地方ほど神秘幽玄な伝説に富んだところを知らない。ケルトの血をひいた詩人ラフカデイオ・ヘルンが松江に住んだこともかりそめの因縁でないやうに感ぜられる。かつて私は鳥取海岸に因幡の白兎《はくと》を祭つた白兎神社を尋ねる途次《みちすがら》のぼつた坂の名を「恋坂」と聴き、その名が大国主命《おおくにぬしのみこと》が八上比売《ひめ》の許に通つたそのロマンスに由来すると知つて、三千年前の伝奇がいまなほ生きてゐるこの郷をかぎりなく懐しんだ。〉

父の全集で、歌謡の項に加えて、『民謡の旅』の編集をされた森一也氏は、解説にこのように記された。

『民謡の旅』解説

森　一也

書庫に蔵されている八十の原稿を分類していた時、大判の大学ノートが見つかった。頁を繰ってみると、ノートは『民謡の旅』の原稿を書く為の下準備に使われたもので、各地の謡と踊りの特長、土地の風習、謡の由来などが詳しくメモされていた。

このノートは旅行鞄に入れられて、八十とともに一千里の旅をしたのだと思うと、海の匂いや、三味・太鼓の音がギッシリ詰まっているような気がしてならなかった。

ことに、一度もその旋律を耳にしたことのない読者の為に、あの難解な「七尾まだら」を文字で説明しようと苦心している箇所など、襟を正して拝見しなくては申し訳ない気がした。

さらには、八十がこの旅に出る前に、これから訪れる土地に残っている筈の古い謡の歌詞などを、いろいろな得難い文献で調査し、それもノートに併記していたことである。

詩人とコンビを組んで全国を回り、優れた新民謡を各地に遺した中山晋平氏（作曲家）は、曽《かつ》て筆者に、

「西條先生の偉いところは、どこへ唄を創りに行く時も、出掛けるまでに、土地の特色や風習を調べ、昔からその土地に伝わっている古謡の歌詞などをメモし、それから現地に行かれることです。こういう努力をする作詞家は他にありません」

と語っていた。

◆『全集』第十四巻、所収◆

解説の終わりに森氏が、〈八十の旅が民謡の宝庫である東北・北海道に及ばず、西日本に限られたのは残念でならない〉と結ばれているのには、強い共感を覚える。

森一也氏と八十

安藤更生先生のこと

父の生涯を考えるとき、日本美術史研究で知られる安藤更生先生は、若い頃から、最も親しかった方の一人であり、父が亡くなってから後のことでも大変お世話になった方である。

父はよく安藤先生との関係を、師でもあり、教え子でも友人でもあるような複雑なもの、と言っていた。父より八歳若い安藤先生は、東京外国語学校（現・東京外国語大学）佛語《フランス》部を卒業された後、早稲田大学の仏文科に進学して一九二四（大正十三）年に卒業された。一九二一（大正十）年に早大英文科講師を委嘱された父は、同時に第二高等学院でフランス語の講義も担当することになった。これは前年にパリ留学から帰国し、早大仏文科設置に熱心であった父の恩師、吉江喬松教授からの要請であった。ほとんど独学だったフランス語を磨くため、父は東京外国語学校に在籍していた安藤先生をはじめ何人かの教えを受けていた。

「東大寺　二月堂」安藤更生・画、『南都逍遥』より

翌一九二二（大正十一）年、父が主宰者となって創刊した詩誌「白孔雀」に、安藤先生は同人として参加されている。この年の二月、父が慕っていた姉、兼子が夫の赴任地であった朝鮮の羅南で亡くなった。「白孔雀」創刊直後、三月に関西へ出向いた父は、かつて姉夫婦が暮らしていた奈良に行き、姉を偲《しの》ぶ詩「寧樂《なら》の第一夜」（本書第Ⅲ章「父の姉兼子」）を書いた。この詩は、父が十九歳の頃、姉夫婦がいた奈良にしばらく寄寓していた時のことを回想したもので、「白孔雀」三号に掲載されている。その編集後記に、父が奈良に滞在中、あとから美牧燦之介（安藤先生のペンネーム）、母、母の妹の美代子もやってきたことが記されている。安藤先生は当時から母や美代子まで知っておられたのである。

早大仏文科がこの年の四月に創設され、父は講師として、安藤先生は学生としてここに籍を置いたのであった。その後、安藤先生も父も早大文学部の教授となり、同僚ということになった。

安藤先生が、恩師会津八一先生のお供をして奈良へ行かれたのは、一九二一（大正十）年八月、まだ東京外国語学校の学生だった頃という。そのとき会津先生も久しぶりなので馴染《なじ》みの宿がなく、当時高畑に住んでいた曾宮一念の世話で、ある旅館に泊まった。高畑は絵描きと文士の町で、武者小路実篤や志賀直哉も足跡をしるしたところである。

先生の年譜によれば十七歳の頃に早稲田中学の先輩、曾宮一念他の方がたに洋画の手ほどきを受けていられたという。先生のご著書『南都逍遥』には奈良での先生のスケッチが何点か掲載されている。水彩も白黒だけのデッサンもさすがにそのオブジェの本質を知り抜いて、その道のプロのような手堅さで描かれている。その中に日吉館のスケッチ（本書第Ⅳ章）があったのも懐かしかった。（余談になるが、画家曾宮一念と父八十は、著書を交換していた仲であり、私は曾宮氏の著書の中の富士の裾野の雄大なスケッチが好きだったが、奈良におられたことがあるとは知らなかった。）

そうして一九二一（大正十）年の十月に会津八一ははじめて日吉館に泊まり、以後三十年間の深い縁ができたらしい。その後日吉館には、安藤先生もよく滞在されたようだ。私は戦後、観光客などほとんどいない秋の奈良を楽しんだとき、日吉館に滞在した。窓際の色づいた柿を今でも忘れない。日吉館を誰に勧められたのかは覚えていない。結婚後、秋の学会が済んだ後や、ずっと後に娘が高校に合格した春休みも、日吉館のお世話になった。

母が亡くなった後、父母が一緒に入る墓を松戸に買ってあった墓地に造ることになった。その墓地は、一九三九（昭和十四）年一月に母の妹、三村美代子が亡くなって墓地を求めた際、妹とくに仲の良かった母が、となりあわせの墓に入りたいという希望で買い求めてあったものである。父も、義妹の美代子を少女の頃からいつもとくに大切にしていた。

父の相談を受けて安藤先生が墓の設計を考えてくださることになり、早速、ご親切に父と八柱の墓地を下見に行ってくださった。私も同行したので、そのときのことをいくつかおぼえている。安藤先生は墓石

八柱にて　左より安藤更生先生、八十、姪《めい》紘子の夫・赤木一郎、三井武夫、姪紘子

の大まかな配置や形式を考えてくださるとともに、墓前にたしか楊貴妃が沐浴《もくよく》したという浴場と同じデザインのタイルを敷くことを提案された。将来敷いてあるタイルの間から草が生えてきたら、ひとしお趣を添えるであろうなどという細かい配慮までされていたのである。（現在、先生が予想されたとおりになっている。）

姪の紘子の夫の建築家赤木一郎は先生の弟子のひとりでもあったので、安藤先生のアイデアにしたがって父自身が希望した書物を開いた形の墓碑を施工し、無事母の一周忌までにできあがった。父はこの墓がとくに気にいったようであり、死ぬまでほとんど毎月欠かさずに通っていた。

前述したように、私が父の訃報を受けたのは三重県磯部町にある、「的矢牡蠣《まとやかき》」の飼育場であった。急遽、車で鳥羽まで送ってもらい、名古屋で乗り換えて成城の家に着くと、すでに安藤先生がすべてをてきぱきと処理してくださっていて、私は何も手を出すこともないほどだった。

父は八月十二日に他界し、十七日に青山斎場で告別式が行われた。葬儀委員長は安藤先生がお引き受けくださった。夏のお盆休みのとくに暑い日であった。冷房があったとはいえ、告別式の間は著名な諸先生方がモーニングで並んでくださり、本当に多くの方々に大変なご苦労をかけた。

帰りの車で安藤先生と並んで坐っていたら、先生から「どうだろう、何か作品目録と年譜のようなものを作って、お世話になった方々にさしあげたら……」というご提案があった。そのような本がもしできたら、それは父にとっても非常に意義があると考え、できることなら父の一周忌までに完成させたい、と思った。まず提案してくださった安藤先生にお願いして、父の著作目録刊行委員会の委員長になっていただいた。委員は、父の身近の門田穣、夏目裕、名古屋の森一也の各氏がお引き受けくださった。

最初に委員会を開いた時、安藤先生は委員長として出席してくださり、こまごまとしたことまでご指示くださった。われわれはその時初めて、先生がかなりに体調を崩しておられることに気づいた。先生は父の葬儀の頃も、すでにきびしい状態でおられたのに、それを押して、すべてにわたって処理してくださったのである。

それからわずか二ヵ月半ほどで他界されるほど病状が進んでおられるとは、思いもよらなかった。ご自身の病状を秘めての深いお心遣いに、それに気づかなかった不明を恥じ、ただただ感謝するほかはない。

先生がご提案くださった父の著作目録・年譜は、父の作品があまりに多く、多岐にわたっているため、とても一年間では完成できず、その方面のベテランがそろっている中央公論事業出版の手を借りて、やっと二年後、三回忌のときに刊行することができた。その後、さらに未収録の作品もかなり見つかっているが、作品のリストの部分だけで、一ページに二五編の目録で約三七〇ページにわたるものとなった。

この著作目録ができたときには、(玉石混交なのかもしれないが、)父の精力的な仕事ぶりに驚かされた。また、この目録ができていたからこそ、父の全集(実質的には選集になったが)の刊行が可能になったのであり、これも安藤更生先生のご提案のおかげである。

金子みすゞと父

私が覚えているかぎり、父が日本の女性の詩人で高く評価していたのは、与謝野晶子と金子みすゞであった。与謝野晶子とは、よく電車の中などでお会いしたらしく、「いつも怒ったような顔をしていたが、あれは天才だ」と言っていた。

金子みすゞについては、新川和江さんも、父が茨城県の下館に疎開していた当時、女学生として訪ねた頃の思い出として、父がみすゞの作品への高い評価を語っていたことを、書いておられる。

金子みすゞ　最後の写真
1930（昭和5）年3月9日

下ノ關の一夜
——亡き金子みすゞの追憶

彼女と短かい對面をしたのは、昭和二年の夏とおぼえてゐる。私が春陽堂の圓本《えんぽん》全集の講演で松居松翁、上司小剣氏等と九州へ赴く途中であつた。かねがね彼女の希望もあつたので、私は豫め打電してをいたが、夕ぐれ下《しも》ノ《の》關驛《せきえき》に下りて見ると、プラットフォームにそれらしい影は一向見當らなかつた。時間を持たぬしわたしは懸命に構内を探し廻つた。やうやくそこの仄暗《ほのぐら》い一隅に、人目を憚《はばか》るやうに佇《たゝず》んでゐる彼女を見出したのだつたが、彼女は一見二十二三歳に見える女性でとりつくろはぬ蓬髪《はうはつ》に不斷着《ふだんぎ》の儘《まゝ》、背には一二歳の我兒《わがこ》を負つてゐた。

作品に於ては英のクリステイナ・ローゼツテイ女史に遜《おと》らぬ華やかな幻想を示してゐたこの若い女詩人は、初印象に於《おい》ては、そこらの裏町の小さな商店の内儀のやうであつた。しかし、彼女の容貌は端麗で、その眼は黒燿石のやうに深く輝いてゐた。

『お目にかかりたさに、山を越えてまゐりました。これからまた山を越えて家へ戻ります』と彼女は言つた。手紙ではかなり雄辯で、いつも『先生が讀んで下さつても下さらなくともよいのです。私は獨言《ひとりごと》のやうに思ふままをここに書きます』と冒頭して、十枚に近い消息を記すのをつねとした彼女は、逢つては寡黙で、ただその輝く瞳のみがものを言つた。おそらく私はあの時彼女と言葉を換した時間よりも、その背の嬰兒の愛らしい頭を撫でてゐた時間の方が多かつたであらう。

かくして私たちは何事も語る暇もなく相別れた。連絡船に乗りうつる時、彼女は群集の中でしばらく白いハンケチを振つてゐたが、間もなく姿は混雑の中に消え去つた。――（中略）

蠶《かひこ》は繭《まゆ》に
はひります、
きうくつさうな
あの繭に。

けれど蠶は
うれしかろ、
蝶々になつて
飛べるのよ。

人はお墓へ
はひります、
暗いさみしい
あの墓へ。

そしていい子は
翅《はね》が生へ、
天使になつて
飛べるのよ。

これは彼女が「繭と墓」と題した童謡の一篇である。おそらく絶唱といつていい。この謡の氣持で彼女はあの暗い墓穴に急いだのであつたらう。さうした彼女の清純な、貧しい中に眞の心的貴族であつたその美しい魂は、いま輝く眞白な翼を持つて、こよひ雨にぬれた燈火の海峡の空たかく、私を俯《ふ》瞰《くわん》してなつかしく微笑してゐることであらう！

◆「蠟人形」一九三一（昭和六）年九月号より◆

金子みすゞ展　初日

一九九九年七月二十九日、東京大丸で開催された金子みすゞ展の初日。朝日新聞から招待状を送って下さったのを機会に、家内と出かけて行った。まだ午前中だったが広い会場もかなり混んでいた。事務室で、以前丁寧な手紙を頂いていた矢崎節夫氏、みすゞのお嬢さんの上村《かみむら》ふさえさんにお目にかかることができた。私より二歳年下の白髪のやせた品のよいご婦人だった。父が下関でみすゞに会った時、背に負われていた小児がこの方だったのである。「母が下関でお会いした時、お父様になぜて頂いた頭がこんなに白くなってしまいました。」と言われた。しかし、そのような複雑な道のりを感じさせない清楚な明るいふんいきを持っておられ、現在は神奈川県にお住まいとのこと。

「空のかあさま」を見る　（二〇〇三年十一月二日）

昨日、名鉄ホールで「空のかあさま」の初日を、中央付近の前に近い最高の場所で、みすゞののこされた娘さんであるふさえさんと並んで見ることができた。出版社の好意で家内と二人の入場券が送られてきたのである。前に東京でも一度見たが、昨日ほどの強い感激はなかった。石井ふく子の演出がよかったこともあったと思う。また、みすゞを世に送り出した父八十が、その生前は、駅でつかのま会ったことしかないのに、その時みすゞに背負われていたふさえさんと七十数年経った現在、こうして肩を並べてみすゞの悲壮な物語を見ているという奇遇も強く感じて、感慨もひときわ深く、最後の方は涙が止まらなかった。

劇が終わって三十分ほどして、石井ふく子のほか、みすゞ役の若い藤田朋子、それにみすゞの母役の池内淳子の三人がトークショウをやり、途中からふさえさんが加わり、終わり頃、私も呼び出されるということになった。池内淳子の貫禄もさすがだが、ふさえさんの挨拶も飾り気もなく、たんたんとして立派だった。帰りがけにお話した石井ふく子さんは、香川京子さんと成城のお宅へ伺ったことがありますと言っていた。

はじめての長門行き　（二〇〇七年三月三日）

第十回みすゞコスモス交流会という会合が開かれる、と言うことで、われわれもお招きを受け、三日土曜日の正午近くの「ひかり」に新大阪から乗車したら、ふさえさんほか、何人かの方が同じ車両におられた。もっとも、この列車に乗るようにと、指定されていたからでもあろう。

みすゞの遺児、上村ふさえさんと家内の紀子が、もうすっかりお親しくなっており、「ふさえさん」、「紀子さん」と呼び合っているのも、ほほえましい。一九九九年七月末の東京大丸での、はじめての金子みすゞ展の際にはじめてお目にかかってから、すでにたびたびお話する機会があったからであろう。新山口で下車すると、お迎えの方たちが待っていてくださった。

『日本童謡集』中のみすゞの童謡

私が長野県木崎湖近くの山荘でこの原稿を書きかけているとき、そばのボール箱の中の父の資料から、一九二七（昭和二）年八月発行の『小学生全集』の四十八巻、『日本童謡集』（上級用）が出てきた。この本が発行された年に、みすゞは、父西條八十と下関駅で、わずか五分だけ会ったのである。私自身、幼い頃愛読した、ひと目でわかるなつかしい本である。父が編集したもので、著者のリストを見ると、野口雨情、北原白秋などの著名な作家の間に、金子みすゞが出ている。目次がないので、ページをくっていくと五二ページに、「お魚」が出ていた。歌詞によくあった、皿に載せられた魚を見つめている少女の挿絵も入っている。

『日本童謡集　上級用』

『日本童謡集　初級用』

お魚

海の魚はかはいさう。

お米は人につくられる、
牛は牧場《まきば》で飼はれてる、
鯉もお池で麩《ふ》を貰《もら》ふ。

けれども海のお魚は、
なんにも世話にならないし、
いたづら一つしないのに、
かうして私に食べられる。

ほんとに魚はかはいさう。

父は、この巻の編者として、みすゞの作品を入れたことに関係して、何かの機会に次のように書いている。

ある全集の中へ、私が「金子みすゞ」の童謡を二、三篇入れて、そのお礼のお金を郵便為替で送つてあげると、彼女は、間もなく、それをそのまゝ送り返してきました。そして、つけた手紙に、『なにか西條先生のお好きさうなお菓子を買つて送りたいと思ひましたけれど、下関にはよい物がありませんから、先生、済みませんが、御自分でお好きなものを買つて下さい』と、書いてありました。

◆『私の作詩帖から』／『全集』第十三巻、所収◆

三冊の手帳の行方

「みすゞ展」の会場に展示されていたみすゞ自筆の三冊の詩集を見たとき、複雑な思いに駆られた。みすゞは亡くなるほぼ一年前、それまで書かれた詩を三冊の手帳に書きとめ、それを三組作った。一組を私の父に送り、一組を弟正祐に託し、もう一組は戦災で焼失したと聞いている。

みすゞの三冊の手帳

したがって私の家には、みすゞの三冊の手帳があったはずである。父が一九七〇年に他界した後、父に関係した文学的なこと、著作権のことなどは、すべて詩人であった姉、三井嫩子が管理していた。もともと自然科学者である私には縁のない世界であり、また父に心酔していた姉の生き甲斐《がい》であった。父の膨大な蔵書は、死後、姉と相談してマンションの一室を買い求め、そこに保管していた。そこは姉にとっては父の著作を整理することなどを通じて思い出にひたる場所であったと思う。

ところが姉は意外に早く、一九九〇年十月に七十二歳で他界してしまったので、残された父の子として、文学のわからない自然科学者の息子が、姉がやっていた父に関わるいっさいの仕事をせざるを得なくなった。そのような事態になると、父の膨大な蔵書を雑然とそこに放置しておくのは、将来を考えて不安であり、それを保存し、世に生かす道として考えたのは、文学館のようなところへ寄贈することであった。

私は以前、横浜の「港の見える丘」の上にある神奈川県立近代文学館を見学し、そこの設備のよい地下の収蔵庫を見せていただいたことがあった。私は父の両親が神奈川県出身であったことも考えて文学館をお訪ねし、館長の中野孝次氏にお目にかかって、父の蔵書を寄贈することをお願いした。幸いに受け入れていただけることになった。運搬の作業は意外に大変で、三回にわたりトラック七台分あった。毎回数名の館員の方が来られ、選択、運搬の作業をしてくださった。

この時、私の頭の中には金子みすゞの三冊の手帳のことがあり、絶えず注意を払っていたが、遂に見出すことはできなかった。もしかしたら新川和江さんが書かれているように、父の蔵書などの一部は、戦争末期、姉が夫と共に北京に赴任していた当時、父が東京の書斎に使っていた牛込納戸町の家に残っていて、四月十三日の空襲で家とともに焼けてしまったのかもしれない。

鈴木すずさんとの出会い

鈴木三重吉氏の長女すずさんが九十歳近い高齢で、お元気でおられることを知ったのは、二〇〇四年五月五日放送のNHKの番組「その時歴史が動いた」の「子供の心に歌を——大正童謡誕生物語——」によってである。

すずさんは長年アメリカで服飾デザイナーとして活躍し、今も元気にマンションで一人暮らしをされているとのこと。自宅への取材の人たちを溌剌《はつらつ》とした姿で迎えて、父三重吉のこと、白秋の海辺の家で過ごした夏休みのこと、泉鏡花のお宅に遊びにうかがい、帰りには奥様から可憐な千代紙をいただいたことなど、想い出話はつきなかったという。

私はこの話を聞いて、姉嫩子の生涯を思った。たしかに姉は一生父に可愛がられたが、結婚生活はなかなか難しく、七十二歳でさみしく他界した。元気でいればすずさんとほとんど同じ年齢であったはずである。

鈴木三重吉　「赤い鳥」創刊の年（1918 年）に長女すずと

二〇〇五年十月一日から神奈川近代文学館で、「日本の童謡　白秋、八十――そしてまど・みちおと金子みすゞ展」が開催された。聞けば、文学館では年二回だけ、今回のような大規模な展覧会を開くのだそうである。その準備の手堅さには驚いた。約一年以上も前から資料を集め、そのために一回目は私たちが木崎へ長男八兄らと準備に行った。そして二回目は学芸員二名に美術運送のトラックに二名の係がついて、一晩泊まりでやってきた。膨大な資料を持ち帰り、時間をかけてたんねんに整理され、貴重な書簡なども見つけてくださった。名古屋の私の家には係の学芸員のFさんが一泊二日で二回も来られ、写真、色紙その他を見て、二回目の時は二日目に専門の運搬員が来て、丁寧《ていねい》に梱包《こんぽう》して送られた。その他、父の資料を持っておられると考えられる夏目裕さん、中山富子さん、新川和江さん、安藤夏野さん、門田家等、あちこち大変お世話になった。

九月三十日、開会前日、関係者のみの内覧会があって、ほとんど家族全員が出かけた。この日は、父の全集の編集委員長をやってくださっている紅野敏郎先生が来ておられ、ゆっくりお話できた。やっと詩の最終巻の編集がすみ、ほっとされていることもあろう、先生が戦後もしばらくスマトラで捕虜《ほりょ》生活を過ごされたことなど、はじめてうかがった。すでに親しくしていただいている金子みすゞさんの御息女、上村ふさえさんも見えていたし、矢崎節夫さんも来られていた。

十月十六日には、鈴木三重吉氏の令嬢、鈴木すずさんのお話が対話形式で行われた。すずさんは八十九歳という高齢ながら、さすがにデザイナーらしく、白の帽子、白のスーツ、靴も白と洗練された姿で来られ、質問にてきぱきと答えられていた。そのお話から、三重吉氏が大変なおしゃれであったこと、乗馬がお好きだったこと、父としてはきびしい方だったことなどを知った。

赤い鳥、小鳥

北原白秋

赤い鳥、小鳥、
いつまで鳴くぞ。
　えんじゆの枝に
　日はまだあかい。

赤い鳥、小鳥、
なぜ風さむい。
　光がかげる、
　あの空遠い。

赤い鳥、小鳥、
何見て出てる。
　お馬で駈けた
　をぢさま見てる。

赤い鳥、小鳥、
何處《どこ》行《い》たお馬。
　月夜の雲に
　とつとつとつと消えた。

「赤い鳥」鈴木三重吉追悼号

また、白秋家と親しくされており、お宅にもしばしばうかがってご馳走になったことなど、いろいろな思い出を話された。とくに、三重吉が一九三六（昭和十一）年に五十四歳で死去すると「赤い鳥」も第一九六号で終刊になったが、その後に出された追悼号に、白秋が三重吉に捧げて「赤い鳥、小鳥」という童謡を書いたことをはじめて知った。

このあとフェリスの音楽部のメンバーでさまざまな童謡が歌われた。同じ童謡といっても、専門のメンバーが歌うとこんなにも美しいものかと思われた。

その後、下の応接室ですずさんとわれわれでゆっくりお話できた。これは私が文学館を通じて前から短時間でもお話をする機会がほしいとお願いしてあったためである。すずさんは気持よく受け入れてくださったばかりか、むしろ、あちらでも楽しみにしてくださっていたようにさえ思われた。いくつかの父の童謡を編曲した楽譜のコピーまで用意してきてくださった。

お互いに父と関係のない世界で生きてきたという話から、私がはじめての外遊でニューヨークの国連ビルでの第一回国際海洋学会に出席したのと同じ一九五九年に、すずさんもはじめて渡米され、ロサンジェルスのデザインの会社に就職し、きびしい競争の中を生き抜いて立派な履歴を持って帰国され、その後の日本での活発なお仕事のもとを作られた話などをうかがうことができた。

翌日帰宅して書斎で仕事をしていると電話が鳴った。すずさんからであった。なんの用だったかは忘れたが、あちらから電話をいただいたことはうれしく、いっそうの親近感をもった。そのあと、私が以前「かまくら春秋」に父のことを書いたもののコピーをお送りしたら、また、家庭での父の様子がよくわかってとても興味深かったと、お電話をくださった。とても九十歳近い方と思えない、明るい、楽しいお電話であった。

父　鈴木三重吉のこと

鈴木すず

私が豊島師範附属小学校三年生の時、或る日突然学習院の馬術の先生と厩務《きゅうむ》員と父の三人が、校庭に馬に乗って現れたのです。先生はアラブの馬、父はロシアの馬、厩務員は日本の馬に乗り、一通りの走り方を見せました。荷車の馬しか見たことのない日本の子供たちに、外国のカッコいい馬を見せたいと思ったのでしょう。一級下の弟も私も恥ずかしかったので、お友達にも黙っていました。

癇癪《かんしゃく》持ちの父、お酒飲みの父は嫌いでした。でも、母の話では、私が生まれてくるのを楽しみに赤い赤ちゃんのお布団にくるまったりして待っていたそうです。大の男がね…。父は機嫌《きげん》のよい時「お父さんはすず子を着物の懐《ふところ》に入れてお顔を見ながらお話を書いていたんだよ」と話してくれました。

女学生になった或る日、「お父様の一番お好きな小説はなあに？」と聞きましたら「『桑の実』だなあ。『千鳥』は、若い時書いたので気恥ずかしくってなあ」と言っていました。

夏目漱石先生には、特別の尊敬の念を抱いていました。「漱石先生が言った」などと言うと、みるみる怒り出し、「おっしゃったと言いなさい」と言い直させられたものです。

芥川さんが亡くなった時のことは、よく覚えています。私が小学四年の時、四谷の家の電話のある部屋でお手玉をしていると、電話を切った父は茫然として「芥川が死んだ」とつぶやきました。

音楽家・画家の方々もよく家にいらっしゃいました。深澤省三さんに息子さんが生まれたのは、正月三日。

赤い鳥社には小宮豊隆さん、森田草平さんがいらして、小宮さんが、「龍之介」は芥川と全く同じだから「龍一がよかろう」と命名され、父は「正月三日に生まれ　男なり」と書いて深澤さんに贈ったそうです。

白秋先生と父は、喧嘩《けんか》もよくしたんです。ある時は、小父様（白秋）が、父の洋服ダンスの中に隠れて入っちゃったなんてこともありました。芸術上の喧嘩です。昭和八年の喧嘩で白秋先生は「赤い鳥」に原稿を下さらなくなってしまって、理由はよく解りませんけれど。しかし、それから父の死による終刊まで、父は白秋の代わりの人を頼まなかったんです。白秋以外にはいないという姿勢を貫いたんですね。白秋は、それを感謝して追悼号に書いていらっしゃいます。

坪田譲治さんは、父を本当に尊敬していらっしゃいました。戦後、私が疎開していた長野で、洋裁を教えてファッションショーをした時、司会を坪田さんにお願いしたり、デザイナーとしてアメリカへ行くときも、坪田さんはたった一言「あゝ、そうですか」と言って飛行機代を出して下さいました。

私が服飾デザイナーになったのは、三重吉の敏感な気品のあるオシャレ、音楽家・画家・作家の方々の独特なあの雰囲気に囲まれ自然にこの道に入ったのでしょう…。第一私は小さい時分からオシャレが大好きでしたので。それに、洋裁をしなければ生きて行けなかった時代でした。

お父さんてこわかったけれど、良いものですね。今になるとしみじみそう思います。

◆二〇〇五年二月二十三日聞き書き／「『赤い鳥』と『少年倶楽部』の世界」山梨県立文学館、二〇〇五年◆

白秋氏について

西條八十

人間といふものが結びつくのは、まつたく偶然のチャンスからである。

わたしは詩に志した青年時代に、最初三木露風氏と近づきになつてしまつたので、たうとう北原白秋氏と親昵する機會を逸《いつ》してしまつた。そのころ、両氏は、詩壇の双峰として、自然党派めいたものが出来てゐたのである。いまポルトガルで外交官をしてゐる柳澤健君が、論題に露風白秋と書くと、いやそれは白秋露風といふ順序で論ぜねばならぬといふ反駁があつた位だ。

その習慣が後年になるまで續いて、わたしはごく稀に酒間で會ふぐらゐしきや白秋氏を知らずに過ごしたが、昨今になつて、数時間、乃至《ないし》半日以上も氏と同席する機會を屢々《しばしば》持つやうになつた。といふのは事變以来各團體《だんたい》で歌謡の懸賞募集が盛んになり、その選者として自然同席することが多くなつたからだ。

氏と卓を交へて相談しあひながら當選した歌謡の添削に當つてゐると、このごろわたしはなんとも言へぬ樂しい氣分になる。それは先輩である氏の発想法、——文字の選びかた、詞句の布置《ふち》按排《あんばい》が、ぴつたりと胸に触れてくるからだ。氏の今日《こんにち》まで苦しんで通つて来られた道を、わたしもあとから苦《くるし》

北原白秋と八十　1939（昭和14）年頃

んで歩いて来た。その道筋のなつかしさが、たまらず胸を衝いてくるのだ。

「西條君、ここはかうしませうかね」

などと話し掛けながら、氏が、不自由な眼に擴大鏡をあてゝ、原稿に筆を入れられてゐると、わたしには、氏の脳中に、まづ最初どんな文字が浮び、それがいかなる變化し、いかなる想像力を誘つて、この詞句に辿《たど》りつかれたか、實に明白にわかるのだ。それから、わたしなら、その最初の文字から右の道へ辿《たど》つてゆくのを、氏は左の道へ辿つて来られるのもよくわかる。そこで、白秋氏の持つヴオカビユラリイが、どんな工合《ぐあひ》にしてあんな要素をふくみ、わたしの持つそれと全然ちがふ場所に行きつくのかがたのしく會得《ゑとく》される。

酒飲みにとつては酒の味のわかる友だちと飲み交《かは》すのが一番たのしいことださうだが、言葉に苦しむことを知る人と、詩業を共にすることの、いかに樂しく懐かしいものであるかを、このごろわたしはしみじみと知つた。同時に、いままで知らずに過ぎた白秋氏の天分のよきものを多分に學び得ることが出来たのは、大なる倖せであつた。

見わたしたところ現在我國の詩人と稱《しよう》する人たちの大部分は、ほとんど言葉の苦しみといふものを體驗《たいけん》しない人たちばかりだ。

縁起のわるいことを言ふやうだが萬一《まんいち》白秋氏亡きあと、誰《たれ》びとが、わたしにこの尊敬と愉悦とを與《あた》へてくれるだらう。

そんなことを考へながら、わたしはやうやく老いて来たこの先輩の横顔を、切々《せつせつ》たる愛惜《あいせき》をもつて眺めるのだつた。

◆「六月の木陰」、「蠟人形」一九三九(昭和十四)年七月号◆

大島博光氏をしのんで

父と大島さん

大島さんは、父の思い出を西條八十全集の『アルチュール・ランボオ研究』の巻の月報に書いてくださっている。大島さんは一九三一（昭和六）年に早稲田大学文学部仏文科に進学され、一九三四（昭和九）年三月にアルチュール・ランボオ論を書いて卒業された。審査の際、吉江喬松先生は気難しい顔をしておられたが、父は微笑みながら講評していたという。父は大島さんのフランス語力を高く評価しており、翌年三月から父が主宰していた詩誌「蠟人形」の編集をお願いし、一九四二年の廃刊まで続いた。

大島さんは、父のランボオやヴェルレーヌについての講義を懐かしんで、ランボオの初期詩篇「虱《しらみ》を探す女たち」の中に歌われている繊細微妙な感覚や夢心地などについての講義を、半世紀以上たったいまも忘れないと書いておられる。

父が、ある春の終わり頃、仏文科の十数名の学生を、小学生の遠足のように水上温泉に伴い、夜は楽しい酒宴だったこと、しばしば大学の近くの喫茶店に学生たちを連れていって講義を続けたことなど、楽しい思い出だったようである。

「蠟人形」の編集は、大久保駅に近い、私の家の茶の間で行われていた。大島さんは、父が出かける前のひととき、書斎でランボオ談義をして、「ランボオはさぞつきあいにくい男だったろうね」と言った言葉が耳に残っていると書かれている。

そして、父ほどランボオに心酔し、生涯、その「謎」を追い続けた人はめずらしいが、その資質、人生において、ランボオとはほとんど相反していたと書いて、父自身が、「彼の詩風は私と正反対だが、私を惹きつけたのは、なによりもその生涯であり、人間像だった」と父の「あとがき」から引用しておられる。さらに一九四三（昭和十八）年の暮、茨城県の下館町に疎開した後でも、書斎で、父が大島つむぎを着て、ランボオの研究書に向かっていたのを見たと思い出を記しておられる。

父が戦争直後、当時雄鶏社におられた夏目裕さんの編集で出版した第四詩集『一握の玻璃』の中の何篇かの詩を読んで、イメージとイメージの不思議な出会いに、めまいがした、とまで書いておられ、また、父が風邪でベッドに臥せっていた時に見舞ったら、「からだじゅう霜柱だらけだよ」と言ったことなども心に残っておられたようだ。

大島さんとの思い出

さきに記したように、大島さんは「蠟人形」の編集のため、私の家の茶の間に、一九三五（昭和十）年から一九四三年まで毎日のように出勤されていた。それは私が十歳の、小学五年生の頃から中学を経て、旧制松本高等学校の二年生になった頃である。

私は詩人の家に育ったといっても、家庭内に芸術的な雰囲気があったとは言いがたい。ただ、父の書庫には和洋の文学書が山積しており、好きな本を読むことはできた。しかし、音楽、絵画などについては、六歳上の姉のベートーヴェンの田園交響曲などの少数のレコードや、古い世界美術全集がある程度であった。

母が私に強く望んでいたのは、病身の私が何とかして兵隊に行かないですむようにさせることだった。そのために私を理工系の大学に入れ、技術将校にさせたかった。そのおかげとは言いがたいが、私は子どもの頃から自然科学に興味を持ち、天文学者を夢見ていた。

そのような時期に、大島さんはまだ十四、五歳の中学生の私を、新交響楽団（ＮＨＫ交響楽団の前身）の定期演奏会や、何人かの画家の家に連れていってくださったりした。モーツァルトの四十一番のジュピターとか、バッハのブランデンブルグ五番の室内楽のレコードを薦められたのも彼であった。中央線の国立駅から、当時まだ武蔵野の面影が強かった自然の中の散歩のお伴をしたこともあり、新宿の月光荘に油絵の道具を買いに連れていってくださったのも大島さんだった。このように私が大島さんからいろいろと教えられるのを母がすべて受け入れていたのは、母が大島さんの並々ならぬ実力を父から聞いていたからだと思う。

当時、大島さんはご機嫌がよい時に、「ひとを殺したマクベスは眠られぬ」という多分シェークスピアの一節をくりかえし朗誦しておられたのが心に残っている。

また、召集令状が来て、友人が壮行会をしてくれた時に、靴で乾杯した話を聞いた。大島さんの詩の中にも、靴での乾杯という言葉が出ているから、おそらくフランスの詩人にでも倣《なら》ったものと思う。しかし、結核が残っていたので、即日帰郷になられた。

私は十七歳の時、旧制松本高校に進学した。松高には当時としてはまだ自由な雰囲気があり、山々に囲

山本蘭村氏と八束　1948年6月　摩周湖にて、カムイヌプリを背に

まれた自然の豊かさは、都会で育った私には新鮮であった。しかし高校二年のときに胃腸を病んで休学した。もともと信州出身の大島さんは、小諸におられた信州で著名な詩人だった龍野咲人氏や、戦争で体調を崩して除隊になり、帰国して軽井沢におられた、有島武郎の甥《おい》の画家、山本蘭村氏を紹介してくださった。私は龍野さんをしばしば訪ねて文学の話を聞いたり、下手な絵を描いて蘭村さんのところへ携えていったりした。実を言えば、戦後、蘭村さんに絵を習っていた少女が現在の私の家内紀子である。

　高校卒業も間近い頃、私は松本から松代の実家に帰っておられる大島さんをお訪ねしたことがある。帰途、当時は大変な貴重品であったリンゴをリュックにいっぱいいただいて帰った。奥様にはじめてお目にかかったのは、その時で、農家の嫁としてご両親のもとで暮らしておられて、さぞご苦労なことだろうと、帰途に思った記憶がある。

　大島さんはよく病気をされ、しばしば入院し、手術を受けることもあった。一九四〇（昭和十五）年、三十歳のときに、優れた詩論集『フランス近代詩の動向』を刊行された。すでに戦時的気風が強くなっていた折だけに、こんな本が出せるかしらという話があったが、私の父が「俺が責任を持つから」と言って刊行に踏み切らせたという話を最近はじめて知った。父が大島さんの語学力ばかりでなく、文学的な面でも高く評価していたことがよくわかる。

私は家内、紀子と結婚する前に、「子どもの頃から私の精神形成に大きな役割を果たしてくれた人」としての大島さんに一度会わせておきたいと思い、三鷹のお宅へ連れていった。冬の晴れた風の強い日で、下連雀のおうちの窓ががたがたゆれていた。多分一九五〇年だったと思う。

大島さんは厚着の上にテカテカのどてらを着てマフラーをし、ベレー帽をかぶって炬燵《こたつ》で仕事をしておられた。奥様は次男の秋光さんを負《おぶ》って、花の行商に出かけてお留守だった。炬燵にどうぞと言われて入ったが、火は消えていたようだった。

大島さんはアラゴンの詩のこと、フランスのレジスタンスのことなど熱っぽく話してくださった。それから父八十の「衣摺《きぬず》れと葉ずれと木と人と……」という詩の一節を引用して、「いいねえ！」と陶然としたように話しておられた。

そのとき、とんとんとんと音がして、絣《かすり》の綿入れの

「千曲川から飯綱山を望む」大島博光・画

着物を着た三歳くらいの男の子が奥から出てきた。顔の半分ほどもある大きな焼き芋をおいしそうにかじりながら、くりくりした可愛い目で大島さんと私たちを興味深そうに見ていた。それが朋光さんだった。
家内はこの訪問で非常に強い印象を受けて、「このような人の影響を受けて育った八束さんという人は、いったいどんな人なんだろうと思った」と後で言っていた。

私たちが結婚して数年後、表参道の同潤会アパートにいた頃のことである。長女の八峯《やお》が生まれて間もなかった。当時大島さんは奥さんにお弁当を作ってもらって、神宮球場に野球を見に行かれ、その帰りに私どもの宅にしばしば立ち寄られた。
ある日、私は留守だったが大島さんが来られた時、偶然、孫の顔を見に来ていた西條の母と久しぶりに出会った。母は大島さんと、戦前、西條の家で大島さんが「蠟人形」の編集をしていた頃の思い出を話し合っていた。その中で母が、「大島さん、あの時の娘さんのこと……」と言いかけたら、大島さんが顔を赤らめて、「奥さん、そのことは、もうかんべんしてくださいよ」と恥ずかしそうに答えたという話をあとで家内から聞いた。その日、母は歯医者に行った帰りで前歯が一本抜けていたが、母が一足先に帰ったあとで、「奥さまもお年を召されましたね」と感慨深そうに言っておられたそうである。

これも紀子から聞いたことだが、名古屋へ移って間もない一九五九年の秋、紀子が銀座の楡《にれ》の木画廊で個展をした。そこへ雨の中を大島さんがご夫妻お揃いで見にきてくださった。奥様は「雨でお客さんも少ないから思い切ってお店を閉めてきてしまったのよ」と言っておられ、そのあと、夕飯をご馳走《ちそう》してくださった。奥様は明るい方で、お店も順調にいっているようだった。「うちの店はジャルダン・デスポアール（希望の園）というのだけれど、私が留守の時は、主人が気難しい顔をして奥で店番をしていると、せっかくお花を買いにきた人が、みんな逃げ帰ってしまうのよ」と言われると、大島さんが笑って、「僕が店番をしていると、たちまちジャルダン・デゼスポアール（絶望の園）になってしまうんだよ」と言っておられたという。

また、その十数年後、たしか門田穣さんの一周忌の会に私が行けず、代わりに紀子が行って大島さんにお会いしたとき、「やっちゃんも、いいプロフェッサーになったねえ」と言われた後で、「彼も結構進歩的な思想の持ち主なんだね」と言われたので、紀子が「それは当然でしょう。だって大島さんの薫陶を受けて育ったのですもの」と答えたら、「ふふ薫陶ねえ！」とくすぐったそうな顔をされたという。

私は大学生の頃までは絵を描いていたが、本業の湖や海の研究が忙しくなるにつれて一切描かなくなった。しかし、定年後、ゆとりが出来てまた描くようになり、三年ごとに、神田すずらん通りの檜《ひのき》画廊で紀子と二人展をやるようになった。大島さんは、その都度、紅白のワインをさげて見に来てくださった。

一九八九年の二人展の時であった。初日の会場での小宴の際、大島さんがいつものように来てくださっていたが、つぎのようなハプニングがあった。愛知一区から共産党・革新共同の衆議院議員として出てお られた田中美智子さんも来られた。私が大島さんを紹介すると、「あーら、これがあの大島さん？　いやだわあ、私はもっと若いハンサムな詩人を想像していたのに」と言われた。すでに前歯が二本残っているだけの大島さんは、おおらかに笑っておられた。

大島さんは、大変筆まめな方で、いつもとてもいいお手紙をくださった。二〇〇一年、私が七十七歳になった時、半ば手作りで、私の画集『旅のスケッチ集』を作った。その巻頭に大島さんへの献辞を記し、巻末に何故私が自分の画集を大島さんに捧げたかを記した。

その画集への大島さんからのお礼状が手もとにあるが、私のメキシコのチチェン・イッツア遺跡でのスケッチには、ネルーダがユカタン半島を訪れた時のマヤ文明の夜明けを歌った詩を書き添えてくださり、ポルトガルで描いた「ムーア人の砦」のスケッチについては、大島さんがスペインを訪れた時に、アルハンブラ宮殿の背後に同様なムーア人の砦を見て、中世のイスラム教徒の雄叫びを感じた思い出を記してくださった。大島さんからのお便りは、いつもこのような豊かな内容で、おどるような素晴らしい文字を連ねておられた。

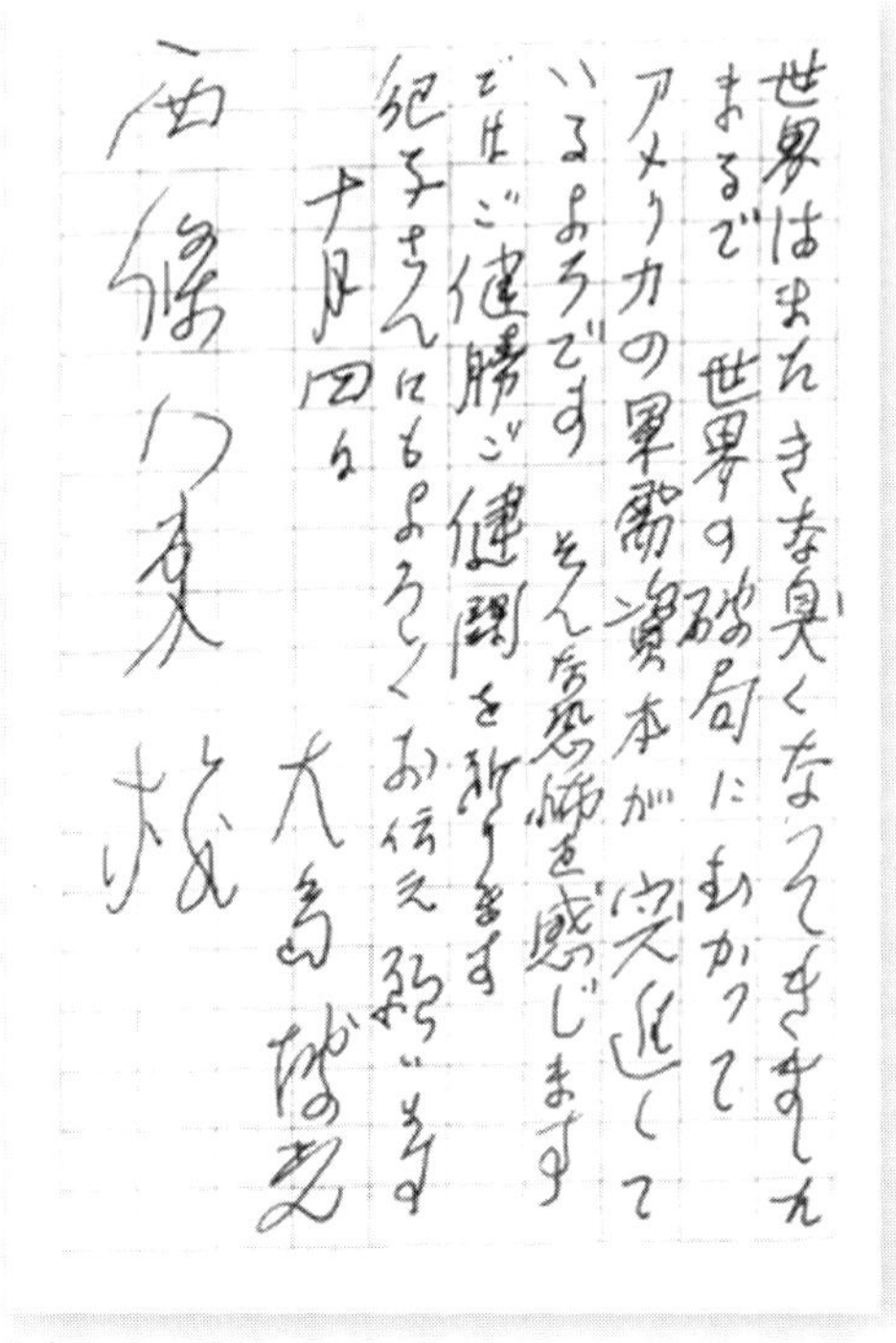
世界はまたきな臭くなってきましたね
まるで 世界を破局に向かって
アメリカの軍需資本が突進して
いるようです そんな恐怖を感じます
ただご健勝ご健闘を祈ります
紀子さんにもよろしくお伝え願います
十月四日 大島博光
西條八束 様

大島さんの手紙 2001 年

一九八五年に、大島さんが詩集『ひとを愛するものは』で多喜二・百合子賞を受賞された時の奥様の喜びは、どんなに大きかったかと思われる。そのお祝いの会には、今は亡き姉三井嫩子も元気で出席し、「大

大島博光夫妻　1985年頃

島さん、コミュニストのくせに奥さんを働かせておいて、お酒ばかり飲んでいてはだめじゃないの」などと、型破りなお祝いの言葉を述べるなど、なごやかで楽しい会であった。大島さんの奥様は、その頃すでにおみ足が不自由に見受けられたが、喜びに輝いておられた。

その翌年三月には、五五〇ページにおよぶ『大島博光全詩集』が刊行され、その頃までの大島さんの詩作の全貌をはじめて知ることができたが、その巻末に解説を書いておられる土井大助氏によれば、この本にまとめられた詩は、すべて奥様がたんねんに収集・整理されたものということである。

奥様が逝かれたあと

一九九三年の五月、私たちは久しぶりに三鷹のお宅へ伺った。奥様の自画像とか、別棟に住んでおられた次男の秋光さんの絵や、その奥様の美枝子さんの彫刻などを拝見した。

そのあと、井の頭公園の近くのレストランで夕食をご馳走していただいた。大島さんは当時、前歯が二本しか残っていなかったが、ステーキなど美味しそうに楽しんでおられた。

その時紀子が、父八十が晩年に紀子に、「俺はもう生きているんじゃないんだよ。ただ残っているだけなんだよ。芝居が終わって観客がみんな帰ってしまった舞台の上に、ひとりポツンと残っているだけなんだよ」とよく言っていた話をすると、大島さんは、何かとても感じ入った様子で「さすがに西條先生だ。今の僕も、まさにそうなんですよ」と言われた。奥様が他界されて間もない時期だっただけに、悪いことを言ってしまったと、紀子は後悔したそうだ。

大島さんのすべてを支えてこられた奥様を失われたことが、どんなに大きな打撃であったかは、想像にあまるものだ。一九九五年に刊行された『老いたるオルフェの歌』の中の奥様をたたえられた詩「きみはやってきた」に、よく示されている。

大島さんはその後も入退院をくりかえされながらも「パブロ・ネルーダ」をはじめ四冊の訳詩集を刊行されており、その精神力にただただ敬服するばかりである。

立川の病院で腸の手術をされた後、私たちがお見舞いに行ったら、思ったよりお元気で、手術の前に麻酔をかけられた時、「ああ、もうこれで逝けると思ったんだが、また帰ってきちゃったんだよ！」と明るく話しておられた。

最後にお目にかかったのは、武蔵野中央病院へお見舞いに行った昨年（二〇〇五年）二月二十三日のことであった。看護婦さんに言われて窓際のベッドのところにうかがった。しばらく目をつむっていたあと、目を開かれたので、「八束です」と言うと、はっきり私たちを認識された。私が「大島さんには本当にお世話になりましたね」と言うと、「お母さんが、やっちゃんのことは僕にまかせてくれたからね」と答えられた。しかし、まもなく目を閉じられ、そのあとの会話は続かなかった。

◆「詩人会議」二〇〇六年八月号掲載◆

VII 切抜帖は語る

——東京行進曲から平和行進曲まで

八十の歌謡曲、軍歌、手紙、座談会、新聞記事など折々の仕事の切り抜き帖は、そのまま時代を映す鏡となる。昭和十年代頃の年譜も添えた。

サーカス（曲馬団）の唄　西條八十

旅の燕《つばくら》　寂しかないか
おれもさみしい　サーカスぐらし
とんぼがへりで　今年もくれて
知らぬ他國の　花を見た

きのふ市場でちよいと見た娘
色は色白　すんなり腰《ごし》よ
鞭のふりよで　獅子さへなびく
可愛《かは》いあの娘《こ》はうす情《なさけ》

あの娘住む町　恋しい町を
遠くはなれて　テントで暮しや
月も冴えます　こゝろも冴える
馬の寝息で　ねむられぬ

朝は朝霧　夕《ゆふべ》は夜霧
泣いちやいけない　クラリオネット
ながれながれる　浮藻《うきも》の花は
明日《あす》も咲きましよ　あの町で

◆一九三三年（昭和八）年『全集』第八巻◆

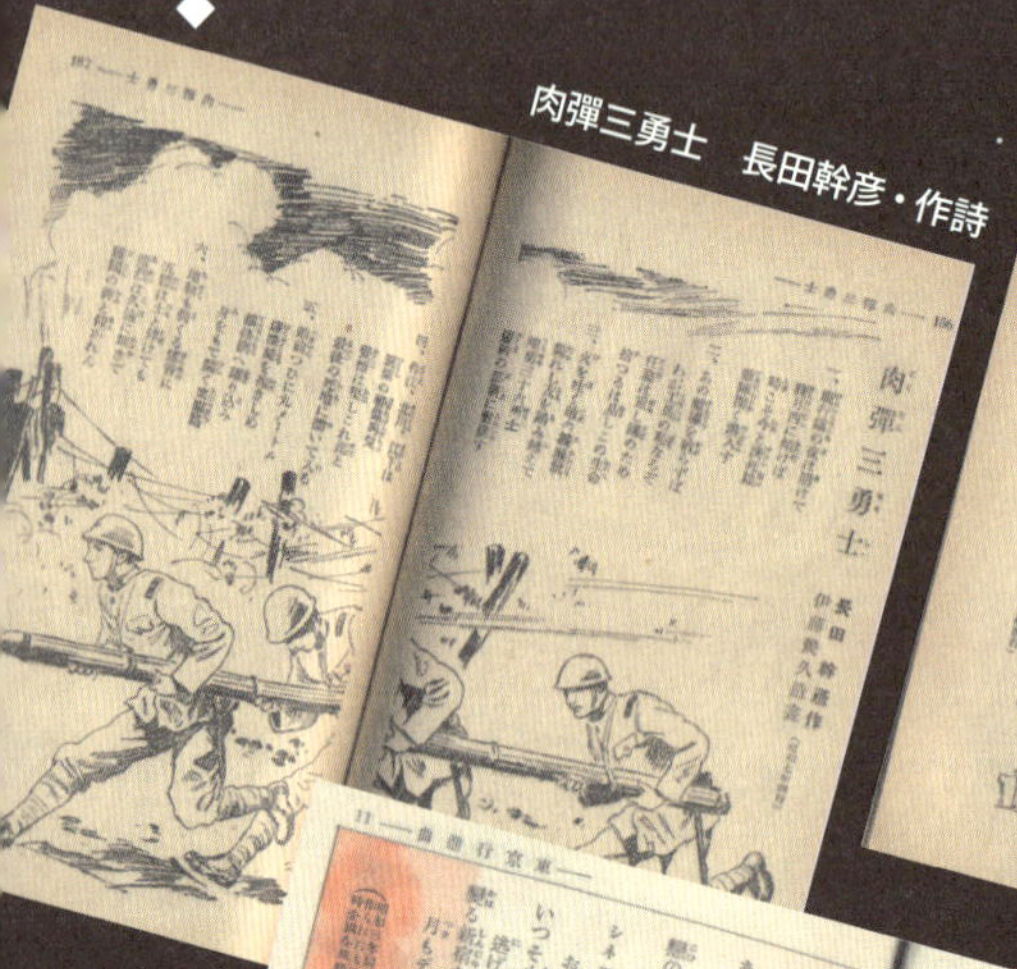

肉弾三勇士　長田幹彦・作詩

巴里《パリ》の屋根の下　西條八十・作詩

東京行進曲　西條八十・作詩

『明治・大正・昭和流行歌民謡全集』から（講談倶樂部、昭和９年８月號附録　大日本雄辨會講談社）

1928 昭和3年4月15日

1929 昭和4年5月10日

1930 昭和5年3月20日

1930 昭和5年2月1日

1930 昭和5年5月20日

1933 昭和8年5月10日

昭和十年の夏、ぼくは

西條八十

昭和十年の夏、ぼくはビクター蓄音機会社からコロムビア会社へと移った。想えばここで「東京行進曲」を振り出しに「女給の唄」「サムライ・ニッポン」「涙の渡り鳥」「天国に結ぶ恋」「ルンペン節」「銀座の柳」「大島おけさ」「パリの屋根の下」などいろいろな歌曲をいろいろな作曲家と結んで生んだものだった。（中略）

移り住んだコロムビア会社には、先年ぼくと結んで「サーカスの唄」のヒットを飛ばせた古賀政男君は居なかったが、「十九の春」を一緒につくった作曲家江口夜詩君が待っていた。翌十一年の初夏、江口君とぼくはコロムビア会社の好意で欧米の旅に出た。

アメリカの主要都市をめぐり、ロンドンに向う船の中に、二通の電報が来た。それは東京朝日新聞と読売新聞からで、二通とも、ベルリンで開催

横浜を出帆する秩父丸
桟橋の八束と嫩子

江口夜詩と欧米旅行へ出発、東京駅にて

される第十一回オリンピック大会に寄ってその観戦記事を書いてもらいたいという依頼だった。ぼくはさほどスポーツに興味が無いのでそれらは握りつぶしにすることにきめたが、船が、途中フランスのルアーヴル港に寄ると、ぼくはなつかしいパリを一刻も早く見たい衝動に駆られ、そこで江口君と別れて独り、パリへ直行してしまった。するとそこには、当時読売記者だった松尾邦之助君が待っていて、否応なく、ベルリン行きを承知させられてしまった。ベルリンには、やはり「読売」の宮崎光男君が大ぜいの部下をつれて駅頭に待機していて、(中略)ぼくをわざと英語もフランス語もわからぬ個人の家に監禁し、朝九時には自動車で迎えに来て、グルネワルドのスタディアムにつれてゆく。そして競技見物中に、ぼくに即興の歌を書かせる。そして、それをその日の夕刊に間に合うよう、電話と電報で日本へ送るのだった。

それが終ると、ぼくを夕飯にレストランへ連れて行って、グデングデンに酔わせ、宿まで送り、翌朝はまた早くたたき起すというやりかただった。おかげでぼくは開会式から、マラソン、棒高飛び、水上競技等あらゆる日本選手の活躍ぶりを、約十日間あくびの出るほど観戦させられたが、ほかへはさっぱり行けず、なんのために自費でベルリンへ来たのかわからなかった。

ただ、よかったことは、当時全盛のナチスの英雄を、ヒットラーからゲーリング、ゲッペルス、ヘスその他悉く目のあたり見たことだった。前畑嬢が水上競技で奮戦していた時など、ぼくはヘスと隣り合って見物していたものである。

一昨年、久しぶりにベルリンを訪れ、ぼくはグルネワルドのバンゼー湖畔で食事をとった。そして、当時のナチスの英雄連の中、今はただ一人も生き残っている者無きを思い、人間の栄光のむなしさに胸うたれた。その日、バンゼー湖上には、世界ヨット競技大会が催され、あらゆる国の旗が、仲むつまじく賑かに波上を彩りつつあった。(中略)

(左ページ)ベルリン・オリンピック観戦中の八十

コロムビアの専属となって間もなく日華事変が起り、世の中は次第に軍歌時代にはいって行った。レコード歌詞の検閲が行なわれ、感傷的なものは一切吹き込みが出来ないと言う不自由な時代になった。その中で、十三年の夏にぼくの書いた映画「愛染かつら」の主題歌「旅の夜風」「悲しき子守歌」などが百数十万枚を超えるヒットとなって、やっとぼくは新しいこの会社へ義理立てが出来たとほっとした。（中略）

日華事変中、ぼくは三たび従軍した。第一回は南京陥落の際に、第二回目は中支徳安戦線に、三回目は山田耕筰と漢口入城に従軍した。（中略）

日米戦争が深まり、東京に空襲が行われだすと、ぼくは茨城県の下館町に疎開し、しばらくそこから大学へ講義に通っていたが、やがてそれも絶えて、疎開地で終戦を迎えた。

◆『私の履歴書』／『全集』第十七巻、所収◆

父の年譜から

◆『西条八十著作目録・年譜』（一九七二年）より抜粋◆

1936

昭和十一年……四十四歳

二月二十六日、雪が降っていた二・二六事件の日、八十は府立第五高等女学校の門前まで嫩子を迎えに行き、タクシーで柏木の家へ送り届けた。長男八束は電車が不通になり、途中目白の友人宅で遊んでいたが無事帰ってきた。

コロムビアから派遣されて作曲家の江口夜詩とともに、六月十一日横浜出帆の秩父丸でアメリカに向った。音楽行脚《あんぎゃ》というよりも、実際は見物旅行であり、途中シャーリー・テンプルを訪ねたが会えず、日本人形を置いてきた。アメリカを駆足で巡歴し、「アキタニヤ号」でヨーロッパへ向う船中で、朝日、読売両社からベルリン・オリンピック特派記者の依頼電報を受け取った。

1937

昭和十二年……四十五歳

四月、長男八束東京府立第六中学校へ入学。七月七日に日華事変が勃発した。十二月十一日、読売新聞社の委嘱により南京総攻撃に従軍するため、早朝羽田を出発、空路福岡へ行き、長崎から長崎丸で翌朝上海へ向った。南京陥落と同時に単身上海から水雷艇に乗って揚子江を遡上し南京に到着、そして松井中支派遣軍最高司令官らの南京入城式を見た。この時の作詩「われ見たり入城式」。

妻への手紙

昭和十二年上海にて

封書【昭和十二年十二月十三日・NAGASAKI-MARU】
東京市淀橋区柏木三ノ三七七　西條晴子様
［裏面］長崎丸にて　西條八十

やつと船へ乗れた。いやもうえらいさわぎだ。黒山のやうなお客、水上署で検査をうけたり、税関へ行つて写真機の証明をもらつたり。船は満員で、東京の市会議員の連中も日々新聞の人たちもみんな三等だ。（中略）

市会議員の人たちは船でなんとかして南京へ行つてみたいといつてゐる。なにかにくつついて行けるだらう。

とにかく海軍へたのむつもりだ。

海はすこしあれてゐる。

なにしろ、昨日は一日空を飛んでから六時間の汽車、そのうへ二時半まで起きてゐたのですつかりくたびれた。船へ来るなり夕ぐれまでねちやつた。同室は三井物産の長崎支店長だ。（中略）

上海では自働車だけはどんなに金を出しても手に入らないさうだから、あつちこつち見物するのによつぽど金がかかるとおもふよ。（中略）

船は明日の午後三時か五時ごろ、上海へつくらしい。いま夕ぐれ六時十分、なかなか船がゆれてゐるのでうまくかけない。

イズミ君のきめたアスター・ホテルは暖房設備なしで、とてもさむくてねられないさうだ。もしさうだつたらすぐほかへひつこすつもりだ。

るすよろしくたのむ。

十二月十二日夕　　長崎丸　八十

晴子様

◆『全集』第十七巻、所収◆

〈ぼくは南京入城の前日、
あのむごたらしい大虐殺を目のあたり見て、
心にもう血の洗礼は受けていた。〉

◆「夜襲」、『我愛の記』／
全集第十七巻、所収◆

従軍時の写真箱から

封書【昭和十二年十二月十八日・NAGASAKI-MARU】
東京市淀橋区柏木三ノ三七七　西條晴子様
〔裏面〕上海、メトロポール・ホテル四百十号室　西條八十

晴子様

　アスター・ホテルは暖房がないので、この英国人のホテルにゐます。バスもあり豪奢な室で、とてもあたたかい。食事もなかなかよろしく帝国ホテルにまけない。たゞ着物が着物で、英国紳士やレディーの中にゐるのが、気がひける。背広でよかつた。でも、明夕南京入場式へ出かける。行きは軍艦で、かへりはひとつトラツクでかへらうとおもふ。寒さうで宿もないから、これから苦労のはじまりでせう。廿二日こちらを出る船をとりました。その前だと十八日だからダメ、どうしても南京往復四五日かかるでせう。なにもかも海軍でよくしてくれて、今日も重村大尉が案内して、戦跡の三分の二をめぐりました。そのほかはみんなテクテク歩くので、夜はすつかりヘタバつてゐる。ここは日本人町から遠いので、夜になるとキケンで外出できない。今夜三十分ほど歩いてみたが、こはくなつてもどつてきた。

郵便はアスターから廻してくれる。電報はとても高いのでうてない。この手紙十八日出帆の船が持つてゆくはづ。身体は気をつけてゐるが大丈夫。水などのめないのでホテルだしこまつてはゐるが。

　るす中よろしくたのみます。

十四日夜

八十

◆『全集』第十七巻、所収◆

燦《さん》たり！　南京《ナンキン》入城式

◆臨時増刊「支那事変一年史」／「話」文藝春秋社、一九三八（昭和十三）年七月◆

西條八十

下關《シャーカン》波止場に立ちて

僕等《ぼくら》の乗つた駆逐艦「H――」が南京の下關《シャーカン》埠頭《ふとう》に着いたのは深夜だつた。朝九時になつてやつと上陸が許された。

夙《はや》く起きた連中は、対岸に盛《さかん》な銃聲を聞き、遠く炎々と火の手の揚るのを見たといつた。

想ふに、晴れの入城式を前にして、昨夜《ゆふべ》は一夜《ひとよ》、街路の死體取片付けや、残敵の掃蕩《さうたう》で、兵隊さんたち徹宵《てつせう》忙《せは》しかつたらしい。

ランチで、まづ桟橋横付《さんばしよこづけ》の軍艦「A――」へ移された。

そこで色の白い温顔な艦長から、赤ラベルのジヨニーウオーカを御馳走になつた。

「おめでたい日ですから、まあ一杯」

艦長大佐の顔は誰かに似てゐる。

やつと思ひだした。十年ほど以前《まへ》僕の家《うち》にゐて、その後直木三十五の家で自殺した松竹の女優人見ゆかり。あの娘《こ》のお父さんにソツクリなのだ。

そんなことを考へて、グラスを傾けながら僕は船窓から朝の長江《ちやうかう》を見てゐた。ひろい河筋、隅田川ぐらゐ濁つてゐるが、浮いてる死骸など見えない。

でも、膩《あぶら》らしいものがキラキラ一面に光つてゐて、見馴れない黒い水鳥が、艦《ふね》近く、浮いたり沈んだりしてゐる。

艦から板橋を傳《つた》はつて上陸した。

人つ子一人居ない波止場。改札口を出ると、広場にはただ数台の消防自動車が置いてあるだ

け、むかふに兵隊さんが二三十人、休んでゐた。

天氣はすばらしく佳《い》い。

もう日がカンカン照つてゐる。

「いつたい、こんなガランとした靜けさの中に、入城式を、ほんとに始めるのかな」

そんな氣がする。

なんにしても、一刻も早く今日の式場へ行きたいので、艦に交渉して、やつと消防自動車へ乗せて行つて貰ふことにした。

乗込むとなつたら、運転手の兵隊さん、どこからか薔薇の花模様のついた素晴しく華麗なレースの布を持つて来て、ゴシゴシそこら拭掃除《ふきさうじ》をはじめた。

「勿體《もつたい》ないですな、そんな布《きれ》で」

「なあに蔣介石の賜《たまは》り物ですよ」

兵隊さん、ニヤリと笑ふ。

このとき讀賣紙の村田東亞部長が、遅ればせに、社の自動車で僕を迎へに来てくれた。

だが、結局、氏も、消防組に加入することになつて、みんな横坐り、電線の燕《つばめ》よろしくの恰《かつ》好《こう》で出發。

出かける途端に見ると波止場の筋向ふに、高い板塀があつた。その中は、支那兵の死體の山。

「そろそろ始まつたな」と思ふ。

入城式光景

まつしぐらに走つてゆく、幅《はゞ》広《ひろ》い中山北路《ちうざんほくろ》。ポプラの並木路《みち》閲兵式に列する軍隊が續々行進してゆく。最初に潜《くゞ》つたのは宏大で暗鬱な把江門《はかうもん》。

驚くほど厚い鉄の扉の蔭に、一河岸の米蔵の俵を寄せ集めたほど積上げられた敵の土嚢《どなう》。

このあたりから、往来に土民《どみん》服《ふく》を着た支那兵の死體やら、軍馬の屍《しかばね》が、夥《おびたゞ》しく見えはじめた。

人住まぬ英國領事館、鉄道局、金陵大学、軍政部などが、ポンペイの廃墟《はいきよ》のやうに棟を並べてゐて、辻々には枯芝でカモフラージユした土窟《どくつ》。「公共防空濠」と大書してある。

「覗いてみたいな」

と、車の上でいふと、

「およしなさい。今は避難民の共同便所ばかりだから」

と、兵隊さんに叱られた。

中山飯店と名残りの看板だけ出てゐる、大きな料理店の隣に、讀賣新聞の従軍陣所が在つた。僕は今日の印象記を同紙に書いて送る打合せがあるので、そこで車を下りた。

（中略）

見かけだけ立派な洋館に、古《ふる》馴染《なじみ》の眞柄《まがら》写眞部長はじめ、若い記者連、いづれも髭蓬々《ひげぼうぼう》、山賊のやうな恰好《かつこう》で、前庭で焚火をしてゐた。

番茶を御馳走になるが、どうも昨日までのチヤンチヤンバラバラの埃《ほこり》が入つてゐるやうな氣がして喉《のど》に通らない。鉢に盛つたアンコなど親切に持つて来てくれるが、どうも手が出ない。

「今夜はここへお泊りなさい」

と、言つてくれるが、前庭の隅々を見ると、尾籠《びろう》な話だが、人糞だらけ。

神経質な僕にはとても我慢《がまん》出来さうもない。

早いところ、入城式前に、要処要処を見物してしまはうと考へて、早速《さつそく》自動車を飛ばせて貰つた。

光華門、通濟門、大校飛行場など、皇軍勇戰の生々しい戰跡を廻つて戻ると、すでに午後一時近く、中山門より國民政府に續く三キロの大道《だいどう》の両側は将兵の輝《かがや》かしい堵列《とれつ》だ。

北側に上海派遣軍の勇士、南側に杭州湾上陸部隊の猛者《もさ》。

破れ裂けた戰闘帽。

眼ばかり光つてゐる。汗と日焼《ひや》けの眞黒な顔。そのうへに翩翻《へんぽん》とひるがへる日章旗の鮮《あざや》かさ。——變な形容だが、黝《くろ》い岩根のうへを舞ふ朱の胡蝶《こてふ》とも言へるだらうか。

第一番に朝香宮《あさかのみや》殿下の御召《おめし》自動車。次に松井最高指揮官と杭州湾上陸の柳川部隊長の自動車が、中山門下《ちうざんもんか》に到着した。

一時半。嚠喨《りうれう》たる喇叭《らつぱ》の響とともに、歴史的入城式が始つた。

頭右《かしら》！の号令も高らか、全将士捧銃《さゝげつゝ》の中を、松井最高指揮官を先頭に朝香宮殿下、柳川部隊長、つゞく各幕僚《かくばくれう》の堂々たる騎乗の姿。搖れながら遠くなる、その影、影、影。捧げた銃の蔭から、ふり仰ぐ兵の瞳は、言ひ合せたやうにみんな涙で濡れて

國民政府前にて

ゐる。手がブルブル昂奮《かうふん》でふるへてゐる。

（中略）

中山門から、今度は國民政府へと急ぐ。

國民政府

巨《おほ》きな石造の國民政府の門前には、あの午後、五六十人も非戰闘員の日本人が居たらうか。どうも記憶がはつきりしない。もつと居たのかも知れない。

なにしろ、自動車から下されて、その群の中に立つと僕はさつそく、入城式の印象詩を書かなければならなかつた。まはりにどんな人間が居るのやら、正直眼《め》を配る暇《いとま》もなかつた。

僕の手には鉛筆と、それから、さつき讀賣支部で貰つてきた、支那紙《しなし》の書翰箋《しよかんせん》がある。詩稿は三時半に大校飛行場から福岡目がけて飛ぶ飛行機に、是非乗せなければならないのだ。

皮の上衣《うはぎ》を着て、ゴルフ・パンツを穿《は》いて、重い軍用靴をぶら下げて立つた儘《まゝ》、人込みの中で書くのだ。

時計を見ると、もう直《す》ぐ二時だ。

「もすこし退《さが》つて下さい」

夢中で、鉛筆を舐《な》めてる耳もとで、兵隊さんが吐鳴《どな》る。

閲兵の行列が、いよいよ門前へやつて来た。誰も彼も夢中で吐鳴《どな》りだした。バンザイ！ バンザイ！

僕は、子供のとき、東郷さんや乃木さんの肖像を見たやうな氣持で馬上に反身《そりみ》になつてゐる松井石根将軍の矮軀《わいく》を仰いだ。長髯《ちやうぜん》のピンとして、輪郭のハツキリした仙人のやうな顔！

はるばる長江を遡《さかのぼ》つて、この異郷に歴史的モメントの将軍の顔を親しく眺める。一切が夢のやうな氣がした。

陸軍の閲兵行列が、門内に入つてしまつたとき、下關《シャークワン》から僕らと同じ道を通つて進み来《きた》つた長谷川司令長官はじめ海軍陸戦隊将士の行列が、清新な海の匂《かほり》を齎《もたら》して堂々、門内へ入つた。

そとにゐた僕等も、國民政府門内へ記念すべき第一歩を印《いん》しようとして、それに續いて入る。

と、このとき、正門の、「國民

政府」と大きく金文字で刻された眞上の、センター・ポールに、とてつもない大きな日章旗がスルスルと掲《か》げられはじめた。

詩箋に筆走りて

無量の感慨で、シーンと鳴りを鎭《しづ》めてみんながそれを見まもる。絡《から》んだり、弛《たる》んだり、それが広い門内に完全に揚るまで、かなり暇《ひま》どつた。でも、囁《さゝや》きひとつ起らない。みんなの眼は、心はこの世の一切を忘れて、たゞ一つその紅《あか》い丸につけられたやうだ。

やつと揚つた。翩飜《へんぽん》とひらめいた。

とたんに、裂帛《れつぱく》のやうな萬歳《ばんざい》の聲《こゑ》が、大きく大きく轟《とゞろ》いた。

つゞいて軍樂隊の「君ケ代」が、怒濤のやうな壮快さをもつて湧き起つた。晴れ渡つた青空。孫文の眞白な廟のあるはるかな紫《し》金山《きんざん》はじめ、つゞく尾根尾根、——空を翔けてゐる鵲《かさゝぎ》、すべてのものが、いまこの光栄の旗を見まもる。

僕はいつのまにか涙の一滴が頬を傳つてゐるのを感じた。鉛筆をとりあげて、すでに書き終へてゐた「入城式を見たり」の詩のあとに、めちやめちやに咄《とつ》嗟《さ》の感激を書きつけた。

誰も歌はず、もの言はず
太い金文字、石の壁
國民政府の城門に
颯《さつ》と揚《あが》つた日章旗。

空に満ちてる　銀の翼《はね》、
地に湧く湧く　歡聲《くわんせい》の
すべてが消えて　青い空、
わたしは　ひかる紅一點
その血の色を眺めてた。

ああこの刹那の感激を
求めて遙々《はるばる》　旅をした
疲れたわたしの全身に
赤く灼《や》きつくそのひかり。

このとき、「もう間に合はなくなります」

と、背後《うしろ》で太い聲がした。さうして、村田讀賣記者の大きい掌《てのひら》が奪ふやうにわたしの持つた詩箋を取上げて行つてしまつた。

西條八十訳「ガリバア旅行記」掲載の「世界お伽噺《トギバナシ》」表紙と裏表紙（上）と本文（下）
大日本雄辯會講談社、1938（昭和 13）年元旦発行

1938

昭和十三年……四十六歳

八月、松竹映画「愛染かつら」の主題歌を発表。検閲が厳しく、「泣く」、「涙」、「別れ」など個人的感傷はご法度であったが、内務省の小川欣五郎検閲官も「柳が泣く」のならよかろうと許可したが、「おとこ柳がなに泣くものか」(「旅の夜風」)がヒットした。

九月、陸軍の要請により音楽部隊の隊長として中支戦線に従軍することになった。隊員は深井史郎、古関裕而、飯田信夫、佐伯孝夫らであった。上海から揚子江を遡上し南京入りをしたが、そこで林芙美子、佐藤惣之助らに会った。再び揚子江を遡上し一週間かかって九江に着き、ここで久米正雄を団長とする文士部隊に会い、岸田国士、富沢有為男、深田久弥などと合宿した。

この年の歌謡のおもなもののうち「旅の夜風」は映画「愛染かつら」の主題歌で、渡辺はま子の「支那の夜」とともに、百数十万枚を超える大ヒット曲となった。

五月、『少年愛国詩集』を講談社より出版した。

西條八十著「少年愛國詩集」
大日本雄辯會講談社、
1938(昭和 13)年
装幀・恩地孝四郎

上海の珍客～三たび南京へ

西條八十

なかなか漢口陥落は実現しなかった。そのうちにぼくのいるアスター・ホテルに珍客が二人現われた。一人は山田耕筰。一人は藤田嗣治。音楽界と画壇の両雄だ。

山田さんは、陸軍少尉の軍服にぴかぴかした星の肩章をつけ、サーベルをぶらさげていた。将校待遇で、これから漢口へ入城するのだと威張っていた。藤田さんはしょうしゃな背広で、やはり軍から頼まれて戦場のスケッチに行くところだった。いまはフランスに帰化し、パリでゆうゆうとしているツグジ・フジタ。この人とは古馴染《ふるなじみ》だ。（中略）

山田さんに到っては、大正三年、彼がふさふさとした長髪をなびかせ、アポロにまごう美男子で、初めてドイツからもどったとき、ぼくらが「山田アーベント」を催したころからの知己だ。ただぼくの年齢が若過ぎたのと、そのころ酒が全然飲めないために、ぼくはこのすぐれた作曲家を北原白秋にとられてしまった。（中略）

ぼくは漢口陥落を待ち待ち、山田耕筰、藤田嗣治両先輩と上海のホテルで暮らしたが、こんなおもしろい経験はめったになかった。なにしろ、世界をまたに掛け、芸道、色道、両道とも蘊奥《うんのう》を極めた先輩である。つれづれの猥談にしても、スケールが大きく、あか抜けがして、十分速記に値するものがあった。

藤田画伯は、ときどき、どうやって連れてくるのか、ホテルにこの都のすばらしいダンサー連を連れ込んできた。日本人だが、その中の、忘れもしない「碧翠」と名のる長身で明眸《めいぼう》のミス・ユニバース的美人がいた。それをひざにのせたり、なでまわしたりして、画伯が遊んでいる光景は、露骨であって淫猥でなく、甘美の中に上品な機知があって、われら後輩の十分教えられるものがあった。

藤田画伯のからだが刺青《いれずみ》だらけで、中でも、右手の手首に、あざやかな腕時計の刺青のあること

ふらんす祭の控え室にて　左から堀口大學、藤田夫人、八十、ひとりおいて柳沢健、藤田嗣治
1934（昭和９）年２月、朝日講堂

までを知っているのはこの交遊の賜物《たまもの》だった。

だが、そのうちに、藤田画伯はこつぜんいずれかの戦線へ去り、ぼくと山田さんは、漢口陥落の日が目睫に迫っていることをしらされた。ぼくはいよいよ三度目の南京へ向かうことになった。（中略）

いよいよ出発となり上海の町から郊外の空港へ単身いくとなると、これは相当気味わるかった。夕ぐれの高梁《こうりゃん》がぼうぼうと果てなくしげる人気ない草原を、ぼくは人相のわるい中国人の運転手の車でたったひとりでいくのである。相手はもともと敵国の人間、一たん気が変われば、どんなことをやるかもしれぬ。そこで、万一を覚悟して、こっちは用意の短銃の安全装置をはずし、ひそかに銃口をその背にむけている始末。空港の灯がちらちら見えるようになってから、はじめてホッとするのだった。それでも、ぼくは無事、南京につき、翌日漢口行きの船に乗ることになった。

◆『我愛の記』／『全集』第十七巻、所収◆

1939

昭和十四年……四十七歳

九月初旬、講談社が「出征兵士を送る歌」募集の際、選者を委嘱された。

十一月二十二日から月末にかけて九州から関西方面への旅をした。これは紀元二千六百年を前に、神武天皇ゆかりの宮崎神宮、霧島山、高千穂峡、美々津港などの聖跡をめぐり、帰途大阪に立ち寄り、そこから畝傍御陵、橿原神宮などを巡礼する旅であった。紀元二千六百年奉讃の詩を作るためであった。

この頃、刊行物の用紙統制も厳しくなり、印刷費は三度目の値上げで「蠟人形」の刊行も窮屈になり、頁《ページ》も薄くなった。

前年の「愛染かつら」ブームで、その第二部「愛染夜曲」(四月)、第三部「愛染草紙」(十月)も大ヒットした。

1940

昭和十五年……四十八歳

三月二十三日夕刻五時から、詩人懇話会主催、「蠟人形」ら七団体協賛で「日本詩の夕」が丸の内の産業組合中央会の講堂で開かれ、八十は北原白秋、萩原朔太郎、高村光太郎らと講演した。

八月から九月にかけて日光に滞在し、ランボーの研究をした。九月三日、日光でも防空演習が始まった。

この年の歌謡のおもなものは、「誰か故郷を想はざる」、「蘇州夜曲」などである。

1941

昭和十六年……四十九歳

三月に『詩の生れるまで』を同盟出版社より刊行した。この頃のある日、小泉八雲の長男一雄から、十二宮を彫った六角の金の指輪を譲り受け、八十は死ぬまで指にはめていた。

読売新聞社の依頼により、一億総決意の歌を作詞したが、それを同社制定国民総決意の歌「そうだその意気」(古賀政男作曲)として、五月十日その発表会を後楽園球場で開催した。

五月二十六日、前年十二月大政翼賛会主催の「文学者愛国大会」に端を発した日本文学報国会が結成され、八十は推されて詩部会の幹事長になった。

十二月八日太平洋戦争に突入。国をあげての戦時体制が強化された。

この年、孫の紘子(ひろこ・嫩子長女)生まれる。八十の命名である。

「報道挺身隊の歌」
新興音樂出版社、1939(昭和14)年

山田耕筰

西條八十

前列中央は八十、その右が山田耕筰。揚子江上で軍楽隊を聞く

かってこの人と中国の大河をさかのぼったことがある。砲火を浴びながらの一週間の船旅だった。わたしたちは小さな御用船の船室に共寝していた。港へ寄る毎に、たれが持って来るのか、どうして手に入れるのか、山田氏は大量のビールを幾箱となく輸入した。そして入れ代り立ち代り客を迎えいれ、痛飲また痛飲、その間談論風発して飽《あ》きることなく、ベッドにはいるのは早くて暁の二時だった。それでいてわたしが目を覚ますころは、はやくももうデッキを歩いているのだった。おかげで同室のわたしは毎日ひどい睡眠不足に悩んだ。ところが幸いに、この船の機関長は、わたしの中学校の後輩だった。一夜、ボーイが迎えに来たので、機関長の部屋へ行くと、かれのベッドはわたしに譲るべく、寝具をすっかり用意されていた。その機関長のいわく、

「山田さんは人間じゃありませんよ。あれはバケモノですよ。あの人といたらむこうへ着くまでに死んでしまいますよ。」

× ×

こうしたこの人の超人的な精力をわたしは若い日から見て来た。大正三年の春と記憶する。当時三木露風、柳沢健氏などを中心にしたわたしたち若い詩人の結社「未来社」が、新帰朝の氏を囲んで一夕「山田アーベント」を催したとき、企画者側の貧乏なのを知っている氏は、たった独りきりであの特色あるバスで、ヨーロッパの新しき、また古典の歌曲をぶっ通し歌いまくって、すこしも疲れを見せなかったものだ。それからこの人の、何をやらせてもスカッとして、大きく図々しく、ドラマティックなところがわたしは好きだ。日本人離《ばな》れしたいい男だが、ちっとも、いや味が無い。あの房々とした頭髪がハゲてきたら、未練らしくすだれになんかにして並べなかった。すぐクリクリ坊主《ぼうず》になって、はげをツバキ油できれいにみがくことを始めた。「いい度胸だな」と当時わたしは感心した。

× ×

音楽のことはよく分らないが、いつか「夜明け前」を見たとき、リリックのメロディストとしての山田氏はすでに過去の人であり、この歌劇がその作品の集成だと感じた。もっと振幅の大きな仕事が氏の未来だと思った。

× ×

山田氏が亡き北原白秋と二人で民謡を作りに群馬のある市へ行って宿屋に泊まったときそこの番頭、女中があまりにもていちょういんぎんを極めるので、怪《あや》しんでたずねたら、山田コーシャク（耕筰）と北原ハクシャク（白秋）だと聞き違えていたという笑話がある。わたしはこれを山田さんからも白秋からも聴いた。二人ともフウサイも仕事も堂々として、それでよく動く役者だった。白秋は惜しくもはやく故人になったが、山田さんにはこの作曲五十年祭を契機に、山田さんらしいスケールの大きい仕事を完成してもらいたいと思う。＝似顔は山田耕筰氏

◆「朝日新聞」一九五〇年十月八日◆

清水崑・画（「朝日新聞」1950年10月8日紙面より転載）

新体制下に於ける音楽人の心

「新體制下に於ける音樂人の心構へについて」座談會

◆國民音樂雑誌「歌の花籠《はなかご》」、新興音樂出版社、一九四一（昭和十六）年三月号より　抜粋◆

御出席者御芳名（五十音順）

大政翼賛會文化部　岩井義郎殿
日本放送協會業務局音樂部主事　大塚正則殿
東京女子高等師範學校助教授　奥田良三殿
貴族院議員　子爵　京極高鋭殿
國民詩協會理事長　久保田宵二殿
早稲田大學教授　西條八十殿
詩曲協盟理事長　佐藤惣之助殿
滿洲國政府囑託　佐和輝禧殿
詩謡懇談會々長　高橋掬太郎殿
大政翼賛會組織局青年部副部長　留岡清男殿
日本音盤藝術協會理事長　中山晋平殿
日本レコード作家協會理事長　藤田まさと殿
情報局第五部第三課　宮澤縦一殿
東京ハーモニカ協會會長　宮田東峰殿
滿洲移住協會弘報部長　男爵　山名義鶴殿
詩曲聯盟理事長　江口夜詩殿
本社側　社主　草野貞二

右より佐和輝禧氏、山名義鶴氏、
久保田宵二氏、中山晋平氏

右より西條八十氏、岩井義郎氏、
宮澤縦一氏、大塚正則氏

構へについて〃座談會

午後四時半陸軍省の武田中尉殿から大臣官房の會議が長びいてどうしても出席出来ない、とお電話がある。残念であるが國事多端の折から止むを得ない。いづれ又御高説を拝聴する機會もあらう事を讀者と共にお待ちしやう。

宮田東峰殿が御見えになり海軍省の上田中佐殿が講演に出てゐられどうしても出席出来なくなつた、旨御電話のあつた事をおしらせ下さる。軍の方が御二人とも見えられないことは今夕の最も残念な事であつた。然し以上の様な大家諸氏がお集りになられる座談會と云ふものはそうざらにあるものでない。それは畢竟するに國力の浮沈興亡と云ふものは一に國民総力に預ること大なるものであるから、國民全體の教養と云ふことが、極めて大切であることをお考へになられ本誌の讀者達の一人一人にも國民としての責任を御期待下される諸大家の親心の賜《たまもの》と感謝に堪えない。

國民音樂雑誌　歌の花籠裏表紙「新體制家庭音頭」広告

社主　それでは一寸《ちよつと》御挨拶申上げます。本日は寔に御多忙のところを萬障御繰合せの上當座談會に御出席下さいまして、殊に時局下第一線に於て國家の御為《おんた》めに御盡瘁の諸先生各位が貴い御時間をお割き下さいまして『新體制下に於《お》ける音樂人の心構へ』と云ふ様なわかつた様でゐて確りとわかつてゐない國民の心の置き場所の根本問題について御話を拝聴出来ますことは獨《ひと》り主催者のみの欣《よろこ》びでなく一般音樂愛好家に取りましてもこの上もない慶びと茲《ここ》に厚く御禮申上げる次第でございます。

新らしい體制下に於《お》きましては一億同胞が心を一にして國策に協力邁進せねばならぬと云ふことは今更申上げる迄もございませんが、それでは音樂人が其《その》職域に於て御奉公申上げ、もつともよりよい臣道を實践致しまするにはどんな心構へが必要であるか、（後略）

西條氏　私も懸念するのであるが我々の作品はだんだんこの発表が不自由になりまして、或《ある》官憲の許しを得なければ発表が出来ないやうな形になつて来てゐる。これは勿論《もちろん》或意味で結構なことでありますが、果《はた》して上に立つ官憲の人達が我々の仕事を充分理解して呉《く》れるか何《ど》うかと云《い》ふことが非常に氣遣《きづか》ひなんであります。勿論歌に指導的精神を持たせることはこの時局下に於《おい》て非常に必要なことでありますが露骨な指導的精神を持つた歌丈《だ》けで、民衆が満足するか何《ど》うか、これには然《しか》るべき潤《うるほ》ひを與《あた》へなければ恐らく民衆はこれを受けつけて呉《く》れまい。それでは結局何にもならない。いゝ歌が出来ても其《その》指導精神を理解して呉《く》れる、つまり歌詩が甘味を添へてゐるその潤ひまでも理解して呉れる人が数多くあつて欲しいと思ふのであります。これがなければ結局歌と云ふものは規則書みたいな無味乾燥なものになるのでありまして、これは作曲の方でもいつか内務省の座談會の時に何《ど》うも日本の歌の作曲は廃《はい》頽《たい》的でいかんとの一般の批評があると云ふことを小川さんがなさつたのでありますが、廃頽的なメロデーと云ふものは日本人が、古来からの好きなメロデーで、さう云ふことは西洋音樂にかぶれた人が仰《おつしや》有られることではないかと考へたことがあります。さう云ふ點でもう少し歌詩の検閲と云ひますか、選擇と申しますかさう云ふ人の中に我々の氣持をよく理解して呉《く》れる人が餘《よ》計《けい》居て呉れなければ、日本の文化は向上しないと思ふのであります。私の知つてゐる限りでは、レコード關係の歌詩の製作に従事してゐる人でも、この時代に廃頽的な歌を書かうと思つてゐる人は一人もないと思ふのであります。さう云ふ氣持を御酌《おく》み下さつてもつと廣い意味で我々の仕事を見て頂いたらいゝ御奉公が出来る。いゝ歌が出来るのではないかと思ふのであります。(後略)

お話しの中にも關係があるので、當日各先生方の前に御覧に入れた本誌編輯上の目標と云つたものを次に掲げて讀者の御参考に供することとする。

國民音樂雑誌『歌の花籠』の編輯目標

一、日本國民の情操陶冶と音樂愛好者の教養を主眼として音樂界のみの獨善に陥らず汎く各方面に高教を仰ぎ新しき時代の國民音樂雑誌たるべきこと
二、健全なる國民娯樂機關として高尚なる趣味の涵養に努むべきこと
三、健全なる民衆音樂の提供機關たるべきこと
四、音樂界の向上と進歩に貢献し國民音樂施設に協力すべきこと
五、日本音樂の古典を尋ね新しき日本音樂の建設に努め眞個の日本音樂文化建設の礎石たるべきこと
六、民衆音樂の向上浄化に努力し健全なる國民の文化生活を樹立すべきこと
七、高度國防國家経営の為になさるべき文化擴充の面を强調すべきこと
八、世界の状勢と祖國の進運を観取し最も新しく最も正しき大衆の音樂雑誌としての態度を厳守しつつ一億一心、祖國の大政に翼賛し奉るべきこと

以上

1942

昭和十七年……五十歳

二月二十八日夜、蠟人形社主催、大政翼賛会後援の「愛国詩の夕」が日本青年館で開かれた。

三月末、八束松本高等学校理科乙類に入学。

九月、日比谷公会堂での、航空記念日の記念講演会に出席、自作の詩「空の軍神」を朗読。

十月二十七日、大東亜文学者大会が開催され、詩「大東亜の友を迎へて」を朗読した。

十二月、日本文学報国会詩部会の第一回総会が赤坂三会堂で開催され、幹事長としての挨拶をし、自作の「宣誓詩」を朗読した。

この年、歌謡のおもなものは「湖畔の乙女」である。

「飛行日本」大日本飛行協会

1943

昭和十八年……五十一歳

早大の講義科目は前年どおりであった。戦地へ赴《おもむ》く学生は次第に多くなり、教室は次第に淋しくなった。

六月、東宝映画が、海軍飛行予科練習生の生活をテーマとした「決戦の大空」を製作することになり、その主題歌を依頼され、現地視察のため同社の渡辺邦男監督、作曲者の古関裕而らとともに霞ヶ浦へ出張し一泊した。この時に作詞したのが「若鷲の歌」である。

同じ頃、「大航空の歌」を作詞するため、京極高鋭子爵と所沢の陸軍飛行場を訪れた。

十月二十一日に、あの悲壮な学徒出陣の壮行会が明治神宮で挙行され、八十は早大文学部教務主任としてそれに出席した。

用紙制限で薄くなった「蠟人形」の

下館の家で　八十と晴子

十一月号に詩「学窓よさらば」を、十二月号には詩「学徒出陣におくる」を発表した。

一月、『詩集銃後』を交蘭社より出版。

1944

昭和十九年……五十二歳

三月に早大文学部教務主任を辞した。四月からは週に二日だけ大学に出勤してフランス詩の講義を行なった。

一月二十六日に柏木町三丁目三七七番地の自邸を十八万円で売却して茨城県下館町の間々田元吉所有の別荘に疎開した。

この頃、八十夫妻は東京と下館を往復し、当初は両方で寝泊りしていた。やがて義弟三村一もここへ疎開してきて、近所に住むようになった。

下館の家は近くの飛行場の兵隊達のクラブのようになり彼らは常時出入りしていた。

土浦海軍航空隊にて　1943（昭和 18）年 6 月　左から古《こ》関《せき》裕《ゆう》而《じ》、一人おいて八十

「新聞と戦争——イベントは過熱する」より

生涯に五千曲書いたといわれる作曲家古関裕而《こせきゆうじ》にとって、二度と聴きたくない曲があった。太平洋戦争後半期の「比島決戦の歌」だ。

一九四四年秋、米軍はレイテ島に上陸、フィリピンが主戦場になる可能性が高まった。読売新聞は日本放送協会と共同で新作の戦時歌謡を西条《さいじょう》八十《やそ》（詞）と古関（曲）に依頼した。

詞ができて、軍関係者らとの打ち合わせの席でのこと。ある将校は、日露戦争時の歌「水師営の会見」には敵将ステッセルの名が入っている、この際、敵のニミッツとマッカーサーの名を入れてくれ、と強硬に主張した。

抵抗する西条は押し切られ、「いざ来いニミッツ、マッカーサー　出て来りゃ地獄へ逆落とし」という、すさまじい歌詞になった。（古関の自伝『鐘よ　鳴り響け』など）

戦争が終わって、そのマッカーサーが連合国軍総司令官として日本にやって来た。西条の弟子の作詞家丘灯至夫《おかとしお》（90）によると、西条は戦犯として追及されるのを覚悟していた。古関も一時、郷里の福島の山の温泉に、隠れるように暮らしていた。だが結局、杞憂《きゆう》におわった。

戦後かなりたって、この曲をテレビの軍歌番組で取り上げたいと頼まれた古関は、これだけはやめてほしいと断わった。古関没後、新たに録音され、今はCDで聞けるが、その音楽はおどろおどろしい詞とは無縁の、軽快でテンポのいい曲だ。

◆「朝日新聞」二〇〇七年六月十四日夕刊◆

1945

昭和二十年……五十三歳

戦局は悪化の一途をたどり、大学に学生の姿はなく、ほとんどが戦地へ、あるいは軍需産業へ動員された。大学の教職員は空襲に備えての警備員の如きものになった。

四月十三日の空襲で東京の事務所にしていた牛込納戸町の嫩子の家が焼失した。ちょうど東大理学部に入ったばかりの長男八束は焼けだされ、下館に帰ってきた。

五月には、女婿の両親の住む大森久ヶ原の邸宅も全焼した。

七月に入って、かねて懇意にしていた海軍艦政本部第四課長だった堀江大佐が、新任地の広島から作詞の依頼をしてきた。そこで八十は古関裕而を誘って広島まで出かけるつもりでいた。ところが八十は悪性の夏カゼに罹り、四、五日病臥しているうちに、広島に原爆投下の大惨事があり、堀江大佐もそのまま消息を断ってしまい、八十はあやうく原爆の惨事からまぬがれた。

八月十五日、終戦の詔勅の放送を、二階のラジオで夫人とともに聴いた。その折、色紙に次のようにしたためている。

「千里の江山犬羊に付して声なく雲はゆく、かれくちびるを噛み裂けど、血さへ流れず秋暑し」

八十は戦中、軍に協力し、軍歌も多く作っていたので戦犯になるのではないかと心配されたが、城戸芳彦、吉本明光らの奔走によって戦犯をまぬがれた。また、当時飛行場の武器接収の通訳もしていた。

十二月、『抒情詩抄』(日本叢書二九)が生活社より刊行された。

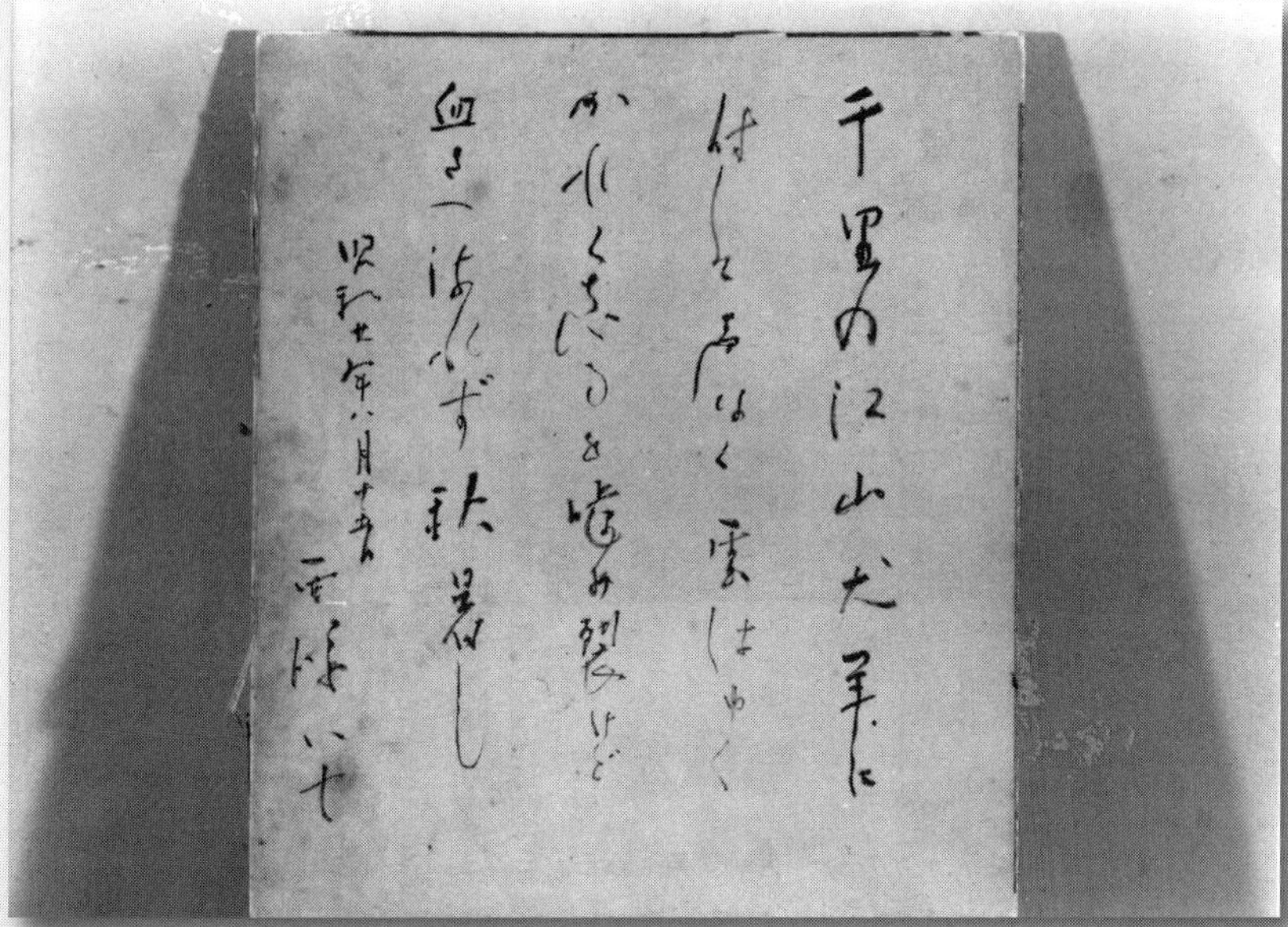

色紙「千里の江山」1945（昭和20）年8月15日

1946

昭和二十一年……五十四歳

五月長女嫩子らの三井一家も無事北京から引き揚げて、下館で当分一緒に暮らすことになった。息子はじめ、娘一家、孫と一緒に暮らすのは初めてだったし、晴子夫人は娘時代に使った三味線を取り出して弾くことがあった。また、日タイ文化会館長として、戦後永らくその地に抑留されていた柳沢もやがて元気な顔を見せた。

六月、一時休刊中の「蠟人形」がいち早く復刊されることになり、二葉書店から刊行された。下館で勉強した「ランボオ研究」の一部や、全訳したポオル・モオランの案内記「ニューヨーク」の一部などもここに発表した。

六月五日、下館町のために「下館音頭」を作詞、かつて作曲されながら未発表だった「朝鮮音頭」の中山晋平の曲をこれに当てはめた。

ワカランソング　西條八十

A　勝つた氣で居て　背負投げくつて
　アレト氣がつきや〱　家もない
　　馬鹿な戰争で　ワカラン〱

B　神代ながらの　瑞穂國で
　お米一俵が　千両箱
　　馬鹿な戰争で　ワカラン〱

C　ともに焼けても　金持は熱海
　オイラ貧乏人〱　雨に泣く
　　馬鹿な戰争で　ワカラン〱

コロムビア忘年会にて
八十と古賀政男　1954 年暮れ

D　銀座ウヨ〱　有閑娘
　焼けた柳が　にが笑ひ
　　馬鹿な戰争で　ワカラン〱

E　親父ラジオで　日米會話
　覺えて婆さん〱　アイラヴユウ
　　馬鹿な戰争で　ワカラン〱

D　君もワカラン　僕にもワカラン
　お先眞暗〱　皆ワカラン
　　馬鹿な戰争で　ワカラン〱

全音樂譜出版社
1946 年 5 月 25 日発行

平和東京行進曲

西條八十

銀座うよ〳〵下田のお吉《きち》
芽ふき柳が苦笑《にがわら》ひ
交通整理のM《エム》・P《ピー》さんの
指で明けゆく新東京

焼けて小さい観音《くわんのん》さまよ
變《かは》らないのは屋根の月

今ぢや裸のエロスの神を
拝《をが》む六區の人通り

ならぶ闇市泥棒市で
のびる新宿　池袋
きのふ盗《と》られたゴム長靴を
泣いて買つてる人もある

むかし、タクシイで五分の街を
けふは半日、膝栗毛《ひざくりげ》
あてになさるな、省線《しやうせん》都電《とでん》
どうせ故障か、ストライキ

◆明るい愉しいみんなの雑誌「サン」、一九四八年七月号より◆

「サン」表紙

蝶

やがて地獄へ下《くだ》るとき、
そこに待つ父母《ちちはは》や
友人に私《わたし》は何を持つて行かう。

たぶん私は懐《ふところ》から
蒼白《あをざ》め、破《やぶ》れた
蝶の死骸をとり出すだらう。
さうして渡しながら言ふだらう。

一生を
子供のやうに、さみしく
これを追つてゐました、と。

◆『美しき喪失』／『全集』第一巻、所収◆

おわりに
七十四歳と七十五歳のふたり
信州で語る

切抜帖の中から出てきた、「信濃毎日新聞」のインタビューに答えたふたりの語り口は、好対照のふたりの個性《キャラクター》そのもの。八十はしばしば「八束の本（専門書）を買うためにどれだけ少女小説を書いたことか」と嫁につぶやいていたという。

山ろく清談

西条八十氏

「信濃毎日新聞」1967年8月17日夕刊

もう、四十五年も前だよ。軽井沢に来はじめたのは─。そのころは、愛宕方面に外人避暑客がかたまっていたぐらいで、まだ別荘も少なかった。いまの旧道商店街（軽井沢の中心地）の裏に貸し別荘を借りて来ていたが、庭に小川が流れていて、その水が飲料水だった。強い日ざしのなかを、水売りがのんびりと通っていたものだよ。「愛染かつら」もこの軽井沢で書いた。

いまの歌謡曲は、作詞などはどうでもいい、という時代だね。だから、くだらなくなったよ。外国のジャズなんかも、歌詞の意味もわからずに、リズムだけに興味がもたれている。ひとつには、音楽教育が普及したからだろうが、逆にいえば国語力が低下したからだね。「目のなかのひとすじの涙」なんていう歌詞が平気でうたわれる。涙は、流れてから〝ひとすじ〟になるもんだ。本当の詩人といまの歌謡曲は無関係なんだね。

昔は、ビクターにもコロムビアにも専属の作詞家がいた。いまはその必要がないんだ。浜口庫之助君のように作曲家が作詞もする。歌手だって歌を書く。おもしろい時代だよ。だが、ボキャブラリーが少ないからすぐ行き詰まる。いまの歌が、「愛染かつら」「支那の夜」「青い山脈」のように、リバイバル式に残るかどうかね…。

ぼくの書いた「王将」（村田英雄）や「絶唱」（舟木一夫）が、百万枚も二百万枚も売れるのは、やはり歌謡作家が払底しているからだろう。

いまは、童謡不在の時代だ。世の中がせわしくなって、テレビやラジオがどんどん教えこんでいく。子どもはコマーシャルソングしかうたわない。これはテレビやラジオにだけ罪があるのでなく、いい童謡が出ないからなんだよ。作者は、子どものごきげん取り

「いま、十六世紀のフランス詩の翻訳をしているんだよ」と語る西條氏（軽井沢・鹿島の森で）

か、自分の小さい時の思い出ばかりを歌にする。しかし、子どもには〝思い出〟はない。あるのは〝現実〟だけ。それを忘れては子どもにうけない。子どもの歌といえども、作者の感動がなければいけないんだね。

　ぼくは、大金持ちの家に生まれたが、十四のとき、父が死んだ。兄は道楽で財産をつかい果たして廃嫡になる。母と妹、弟を背負って世の中に出たんだ。「カネをもうけてから詩を書こう」と思い、カブト町でてんぷら屋や本屋をした。そのときの心境をうたったのが「歌を忘れたカナリヤ」なんだよ。「静かな海に浮かべれば、忘れた歌を思い出す」という声が心のなかからほとばしり出たんだ。これは、日本の童謡としては、はじめて曲がつけられ帝劇で発表された。あのときはぼくも、夢みるような心地だったよ。

詩集ブームだといって出版界でさわいでいるけど、詩が売れるのは、詩がくだらなくなったからだよ。詩を解するになんの努力もいらなくなったからだとぼくは思うんだ。いまの自由詩と散文の区別がどこにあるか、いえる人はいないだろうね。小学校では作文を詩だといって教えているんでしょう。

ぼくは、詩に経済的な価値のないのが詩を伸ばさない原因だと思っているんだよ。詩に経済的な価値があれば、室生犀星や川端康成なんて人も詩人になっていただろうし、萩原朔太郎も小説をかけば、晩年までオヤジから二百円ずつ送ってもらうことはなかった。

ぼくみたいに、大学教授になったり、童謡を書いたり、歌謡曲を書いたり、いろんな才能があるから食っていけるんだが……。別荘を持ったりして詩人らしくないね。本当は、自分みたいな詩人は大きらいなんだよ。

戦時中はずいぶん軍歌も書いた。大本営から直接電話がかかってくるんだよ。「書け」といってね。「予科練の歌」〝出てこい、ニミッツ、マッカーサー〟の「比島決戦の歌」……。ぼくぐらい書いた男もいないだろうね。

戦後は、軍歌を書いてた詩人はみんなつかまった。結局、佐々木信綱とぼくが「一番悪い」ということになったが、佐々木さんがあまりに高齢だというのでゆるされ、「西條ひとりじゃかわいそうだ」とぼくも助かった。

高村光太郎は、軍歌をかいたことを気にやんで、山へ逃げこんだ。しかし、ぼくは後悔などしなかったね。あのころ、早稲田で教えて（仏文科教授）いたが、毎日のように動員されて戦場へいく若い学生たちを見送った。せめて、〝軍歌〟で応援してやるいがいしかたがなかったんだ。ひどい時代だった。

水の中には水草があって、プランクトンがいて、虫や魚がいて、というように生態系があります。だから、環境問題を考えるときは、それらを総合して対処しなければいけません。

生態系に配慮

八〇年代、木崎湖で外来性のコカナダモという水草が大発生し、船のスクリューにからみつくといった問題が起きました。そのとき、水草を食べるソウギョを放流して、コカナダモをなくそうとしたんです。ところが、ソウギョは、湖の中の他の水草も食べ尽くしてしまって、魚の産卵の場や稚

「信濃毎日新聞」2000年8月21日

山ろく清談

西条《さいじょう》八束《やつか》さん

魚の生育環境が失われてしまいました。一つの問題だけをみて対処すると、全体的に影響が出て、必ずしもいい方向に進まないのです。

だから、大規模な開発を行うときは環境への影響を徹底的に論議して、問題点を探っていかなければいけません。昨年、環境影響評価法（アセスメント法）が施行されましたが、まだ情報公開という点では、日本は他の先進国に比べて遅れています。

名古屋大を退官後、一年半くらいしてから長良川の河口堰《ぜき》建設現場に行ったたんです。それまでは河川の研究はしていなくて、あまり

大町市の別荘で

かかわろうとは思わなかったのですが、そこで見たパンフレットに「せきができても同じように水を流しますから、水質の変化はありません」と書いてあったのです。

しかし、夏になると、川は渇水する。「そのときにも同じことが言えるのだろうか」と疑問に思いました。それがきっかけで、日本自然保護協会の長良川研究グループに入りました。

渇水すれば水の流れはよどみ、水質は変化します。九五、九六年の夏に水質調査したところ、藻類の死がいなどのたい積物が流れないことで、諏訪湖と同じくらいに水質が悪化していました。そうした科学的な根拠をもとに、遠慮なく建設省に意見を言いました。

環境影響評価の際には、行政などの事業者と、地域の住民や自然保護団体が対等に話し合えるよう、同じ量の情報を持つことが必要です。そうでないと、アセス法は環境保護に十分な役割を果たせません。

その点で、進歩が見られる動きもあるんです。この間、愛知万博の会場予定地になっている里山の「海上《かいしょ》の森」（愛知県瀬戸市）の利用方法で、当初計画が大幅に縮小されましたね。そこに至るまでには、批判的な運動の人たちと役所とが徹底的な話し合いをしました。計画段階から話し合いができたのは、開発と自然保護をめぐる動きの中でかなり大きな進歩だと思います。

科学者の責任

私は、環境問題にかかわっても、反対運動には参加しません。ただ、事業者が調査データなどの情報を制限しておいて「環境保全には問題ない」と一方的な説明で事業を進め、環境を壊していくのは許せません。科学的な根拠をはっきりさせたうえで、間違いがあれば正していくのが、自然科学者の責任なのです。

今、各地の開発で環境影響評価が行われていますが、その資料は五年間くらいたつとだいたいが捨てられてしまう。これはよくないことですね。ある時点でのデータは、後では絶対にとれませんから、どんな調査であれ、貴重な資料なのです。

二十一世紀に入っても、大規模な開発は当分なくならないでしょう。だから、過去のさまざまなデータの蓄積が、次の開発の際の大きな参考になります。膨大な量の資料でも、今はＣＤ－ＲＯＭに記憶させておけば保管場所もとりませんから、そう大変なことではないはずです。そのデータをだれもが利用できるようにすれば、日本の豊かな自然環境保護に大きな効果を上げるでしょう。

ラフカディオ・ハーンの指輪のことなど

――あとがきに代えて

西條八峯

〈一九四一（昭和十六）年　四十九歳
この頃のある日、小泉八雲の長男一雄から、十二宮を彫った六角の金の指輪を譲り受け、八十は死ぬまで指にはめていた。〉
◆『西条八十著作目録・年譜』より◆

山陰は日本のアイルランドである。私は此地方ほど神秘幽玄な伝説に富んだところを知らない。ケルトの血をひいたラフカディオ・ヘルンが松江に住んだこともかりそめの因縁でないやうに感ぜられる。

◆『民謡の旅』より◆

孫思いのなつかしいおじいちゃんは、大きな家にひとりぼっちで住んでいました。「おおきいおうちにたったひとり、ときどきタカリに孫が来るぅ～」と愉快に節をつけて自分で歌う時、金の指輪をしていました。年とともに痩せてきた祖父の傍らで、テレビの相撲番組をいっしょに見ながらその指輪をくるくる廻したり。

ポマードとラヴェンダー石鹸の匂いのする薄暗いクローゼットの隅には、「びわの実学校」「仔馬」「童話」「なかよし」「りぼん」など寄贈雑誌の山があって、じゅうたんにぺったり座って読みふけりました。

お客さまのないときには、いつもつまらなそうにガウン姿で過ごしていましたが、気分のよいときは庭を眺めるサンルームでカナリヤの声を聞きながら、籐椅子の手すりをタンタンタタンと指先でたたいたり、いたずらの光さえ宿るまなざしをどこか遠くに向けて、心の中のイメージの世界に遊んでいることもありました。

祖父は、男四人、女五人の兄弟の中でひとりだけ、八十《やそ》という数字でできた名前をもらいました。「郵便で、カタカナの女名前、ハナさんと、よく間違えられたよ」と、笑って話していました。

海にて

星を数《かぞ》ふれば七つ、
金の燈台は九つ、
岩陰《いはかげ》に白き牡蠣かぎりなく
生るれど、
わが恋はひとつにして
寂し。

と唄った八十は、数の不思議を知った人でもありました。その

長女　嫩子は　十月二十九日　（七十二歳）、
次女　慧子は　十月十九日　（三歳）、
長男　八束は　十月九日　　（八十二歳）

に、世を去りました。大きな時の流れを経た今、八十と晴子がこまやかな愛情を注ぎ、手をかけて育てた三人の子どもの後ろ姿がこのようにきちんと並んでいるのはどこか神秘的だなあと思うのです。

＊

二〇〇七年寒露の朝、香りはじめた金木犀の枝を父・八束の枕元に運びました。茜色の夕空に旅立つ父を見送る日となりました。その頃、完成を心で約束した本です。以来三年半。私たちは千年に一度と言われる災禍の中に身を置くことになりました。大震災と津波、原子力発電所のいつまでも終わらない事態。このような今こそ、大正昭和の乱世を生き抜いたひとびとの記憶は、悲しみに足元をすくわれぬ力を私たちに与えてくれるものと信じます。

＊

祖父・八十は口癖のように言いました。「芸術は泥沼に咲く蓮《はす》の花なんだよ」。

夏目裕様、桑原耕造様、神奈川近代文学館、日本詩人クラブ、国書刊行会のみなさまによる資料探索、岡崎さゆりさんのレイアウトなど本全体へのていねいなかかわりと助言、藤井久子さんの根気強い草稿整理、風媒社の稲垣喜代志、林桂吾様のお骨折り、校正に付き合ってコメントをいただいた何人かの親しいかたがた、そして母・西條紀子の理解と励まし。

とめどなく繰り出されてくる八十作品のイメージの流れと、父・八束の草稿の山で迷子になりそうになった私は、そのほかにもたくさんのかたがたのお力添えを得て、ようやく目的に近づこうとしています。

草稿をまとめる作業の中で、八十の一語一句にまで丁寧な比較検討をしてくださっている研究者の皆さまのお仕事を拝見し、感謝の気持ちでいっぱいになりました。詩の言葉について判断するのは私共の手には余る仕事と考え、とくに出典を記していない詩や文章については、国書刊行会の『西條八十全集』（『全集』と表記）に依拠させていただいたことをここに記します。

なお、本書編集の後、資料・蔵書のほとんどは、神奈川近代文学館に所蔵管理していただけることになりました。

・文中の資料には、今日の視点からは差別的と思われる表現も出てきますが、当時の意識を伝えるためにそのまま載せています。
・森田元子、安藤更生、大島博光（掲載順）ほかのみなさまのご家族に、資料の探索と使用について快くご協力をいただきましたことに感謝申し上げます。
・雑誌「蠟人形」から、さまざまの意匠やカットを使わせていただきましたことに感謝いたします。山本蘭村氏ほかによるものです。
・第Ⅰ章の「パパとお母さん」「父・西條八十という人」は「かまくら春秋」に、第Ⅵ章の「大島博光氏をしのんで」は「詩人会議」に発表済みです。いずれも編者の判断で小見出しをつけ、編集しました。
・第Ⅱ章の「新宿回顧」と「一九四二年四月の絵葉書」、「同じ頃の手紙」はいずれも西條八十によるものですが、オリジナルを見つけて校正することができませんでした。
・第Ⅳ章の西條八十自筆原稿による「三井嫩子の想い出」は初出不明です。
・写真などの資料の中には日時、場所、人物名の確定が難しいものも含まれています。可能な範囲で正確な説明を書くよう努めました。
・八十の作品は基本的に全集どおり。ただし旧字体は書体の関係で一部見送りました。
・全集未収録のもの、オリジナルによるものは、基本的に出典どおり。いずれもルビは適宜補いました。
・戦前の新聞記事は、ルビは適宜省きました。字体も、一部新字にしました。
・明らかな誤植は訂正しました。

●著者紹介

西條八束（さいじょう・やつか）

1924（大正13）年、東京都生まれ。
49年、東京大学理学部卒業。東京都立大学助手を経て、
59年より名古屋大学理学部。水圏科学研究所教授、
所長等を経て、88年定年退官。
95年まで、愛知大学客員教授。
2007年秋　名古屋にて逝去。

●主要著書

『湖沼調査法』古今書院、『湖は生きている』蒼樹書房、
『小宇宙としての湖』大月書店など。

父・西條八十の横顔

2011年7月　1日　第1刷発行
2014年6月30日　第2刷発行
（定価はカバーに表示してあります）

著　者　西條八束
編　者　西條八峯
発行者　山口　章
発行所　風媒社
名古屋市中区上前津 2-9-14　久野ビル
振替 00880-5-5616　電話 052-331-0008
ホームページ http://www.fubaisha.com/
※乱丁・落丁本はお取り替えいたします。
印刷・製本／モリモト印刷
装幀・本文デザイン／岡崎さゆり
ISBN978-4-8331-3159-9

◇初山滋装幀◇

抒情詩集

空の羊

西條八十著

◇稲門堂書店發行◇

海にて

星を數ふれば七つ、
金の燈臺は九つ、
岩蔭に白き牡蠣かぎりなく
生るれど、
わが戀はひとつにして
寂し。

・パステル
・蠟人形
・海にて
・胸の上の孔雀
・顔の海
・父と搖椅子
　空の羊
・夕星

◇定價金七拾錢◇
◇送料金四錢◇

1922（大正11）年発行『白孔雀』巻末広告